Tenshi

Um anjo sem asas

Tenshi

Um anjo sem asas

LUCIANE RANGEL
AUTORA DE “CONTANDO ESTRELAS E “ROCKSTAR”

1ª Edição

Santa Catarina - 2019

Qualis

Editora Responsável	Simone Fraga
Produção Editorial	Bianca Carvalho Júlia Caldatto Malicheski Bianca Jung
Revisão Ortográfica	Qualis Editora
Preparação de Texto	Qualis Editora
Capa	Renato Klisman
Projeto Gráfico	Qualis Editora
Diagramação	Marcos Jundurian
Ilustração de Capa e Miolo	Ana Paula Salvatori
Imagens Abertura de Capítulo	Freepik

DADOS INTERNACIONAIS PARA CATALOGAÇÃO NA PUBLICAÇÃO (CIP)

R185t

Rangel, Luciane, 1983 -
Tenshi : um anjo sem asas / Luciane Rangel. — [1. ed.] — Florianópolis, SC: Qualis Editora, 2019.
244 p. : il. ; 23 cm.

ISBN 978-85-7027-045-0

1. Literatura Nacional 2. Literatura Juvenil 3. Romance Brasileiro 4. Ficção I. Título

CDD – B869.3
CDU – 821.134.3(81)

1ª edição – 2019

Qualis Editora e Comércio de Livros Ltda
Caixa Postal 6540
Florianópolis - Santa Catarina - SC -
Cep.88036-972

www.qualiseditora.com
www.facebook.com/qualiseditora
@qualiseditora
@qualiseditora
contato@qualiseditora.com

Para Naoko Takeuchi, que nem sabe da minha existência,
por me ensinar que sonhos podem se tornar realidade.

Sasa no ha sara-sara
(As folhas do bambu murmuram, murmuram)

Nokiba ni yureru
(balançam as pontas)

Ohoshi-sama kira-kira
(As estrelas brilham, brilham)

Kin gin sunago
(grãos de areia de ouro e prata.)

(Canção infantil tradicional do Tanabata Matsuri)

Capítulo um

Tanabata Matsuri[1]

UMI

Sabe aqueles momentos em que dá vontade de morrer?

Sentia isso todos os dias. Na verdade, de segunda a sábado, quando o despertador do meu quarto tocava, anunciando a hora de acordar para ir ao colégio.

Por que tinha que ser tão cedo? Deveria ser lei, em todos os lugares do mundo, que nenhum expediente de trabalho ou estudo começasse antes das dez da manhã.

E era sempre a mesma rotina: desligava o despertador, fechava os olhos por mais cinco minutos e, quando voltava a abri-los, percebia que na verdade já tinha se passado meia hora. Então, dava um pulo da cama, escovava os dentes, vestia o uniforme em uma velocidade inacreditável, enfiava meu material de qualquer jeito dentro da mochila e descia, de dois em dois, os degraus da escada da minha casa. Enquanto calçava os sapatos no hall, sempre escutava mamãe perguntar, da cozinha:

— Querida, não vai tomar o seu café da manhã?

O cheiro bom das torradas e dos ovos invadia as minhas narinas e quase me fazia mandar o que me restava de senso de responsabilidade para o espaço e ir comer. Mas, infelizmente, eu não podia!

Era o preço a ser pago pelos supostos 'cinco minutos' a mais de sono.

— Não dá tempo! — respondia de volta. — Estou atrasada, muito atrasada!

Aí ela sempre trazia o meu obento[2] e me desejava um ótimo dia.

Mamãe estava sempre sorrindo. E era tão linda! Parecia uma boneca de porcelana. Tinha quarenta e um anos, mas sequer um fiozinho de cabelo branco e nem uma única ruga. Sabe, essa magia que as mulheres japonesas têm de demorarem mais a envelhecer.

---

1 "Festival das Estrelas". Festividade tradicional japonesa, comemorada anualmente no dia sete de julho.

2 Tipo de marmita japonesa, corriqueiramente utilizada por trabalhadores e estudantes.

Queria ter essa magia também. Por que não tinha? Bem, na verdade, não era *exatamente* uma japonesa.

Só não me pergunte de onde eu era, porque simplesmente não saberia te responder.

É, eu não saberia mesmo.

Tá, calma! Logo tudo fará sentido. Nada como começar me apresentando, não é?

Essa sou eu, Matsuo Umi[3], de quinze anos.

Matsuo Umi. Um nome japonês, como dá para perceber. Mas repito: não era japonesa. Ao menos não 'de verdade'. Vou explicar brevemente a minha história: ainda bebê, com poucos dias de nascida, fui deixada na porta de um orfanato em Chiba[4]. E vivi lá até os meus cinco anos, quando fui adotada por um casal de japoneses que me deram um sobrenome, um lar e, o mais importante: uma família. E é claro que eu sempre soube a respeito da adoção. Não apenas pelo fato de lembrar do orfanato e tudo mais, mas também pelo motivo óbvio de eu não poder, de forma alguma, ser filha biológica dos meus pais.

Minha aparência física deixava isso bem claro. Tinha os cabelos loiro-escuros, volumosos e com ondas, além de olhos azuis enormes. Sem contar os meus um metro e sessenta e oito de altura. Talvez isso, no ocidente, nem seja grande coisa, mas no Japão era o suficiente para que eu fosse a menina mais alta da turma.

Após guardar a refeição dentro da mochila, eu sempre me despedia da minha mãe e saía correndo pelas ruas como uma louca.

Ir para a escola correndo já era uma coisa meio que cotidiana na minha vida. Na verdade, era rotina correr para qualquer lugar para onde eu precisasse ir. Sempre tive um problema meio crítico com horários e, por mais que me esforçasse, raramente conseguia ser pontual. No entanto, neste dia, a minha pressa era ainda maior, por uma razão mais do que louvável: era sábado[5], o único dia em que eu não poderia, de forma alguma, me atrasar.

Cheguei à escola e corri até o meu armário, apressando-me em trocar os sapatos[6]. Bem que tentei entrar na sala sem ser notada, mas o professor, ao me ver na porta, interrompeu a aula e me cumprimentou com a formalidade e a simpatia que já lhe eram padrões:

— Bom dia, Matsuo-san[7].

— B...bom dia, Shimada-sensei[8].

---

3 No Japão, o nome de família vem antes do primeiro nome. No Brasil, seria "Umi Matsuo".

4 Província japonesa.

5 No Japão, os estudantes têm aulas aos sábados, duas vezes por mês.

6 No Japão, usa-se outro calçado dentro dos ambientes. Há armários logo na entrada dos prédios escolares, onde os alunos guardam os sapatos da rua e calçam os da escola.

7 Sufixo usado após o nome. Modo comum de tratamento, usado em relações de formalidade.

8 'Professor'. Sufixo usado após o nome do professor.

— Sente-se. Estamos na página 87 do livro.

Tentando agir com naturalidade – o que, convenhamos, não é nada fácil quando se sente o corpo inteiro tremer e o rosto queimar em brasa –, fui para o meu lugar.

Onde eu estudava, as mesas eram para dois alunos, e, como de costume, sentei-me ao lado da Natsu, mas sequer a cumprimentei. Continuei olhando, encantada, para o professor.

Ai, ai... Shimada-sensei... Ele era diferente de todos os outros professores. Para começar, era um gato, do tipo que não se via todos os dias por aí. E tão gentil, educado, divertido... Ele era perfeito! Sabe, como os mocinhos dos mangás e doramas[9]. Aqueles mais bonitos, zero defeitos! Sem contar que era ainda muito jovem, tinha apenas vinte e quatro anos. Vestia-se sempre com ternos elegantes, como um adulto, mas tinha um corte de cabelo pra lá de jovial, desfiado, além de uma carinha linda de bebê! Gostava dos olhos puxadinhos dele (é, eu sei... japoneses têm os olhos assim, mas garanto que os do sensei eram os mais lindos de todos!), do nariz perfeitinho e dos lábios lindos.

Tinha vergonha de confessar isso, mas como sonhava em um dia ganhar um beijo daqueles lábios!

Por que a vergonha? Bem, primeiro, pelo motivo óbvio de ele ser meu professor, né? Segundo, porque eu era ultratímida; nunquinha que teria coragem de confessar a ele os meus sentimentos. E, terceiro, porque nunca tinha beijado ninguém na vida. É, eu tinha quinze anos e nenhum namoro em meu histórico de existência. Não tinha pressa, porque sonhava com o primeiro beijo mais perfeito de todos! E, claro, sonhava que fosse com o Shimada-sensei.

Ah, e o mais importante sobre o sensei: ele era de escorpião. O signo dele combinava com o meu! Pelo menos foi isso o que eu li em várias revistas de Astrologia que o pai da Natsu mandava para ela dos Estados Unidos.

Só que, infelizmente, eu não era a única a pensar assim. A concorrência, aliás, era bastante acirrada. Para ser mais exata, acho que não havia nenhuma menina na turma que não babasse por ele.

Claro, exceto a Kaori-chan[10]. Seria estranho se ela babasse, afinal, eles eram irmãos.

Não era curioso um professor dar aulas para a própria irmã?

— Umi-chan? Umi?

Olhei para a menina ao meu lado, que me cutucava enquanto me chamava com a voz sussurrada.

Natsu era a minha amiga mais animada.

— Umi-chan, você vai ao festival amanhã?

É verdade! O dia seguinte era sete de julho. Dia de Tanabata!

— Vou, é claro — respondi. Era meio óbvio que eu iria, já que todos os anos os meus pais montavam uma barraca no festival.

— Que legal! — Natsu vibrou. — Então vamos todas juntas!

— *Todas*, quem?

— Quem mais? As três excluídas do colégio, oras! A *gaijin*[11], a mestiça... e a Kaori.

---

9 Mangás são os quadrinhos japoneses. Dorama ('Drama') é como são chamadas as novelas orientais.

10 Sufixo usado após o nome, com tom carinhoso. Comumente usado para crianças ou entre amigas da mesma faixa etária.

11 Modo pejorativo de se referir a um estrangeiro no Japão.

O pior é que a Natsu tinha razão. Por não ser japonesa pura – tendo o pai norte-americano – muitos alunos a discriminavam. Já eu, nem sabia onde tinha nascido. Mesmo tendo nome e família japonesa, para todos eu não passava de uma estrangeira... *Gaijin*, como diziam. Sabia que esse termo tinha um sentido bem pejorativo, mas já estava acostumada, nem ligava tanto assim para isso. Já a Kaori era 100% japonesa... Mas o que tinha de nipônica, tinha de antissocial. Não lembro muito bem como foi que nós três terminamos ficando amigas... Vai ver os excluídos se atraem.

Natsu continuou a falar, empolgada:

— Você precisa ver o kimono[12] que meu pai me deu. É simplesmente o mais perfeito de todos!

— Seu pai já voltou da América?

— Ainda não, mandou de lá!

— Um kimono... americano?

— Importado, ora essa! Sabe que tudo dos *States* é mais chique!

Apesar de ter esposa e filha no Japão, o senhor Gallagher estava sempre viajando para os Estados Unidos, a trabalho. Sempre viagens longas. Essa última, pelo que Suu-chan me contou certa vez, já durava uns três anos.

Devia ser muito ruim ficar longe do pai por tanto tempo, né? Eu já ficava chateada quando o meu, que era médico, precisava dobrar um plantão no hospital. Imagine só: três anos!

— Se você diz... Mas você vai mesmo de kimono?

— E de que outro jeito eu iria? É tradição! Eu vou bem bonita, quem sabe assim o Ken-*kun*[13] repara em mim?

Assim como todas, a Natsu também babava pelo professor Shimada... mas, segundo ela, 'apenas porque ele era um gato', já que sua 'única paixão' era o idiota do Ken, um imbecil do terceiro ano. Sinceramente, nunca entendi o que Suu-chan conseguia ver nele.

— Umi-chan, você também tem que ir bem bonita, para abalar o coração do Shimada-sensei.

— Você acha que ele vai ao festival?

A Natsu tomou fôlego para responder, mas o professor a interrompeu:

— Meninas, podemos deixar a conversa para o intervalo e prestar atenção à aula?

— Sim, Shimada-sensei — respondemos ao mesmo tempo.

Ai, ai... Dá para perceber por que eu o amava tanto? Ele conseguia ser gentil até quando nos chamava a atenção. Ele conseguia até me fazer gostar de Biologia!

Er... bem... mais ou menos, né?

---

12 Vestimenta tradicional japonesa.

13 Sufixo usado após o nome. Comumente usado para garotos, de forma informal.

Como sempre, nem senti a aula passar. Quando deu meio-dia, Shimada-sensei dispensou a turma, e os alunos que não estavam inscritos em nenhum grupo de atividades extraclasse podiam ir embora.

Este era o meu caso. E também o da Suu-chan e da Kaori-chan.

Ah, ainda não apresentei a Kaori, né? Vamos lá: ela seria o oposto da Natsu: era a minha amiga mais desanimada. Não leve em consideração o fato de elas serem as minhas únicas amigas... eram, realmente, completamente opostas, em especial no quesito animação. Ah, e era irmã do Shimada-sensei. Aliás, como sempre, ao final de todas as aulas, ele a chamou, enquanto os demais alunos saíam da sala. Como a Suu-chan e eu ainda ficamos guardando nosso material, conseguimos ouvir o que eles falavam.

— Vai para casa agora? — ele perguntou.

Kaori respondeu com a indiferença que já lhe era comum:

— E para onde mais eu iria?

— Eu preparei aquele macarrão que você gosta, é só esquentar. Não vou chegar antes das dez, então dá uma passada naquele restaurante perto de casa e pede algo para o jantar. Mas comida, viu? Nada de besteiras!

— Você repete isso todos os dias.

— Claro. Com adolescentes temos que ficar de olho. — Achava engraçada a forma como ele falava. Parecia que já tinha passado da adolescência há duas décadas, mas era um jovem de apenas vinte e quatro anos! — Mantenha a porta trancada e não abra para estranhos. Ah, meu celular está no *vibracall*. Qualquer emergência, me liga, tá?

— Isso você também repete todos os dias.

— Emergências podem ocorrer a qualquer momento. Não quero que você hesite em me ligar por medo de estar atrapalhando uma aula minha. Você nunca me atrapalha, sabe disso.

Ele não era o irmão mais velho mais fofo? Todos percebiam isso.

Menos, infelizmente, a irmã mais nova. A Kaori-chan continuava a tratá-lo com todo o descaso do mundo.

Aliás, ela tratava todo mundo com descaso.

— É só isso? — ela perguntou. Seca como sempre.

— É só isso, sim. — Ele olhou para mim e para a Natsu, voltando a olhar pra irmã em seguida. — Suas amigas estão te esperando.

Kaori não disse mais nada e saiu da sala. Suu-chan e eu a seguimos correndo, indo alcançá-la nas escadas.

— Kaori, por que nunca nos espera? — perguntou Natsu, irritada. — Que mania! Eu, hein! Escuta, sabe se Shimada-sensei vai ao festival amanhã?

— Por que eu deveria saber?

— Como 'por quê'? Você é irmã dele!

— Não sei. Deve ir.

— Ouviu isso, Umi? É a sua chance!

— Acha mesmo? — perguntei, incrédula.

Mas a Natsu parecia bem certa do que dizia:

— Lógico, né? Então conte: como você vai ao festival?

— Vou a pé, ué... É pertinho da minha casa.

— Não, Umi-chan! Tô perguntando como você vai VESTIDA.

— Ah, não sei. Talvez eu use aquela minha calça jeans nova, com uma blusa azul de alça. Isso se fizer calor.

Natsu reagiu como se tivesse ouvido a maior blasfêmia do mundo.

Outra coisa sobre a Suu-chan: ela tem sempre as reações mais exageradas possíveis!

— Como é? Qual é, Umi? Tô falando sério!

— Eu também.

— Você tá querendo ir ao festival de roupa comum? *Shut up!* É tradição usar kimono.

— Para os japoneses, né? Você é mestiça, mas tem cara de japonesa. Você fica bem de kimono. Eu, com essa cara ocidental, fico... esquisita.

— Tá, tenho que concordar que você, de kimono, não ficaria mais bonita do que eu... Mas até aí, quem ficaria, não é?

Eu estava certa de que a palavra *modéstia* nunca tinha feito e nunca faria parte do vocabulário da Suu-chan.

— Mas você não ficaria estranha — ela continuou. — Quantos turistas vão para o Tanabata usando kimono?

— E todo mundo acha graça.

— Tá, é verdade. Mas com você é diferente, porque você é japonesa! Pelo menos é o que diz nos seus documentos, né? Se você não for de kimono, não terá graça.

— Já disse que vou de roupa normal, Suu-chan, não insiste.

— Hunf, *cê* que sabe. E você, Kaori-chan, como vai?

— Vou bem — Kaori respondeu com a 'simpatia' (e a ironia!) de sempre.

Kaori-chan não era de falar muito. Mas quando falava, abusava do sarcasmo.

— Quero saber com que roupa vai ao festival!

— Eu não vou.

Após responder, Kaori apressou o passo, passando a andar à nossa frente. Natsu e eu nos entreolhamos antes de corrermos até alcançá-la.

Suu-chan logo começou a argumentar:

— Tem que ir, Kaori-chan! É dia de Tanabata!

— E eu com isso?

— Vai, você não pode ser tão sisuda. Não acredito que não goste de festivais!

— Não gosto.

— Mas tem que gostar! Se você não for, vou ficar só com a Umi. Sabe o que significa duas adolescentes sozinhas em um festival? São duas nerds sem vida social!

Não entendi muito bem o argumento. Não era exatamente isso que nós éramos?

Tá, tirando a parte de ser nerd.

Vida social a gente nunca teve. Mesmo a Natsu, que era um pouquinho mais popular, praticamente se enterrou desde que começou a andar com a gente no ano anterior.

— Vai, Kaori-chan... — Natsu continuava a insistir — Estou te pedindo, vá ao festival amanhã... Por favor!

— Vou pensar — dizendo isso, Kaori virou em uma rua e, sem se despedir da gente, foi embora. Nós continuamos seguindo em frente.

Se existia uma pessoa que eu jamais compreenderia, era a Kaori-chan. Ela estava sempre com a gente, porque, na verdade, éramos nós que sempre nos juntávamos a ela. Natsu e eu ficamos amigas no ano passado, logo nos primeiros dias de aula, mas só depois de alguns meses nos juntamos a Kaori. E por insistência minha. Apesar da pose de autossuficiente, sempre a achei meio triste. No início, Suu-chan relutou, mas depois também abraçou a causa e acabamos, as duas, nos aproximando da Kaori-chan. Nós a consideramos como uma amiga, mas não temos como ter certeza de que isso seja recíproco.

— Hoje à noite vou ligar para ela. — informou Natsu. — Se eu insistir um pouco, tenho certeza de que ela irá. Bem, te vejo amanhã, Umi-chan! E acho bom você mudar de ideia e ir de kimono, viu?! *Bye-bye*!

Natsu virou em uma esquina e seguiu, cantarolando. Não pude evitar sorrir da sua empolgação.

Aliás, 'Empolgação' deveria ser o sobrenome dela.

Certo, depois de 'Falta de Modéstia'.

Continuei meu caminho até chegar em casa.

— Cheguei! — anunciei, tirando os sapatos no hall da casa. — Mamãe?

A voz em resposta veio do andar de cima:

— Aqui no quarto, querida!

Subi as escadas e parei diante da porta aberta do cômodo onde minha mãe estava. Notei que ela costurava alguma coisa, mas não dei atenção a isso e perguntei:

— Papai não está? Ele fez plantão ontem, achei que hoje ficaria em casa.

— Pois é, mas apareceu uma emergência. Crianças não escolhem o momento de nascer, não é?

Meu pai era obstetra. Às vezes eu ficava pensando em como deveria ser conviver com mulheres grávidas e bebês enquanto ele e a esposa não podiam ter filhos. Devia ser um vazio muito grande. Não sabia se eu conseguia tapar como deveria esse buraco da vida deles. Não que eles reclamassem de alguma coisa... Nem eu tinha do que reclamar, meus pais sempre foram maravilhosos. Papai era meio caladão, mas sabia que gostava muito de mim... E, quanto à minha mãe, era a corujisse em pessoa!

— Prontinho, terminei! — avisou, esticando o que costurava. Só então reparei que era um kimono todo em tons de azul.

— Mamãe, que lindo! A senhora vai ficar maravilhosa com ele.

— Ah, Umi-chan, mas não é para mim. É para você!

— Para mim?

— É, para usar amanhã. Vai ser a menina mais linda do festival!

Já comentei o quanto ela era coruja?

Pois é, isso fazia com que ela fosse também, por tabela, meio sem noção com relação a alguns aspectos.

Menina mais linda do festival? A *gaijin*?

— Queria que fosse uma surpresa — ela continuou a falar, orgulhosa —, mas tive que mostrar hoje para você, afinal, tem que experimentar, né? Pode ser que precise de alguns ajustes.

— Ficou lindo, mamãe, mas eu pensei em... ir com uma roupa normal, sabe?

Senti a consciência pesar diante do olhar triste que minha mãe me lançou.

— Roupa normal? Mas é Tanabata! Ano passado você não foi porque ficou doente... Ano retrasado também... Mas lembra que nos anos anteriores eu sempre fazia o seu kimono?

É, e lembrava também que todo mundo ria de mim. Desde criança sempre fui motivo de chacota, por ser diferente das outras meninas, mas lógico que eu nunca contei isso aos meus pais, não queria que eles ficassem tristes.

Mas eu não era mais uma criança, já estava com quinze anos e tinha que me expressar, dizer a ela o que eu sentia. Eu não queria ir de kimono, porque me sentia mal, porque ficava estranha, porque todos zombavam de mim... E precisava ser firme e revelar isso para ela.

Vamos lá! Um, dois, três e...

Enchi-me de confiança, respirei fundo, olhei-a nos olhos e declarei:

— Eu adorei, mamãe!

Ela sorriu ainda mais.

Sorri de volta, embora, mentalmente, tenha observado que eu era uma idiota.

Uma grande e completa idiota.

Comemorado no dia sete de julho, o Tanabata Matsuri – Festival das Estrelas – é um dos festivais mais importantes do Japão. Por consequência, é o mais lindo também. As ruas onde ocorre são decoradas com ramos de bambu, nos quais são presos pequenos papéis com pedidos das pessoas, além de ficarem lotadas pelas tradicionais barraquinhas.

Não foi difícil, em meio à festa, encontrar minhas amigas. Natsu estava linda (como se ela não soubesse disso!), usando um kimono rosa com estampa de pétalas de cerejeira. Os cabelos ruivos, que batiam à altura do queixo, mantinham-se presos em um rabo de cavalo bem alto, com os fios da parte de baixo caindo sobre o pescoço.

Suu-chan era super vaidosa e tinha muito orgulho de seus cabelos vermelhos, embora não fossem naturais, obviamente. Mesmo assim, ela adorava dizer que essa era a 'marca de sua ascendência norte-americana'. Aliás, acho que poucas pessoas perceberiam que ela não era uma japonesa pura se ela não fizesse questão de encher o peito para contar que é nipo-americana e até forçasse um sotaquezinho inexplicável, já que, pelo que eu sabia, ela nunca nem tinha ido aos Estados Unidos. Ah, mas claro que não era só isso, o sobrenome dela também ajudava a entregar o fato de ser mestiça: Gallagher.

Já a Kaori estava... normal. Calça jeans larga no corpo, camiseta preta, tênis e os lisos cabelos negros soltos de forma displicente.

Aliás, enquanto me aproximava, ouvi a Natsu praguejando a respeito disso:

— Como uma menina tão linda quanto eu se presta a isso? Se minha vida social ainda não se encontrava devidamente morta, ela tratou de morrer hoje. Veja toda essa gente bonita em seus grupos de amigos descolados, e eu aqui... perto de uma garota que parece ter vestido o guarda-roupa de um irmão rebelde.

Kaori não pareceu se abalar com o comentário. Apenas respondeu, calmamente:

— Eu disse que viria, mas não falei que iria usar essa besteira de kimono.

— Como você pode ser tão antitradições?

Kaori-chan resmungou alguma coisa, antes de, ao me avistar, apontar para mim. Natsu seguiu o olhar na direção para a qual a nossa amiga apontava, e seus olhos puxados se alargaram de surpresa.

Eu parei diante das duas, usando o meu novo kimono em tons de azul, com uma faixa azul-marinho adornando a cintura. Meus cabelos longos estavam presos por uma trança que caía sobre o ombro direito, com algumas mechas cacheadas soltas emoldurando o rosto.

— Minha mãe fez um kimono para mim. — informei, fazendo bico como uma criança contrariada.

Natsu, enfim, sorriu:

— Umi-chan... você tá uma gracinha! — riu, zombeteira.

— Não ria de mim! — choraminguei. Olhei melhor para a Kaori e não pude evitar perguntar. — Ei, Kaori-chan, por que não veio de kimono?

— Unf, isso é uma grande bobagem.

Aff... Ela era a única japonesa de verdade, e a única que não usava roupas tradicionais.

Resolvi que seria melhor mudar o foco do assunto:

— Suu-chan, que lindo esse seu kimono!

— Não é? Meu pai mandou pra mim, de *New York*!

— Ah, mas ele parece bastante com um que eu vi numa loja outro dia.

— Devia ser imitação.

— Japoneses fariam uma imitação de um kimono americano?

— Todos sabem que tudo que vem dos Estados Unidos é muito mais chique!

Ouvimos risadas e olhamos para trás, avistando um trio de garotas: Yamata, Utada e Nagayama. Eram do segundo ano e estavam entre as mais populares do colégio. Não para menos, já que eram muito bonitas. Mas tinham o péssimo hábito de zombarem das pessoas. E adivinha quem era um de seus alvos favoritos?

Sabia que isso iria acontecer!

— Que engraçado! — disse uma delas.

— Ridículo... — a outra concordou.

— Tem gente que não se enxerga — observou a terceira.

Natsu logo se irritou:

— Tão rindo de quê, hein? Estamos com a cara pintada, por acaso?

— Só faltava isso para parecerem perfeitas palhaças.

As três riram. Natsu ameaçou dar um passo em direção a elas, mas eu a segurei. Nisso, a Utada me olhou de cima a baixo e falou:

— Tem gente que não tem a mínima noção do ridículo. Acha que se vestindo assim alguém vai pensar que é japonesa de verdade? Se enxerga, *gaijin*!

As outras duas começaram a gargalhar, e eu, envergonhada, abaixei a cabeça. Ouvi a Natsu tentando me defender:

— Idiotas! Não falem do que não sabem. Umi-chan é japonesa. Ela foi adotada por um casal de JAPONESES.

Novamente ouvi os risos, e uma delas comentou, maldosa:

— Ainda existem no mundo pessoas de bom coração. Alguns pegam para criar cães ou gatos de rua... Outros preferem um filhote de *gaijin*.

Mais gargalhadas. Já sentindo as lágrimas começarem a molhar o meu rosto, eu não suportei: virei-me e saí de lá correndo, desorientada.

Apenas depois de muito tempo fiquei sabendo que Suu-chan me seguiu, enquanto Kaori-chan, com seu jeito aparentemente indiferente de sempre, deu àquelas três uma lição que nem os pais delas dariam.

Elas não foram às aulas por uns bons dias. Claro, Kaori-chan ganhou uma advertência e só não foi suspensa da escola por ser irmã de um dos professores.

Já eu, continuei a correr, sem rumo. Nem ao menos reparei quando saí da rua do festival, começando a passar por lugares escuros e quase desertos. Tudo o que eu sentia eram as lágrimas descendo sem parar, além da vergonha crescente no peito.

Jamais conseguiria entender o motivo de, desde a infância, ter sido tratada daquela forma. Nem entenderia o que levava as pessoas a serem cruéis com as outras sem razão alguma.

Eu não tinha pedido para ir ao Japão. Não foi minha opção viver ali e ser diferente.

Ao mesmo tempo em que era destacada, naquele país estava tudo o que eu conhecia: meu nome, minha língua, meus costumes, minha família... Porém, ainda assim, eu não pertencia àquele lugar.

Eu não pertencia a lugar algum.

E acho que, de alguma forma estúpida, naquele momento eu corria tanto em uma tentativa de ir para bem longe dali, para qualquer lugar ao qual eu pertencesse.

Será que todo mundo faz esse tipo de coisa idiota de vez em quando?

Apenas parei de correr quando tropecei e choquei-me abruptamente contra o chão. Minha primeira reação foi olhar os joelhos que doíam e constatar que os havia ferido na queda. E agora sangravam, um sangue vermelho igualzinho ao das meninas japonesas.

E não é que éramos iguais em alguma coisa?

Não sei se foi a dor, o susto da queda, a tristeza de meus próprios pensamentos ou tudo isso ao mesmo tempo, só sei que meu choro ficou mais forte. E vi-me soluçando como uma criancinha. Sentia-me triste e sozinha, e com isso pensei na única pessoa que poderia me impedir de sentir assim.

Pensei na minha mãe.

Daria tudo para que a doce Matsuo Rei estivesse ali, me abraçando e dizendo que tudo ficaria bem e que eu era a menina mais linda daquele festival.

Linda?

Talvez ela fosse a única que achava aquilo.

Enxugando o rosto mais uma vez, tive, enfim, a curiosidade de olhar para trás, procurando ver no que tropeçara. O choro e a tristeza pararam de imediato, dando lugar ao espanto e à surpresa.

Era um ser humano.

Levantei-me e, cautelosa, me aproximei, morrendo de medo de encontrar alguém ensanguentado ou ferido. O senso de dever me mandava ajudar, mas aquela era uma cena que eu realmente não gostaria de ver.

Afinal, eu mal aguentei olhar para o pouquinho de sangue do ralado dos meus joelhos; imagine, então, um ferimento de alguém atropelado, por exemplo?

Mas não havia sangue. Apenas alguns ferimentos leves nos braços e no rosto.

O rosto!

— Mas... é um garoto... — murmurei, analisando melhor os traços. Era um oriental, mas não parecia ser um japonês. Seria um chinês? Ou coreano? — Ei, psiu! Menino, acorda!

Comecei a balançá-lo, ainda mais temerosa. E se estivesse morto? E eu ali, sozinha, na cena do crime!

Como *gaijin*, eu já seria naturalmente a principal suspeita. Comecei a imaginar a minha mãe indo me levar bolos na cadeia.

— ACORDAAAAA! — repeti, desesperada.

Respirei aliviada quando o rosto dele começou a se mover. Lentamente, ele abriu as pálpebras, tendo os meus grandes olhos como sua primeira visão. Eu pisquei, surpresa, ao reparar a cor dos olhos puxados.

Um oriental... de olhos verdes?

— Quem é você? — indagamos ao mesmo tempo. — Eu perguntei primeiro!

Cansada do jogo, resolvi responder:

— Sou Matsuo Umi. E você?

— Eu...

— Você...?

— Eu... — Ele pareceu confuso com a pergunta. — Eu não sei.

Capítulo dois

二

O garoto sem memória

UMI

— Não sabe? Não sabe quem você é?

Se o rosto dele não estivesse tão desnorteado, eu bem que pensaria que era uma piada.

Cheguei a ter vontade de olhar ao redor e procurar por alguma câmera escondida. Poderia muito bem ser uma pegadinha. Sou o tipo de pessoa que facilmente cairia numa dessas.

— Onde estou? — ele perguntou, olhando ao redor.

— Em Tóquio — respondi o óbvio.

Ou o que eu achei que fosse, porque, para ele, não pareceu fazer sentido algum.

— Hein?

— Sabe... Japão.

— Japão?

— Continente asiático.

— Hã?

— Planeta Terra.

Incrível, mas quanto mais abrangente era a minha resposta, mais confuso ele parecia ficar.

Porém, mesmo com poucas palavras, percebi algo no jeito dele de falar:

— Você tem sotaque... De onde veio?

— Eu... — Ele fechou os olhos por um momento, parecendo se esforçar para pensar na resposta. — Não lembro.

— Não sabe de onde veio e nem lembra o próprio nome? Que estranho...

Estranho era pouco. As roupas dele estavam completamente destruídas: rasgadas e absurdamente sujas. Isso, juntamente com os ferimentos, fazia parecer que ele sofrera um sério acidente. Ou, sei lá... apanhara, talvez?

Novamente eu pensava em como havia gente cruel nesse mundo. Vai ver ele fora confundido com alguém. Ou, pior, passava pela mesma situação que eu: sofria preconceito por ser estrangeiro. Imediatamente, senti uma forte identificação com ele e uma necessidade urgente de ajudá-lo.

Qualquer um pensaria: "Será que nem passou pela cabeça dessa *gaijin* que o cara podia ter apanhado por ter feito algo errado e que seria perigoso ficar sozinha com ele?" Bem, na verdade, não passou mesmo não. Apesar de tudo, eu tinha a mania de sempre esperar o melhor das pessoas.

Minha mãe dizia que eu era boazinha, e que isso era muito bonito.

Suu-chan dizia que eu era superinocente e que isso era sinal de imaturidade, o que poderia me colocar em situações perigosas.

Kaori-chan dizia (quando dizia algo, claro) que eu era uma tonta e que minhas atitudes eram idiotas demais.

Sempre preferi acreditar na minha mãe, claro.

Ouvi passos se aproximando e olhei para trás. Respirei aliviada ao avistar o rosto conhecido da Natsu. Ela, no entanto, pareceu chocada com o que viu.

— Umi-chan? Você... você... — apontou-me severamente o dedo indicador e gritou — ...você tem um caso secreto?

Precisei me segurar para não cair diante de tal suposição. Claro, isso além de certamente ficar com o rosto tão rosa quanto o kimono da Natsu.

Como ela podia supor algo assim? Não sabia que eu só tinha olhos para o Shimada-sensei?

— Do que você está falando, Suu-chan?

— Como pôde esconder isso de mim? — ela mostrou-se sentida, olhando-me com uma expressão decepcionada. — Achei que fôssemos amigas!

— É claro que somos, Suu-chan. Mas não é isso que está pensando. Eu nem sei o nome desse garoto.

— Então você é do tipo que se envolve com desconhecidos? Poxa, nunca imaginaria isso de você.

— NÃO É ISSO! — Meu rosto queimou ainda mais. — Escute, Suu-chan, esse garoto, ele...

— Quem sou eu? — o mencionado indagou, pensativo, cortando minhas explicações.

Apontei para ele e perguntei a Natsu:

— Entende agora?

— Sim, entendo. Você tem um caso secreto com um maluco drogado.

— Não é isso, Suu! Ele está sem memória!

— Sem memória, é?

Natsu se aproximou, analisando o garoto como se ele fosse um bichinho de zoológico. Ele pareceu incomodado – ou melhor, *assustado* seria a palavra ideal – com isso, o que só piorou quando Kaori também chegou, encarando-o com curiosidade.

— Kaori-chan! — vibrou Natsu. — Por que demorou?

Kaori girou os punhos antes de responder:

— Estava ocupada.

— Bem, não importa. — Suu-chan apontou para o desmemoriado. — Tá vendo esse garoto? Sabe o que está acontecendo?

— Sim. Matsuo tem um caso secreto.

O que era isso? Um complô para me matar de vergonha?

— Não é nada disso! — me defendi. — Acabei de conhecê-lo. Ou melhor, de não conhecê-lo, porque não sei nada dele. Ao que parece, ele perdeu a memória.

— Que problemão, hein? — Natsu voltou a analisá-lo, intrigada. — Um garoto sem memória... Como nos filmes? E vai fazer o que com ele?

— Não sei. Parece que ele não tem para onde ir. Não podemos deixá-lo na rua, sozinho.

— Mas para onde podemos levá-lo?

Pensei por um instante. A primeira ideia que me veio à mente sendo logo descartada:

— Meus pais não vão me deixar levá-lo lá pra casa.

— Eu até ofereceria a minha casa, mas vai ficar estranho... Eu e minha mãe moramos sozinhas. Bem, quer dizer, estamos sozinhas enquanto papai está viajando.

— Mas ele não tem para onde ir... O que faremos?

Nossos pensamentos pareceram chegar a um ponto em comum, e olhamos para Kaori, fazendo-a rapidamente entender a nossa ideia.

— Parem de olhar para mim — ela resmungou, notoriamente incomodada.

Se existia uma coisa que a Kaori-chan odiava era que a olhassem nos olhos. E exatamente por isso nós olhamos, o mais fundo que conseguimos, naqueles olhos negros. Eu fazia a melhor cara de 'por favor!' que conseguia. E, mesmo sem olhá-la, sei que Natsu fazia o mesmo (embora o *por favor* dela sempre soasse mais como uma ordem do que como um pedido).

Para dar um fim à situação, a Kaori bufou e, apenas para não dar o braço a torcer de que permitiria aquilo porque estávamos pedindo/implorando, disse, como se fosse uma sugestão:

— Tem um quarto vago lá em casa...

Natsu e eu sorrimos. Mas ainda não vibramos nem agradecemos, porque sabíamos que a coisa não seria tão simples assim.

Ainda precisávamos pedir permissão ao outro morador da casa.

— Por favor, Shimada-sensei!

O pedido feito em coro por mim e pela Suu-chan pareceu assustar o professor. Ele cuidava de uma barraca de doces, mas se afastou alguns passos e deixou os fregueses de lado quando chegamos com o garoto sem memória, explicando como o tínhamos encontrado e pedindo para que o abrigasse em sua casa.

E é claro que o sensei não gostou nadinha da ideia.

— Esperem, meninas, deixem ver se eu entendi... Conheceram um garoto, um total desconhecido, aparentemente estrangeiro, que parece saído da Segunda Guerra Mundial e se diz sem memória... E querem que eu o leve para a minha casa?

— Exatamente — Natsu respondeu, como se fosse óbvio.

Shimada-sensei ficou em silêncio por alguns segundos, na certa pensando mais um instante sobre aquela loucura, antes de responder, com firmeza:

— Mas é claro que não! Temos que levá-lo para a polícia.

— NÃO! — ouvi-me gritando, aflita. — Se fizer isso, podem prendê-lo!

— Não, Matsuo. Não é para prendê-lo, e sim para investigar e descobrir quem é esse rapaz e de onde veio.

Apesar de o sensei ter dito aquilo em um tom de voz tranquilizador, eu ainda não estava convencida. Ele insistiu:

— Não vão prendê-lo sem investigar antes, Matsuo.

— Por que não fariam isso? Ele é estrangeiro. Pressupõe-se que seja um tipo suspeito.

O sensei ficou calado por alguns segundos e, depois, abriu um leve (e lindo, ai, ai...) sorriso, novamente tentando me tranquilizar:

— Matsuo, o problema não está em ser japonês ou estrangeiro.

— É claro que está, sensei! Não adianta nem tentar negar. Um estrangeiro no Japão nunca será igualado aos japoneses... Todos aqui nos veem como inferiores.

— Nem todos. Preconceito é coisa de gente estúpida.

Precisei fazer um esforço para não sorrir, como uma bobona, por mais que o que o sensei tivesse dito fosse algo bem óbvio. E, lógico, foi impossível deixar de pensar se o fato de ele não ter preconceito com estrangeiros poderia me trazer uma centelha de esperança de que algum dia eu teria uma chance com ele.

Ah, é, já ia me esquecendo do garoto sem memória!

— Então, Shimada-sensei, existe muita gente estúpida por aí. Se o levarmos para a polícia, podem prendê-lo. Ele só precisa de um lugar pra ficar. Sei que, logo, logo, ele vai recobrar a memória. Por favor!

O professor pareceu sem resposta, o que era incomum. Por ser tão inteligente, era estranho ficar sem argumentos diante de um aluno. E nunca imaginei que, quando isso acontecesse, eu seria a aluna em questão.

Ele olhava para o garoto sem memória e, quando me olhou, fiz a maior cara de súplica que sabia fazer – a mesma que eu usava quando criança e queria algo dos meus pais.

Desconfio que, no orfanato, devo ter feito a mesma cara para convencê-los a ficarem comigo.

Shimada-sensei passou seu olhar para a Natsu, e a cara que ela fez deve ter sido muito parecida com a minha. Por fim, ele se voltou para a Kaori, que estava pouco atrás da gente apenas observando tudo, com a indiferença de sempre (percebi que uso muito a palavra 'indiferente' quando falo da Kaori. Repetição inevitável, me desculpe!). Até que ela bufou e disse:

— Deixa logo, para essas duas pararem de encher!

Após mais um tempinho de silêncio, o sensei sorriu (ai, ai... lindo!) e concordou:

— Tudo bem. Mas só por alguns dias.

Natsu e eu demos pulinhos de alegria e agradecemos em coro:

— Obrigada, Shimada-sensei!

Fiquei tão feliz!

Shimada-sensei era tão bom! E era por isso que eu o amava, claro!

Sei que ele não concordou por minha causa, nem pelo garoto, mas porque a Kaori pediu. Às vezes, parecia que não havia nada que ele não fizesse por ela.

Empolgada, fui até o garoto e o segurei pelas mãos, vibrando:

— Ouviu isso? Você vai ficar na casa do Shimada-sensei! Tenho certeza de que logo vai recobrar a memória, nós vamos te ajudar.

Ele voltou a fazer uma cara de quem não compreendia o que ocorria ali, e eu bem que pensei em explicar, mas fui impedida pela voz conhecida que me chamou:

— Umi-chan? — Soltei as mãos do garoto e virei-me em direção a ela. Aliás, que linda ela estava, com seus longos cabelos negros presos em um coque, e o kimono, no qual predominava a cor vermelha, realçando bem o tom da pele e o estilo oriental. — Vou agora para casa. Se quiser, pode ficar mais um pouco com os seus amiguinhos.

'Amiguinhos'... Será que era só a minha, ou todas as mães insistem em se referir aos filhos e aos seus amigos como se fossem crianças?

— Ah, não, eu vou com a senhora. — Voltei a olhar para o garoto e sorri, apesar de ele continuar com a mesma cara de perdido. — Amanhã cedo eu vou te visitar. — Olhei para o professor. — Posso, sensei?

Ele disse que sim, e fiquei muito feliz! Confesso que nem tanto pelo garoto sem memória, mas porque eu iria à casa do Shimada-sensei!

Despedi-me de todos e segui com minha mãe a caminho de casa. Olhei ao redor, procurando pelo meu pai, e ela, parecendo ler os meus pensamentos, explicou:

— Seu pai recebeu um telefonema e teve que ir para o hospital.

— De novo? Mas pensei que hoje ele iria ficar com a gente para assistir aos fogos da janela do sótão, como fazemos todos os anos.

— Ah, querida, sabe que crianças não têm hora certa para virem ao mundo.

Novamente, o mesmo discurso de sempre. Já fazia alguns meses que o papai vinha passando mais tempo trabalhando do que em casa, desde que aceitara sociedade em uma clínica médica. Agora, ele tinha o dobro de pacientes e, por conta disso, bem menos tempo para ficar com a família.

Mamãe não falava nada, mas sabia que se sentia triste com isso.

— Umi-chan? — ela me chamou, me arrancando de minha distração. — Quem é aquele garoto com quem conversava?

— Ah, é só um garoto que eu acabei de conhecer.

— Hum... — Ela riu. — Gosta dele?

Certo, agora era a vez da minha mãe me fazer ficar vermelha.

Até ela devia achar que já passava da hora de eu arrumar um namorado, mas é claro que eu não podia contar sobre a paixão pelo meu professor.

— Claro que não, mamãe! Por que isso agora?

— Foi apenas uma pergunta, querida. É que ele é bem bonitinho.

— Nem reparei nisso...

Lógico que não reparei, mesmo. Não tinha olhos para mais ninguém, além de Shimada-sensei. E agora, com o garoto sem memória morando com ele, tinha um pretexto para visitá-lo!

Ai, que coisa horrível! Eu mais parecia uma interesseira, não é? Se bem que... Que mal havia nisso? Não estava prejudicando ninguém.

Mas, sabe de uma coisa? No fundo eu me sentia uma idiota por pensar em algo assim. Tipo, de que adiantava eu me aproximar do sensei se ele certamente jamais daria bola para mim?

Talvez nenhum garoto nunca desse bola para mim, na verdade.

— Mamãe?

— Sim, querida?

— Acha que... algum dia... pode acontecer de alguém gostar de mim?

Sem parar de andar, mamãe me olhou e sorriu, com a doçura de sempre.

— Mas é lógico que sim, Umi! Linda e especial do jeito que você é... Ainda mais usando esse kimono. Tenho certeza de que hoje você arrasou corações.

Nota importante: opiniões de uma mãe coruja são totalmente suspeitas.

Mas será que, com esse kimono, Shimada-sensei tinha me achado bonita?

Sem me dar conta, acabei sorrindo com meu próprio pensamento.

No dia seguinte, mesmo não tendo aula, saí logo cedo, a caminho da casa dos Shimada.

Sabia que qualquer garota no meu lugar capricharia no visual, de forma a tentar parecer mais adulta e elegante, mas esse simplesmente nunca foi o meu estilo. Coloquei apenas uma jardineira azul (minha cor preferida), com uma blusinha branca por baixo e uma sandália. Sem salto, claro. Quando se chama a atenção por ser a garota mais diferente, alta e desengonçada da escola, a última coisa que se quer é parecer ainda maior e mais atrapalhada.

Ah, os cabelos eu prendi uma parte, deixando o restante solto. Gostava de usá-los assim, pois dava a impressão de serem menos volumosos do que de fato eram.

Toquei a campainha e logo fui atendida pelo Shimada-sensei. Achei que fosse encontrá-lo vestido mais informalmente, mas ele mantinha o mesmo estilo social que usava todos os dias.

— Bom dia! — cumprimentei, tentado disfarçar a timidez.

— Matsuo, bom dia! Entre!

Ainda sem graça, entrei na casa, de apenas um andar. Era pequena, mas muito organizada e confortável. Segui-o através da sala até a cozinha. Lá encontrei a Kaori-chan e o garoto sem memória, sentados um de cada lado de uma mesa, terminando o café da manhã. Ele já se mostrava bem mais apresentável: limpo, com um curativo na face esquerda e roupas decentes (as do dia anterior estavam todas rasgadas): uma camisa branca e calça jeans. Quando me olhou, reparei novamente nos olhos verdes, que formavam um conjunto exótico com as feições orientais. Também notei que ele era mais baixo que o sensei, porém um pouco mais alto do que eu, além de ser mais forte que os garotos da escola. Os músculos levemente visíveis nos braços denunciavam que ele devia praticar algum esporte.

— Minhas roupas ficaram um pouco largas para ele, mas essa até que serviu bem — disse o sensei para mim, com a voz baixa.

Olhei para o professor e, também falando baixo, perguntei:

— E a memória dele?

— Ele parece realmente não se lembrar de nada. Mas, pelos traços e pelo sotaque, dá para perceber que veio da China.

— Um chinês... de olhos verdes?

— Um mestiço, certamente. Outra coisa, parece que ele é cristão. Católico, talvez.

— Católico? Chineses são católicos?

— Apenas uma minoria, mas não vejo outra explicação para ele ter um crucifixo de ouro preso no pescoço.

É verdade, o crucifixo! Ele já usava quando o encontrei, na noite anterior.

— De ouro? — cochichei — Acha que ele é rico?

O sensei riu. Eu tinha dito algo engraçado?

— Não necessariamente rico. Talvez seja alguma lembrança de família.

Voltei a olhar para o garoto e percebi que ele ainda me encarava, com aquela mesma cara de perdido que tinha desde o momento em que o vi pela primeira vez.

Claro, quando o vi pela primeira vez ele estava desacordado. Quis dizer desde que ele acordou.

— Er... Bom dia — puxei assunto. — Como passou a noite?

— Noite? — ele repetiu, confuso.

— É. A noite. Dormiu bem?

— Acho que... que sim. — Ele baixou os olhos, começando a mexer a comida no prato com os hashi[14].

Eu ia falar mais alguma coisa, mas o sensei adiantou-se:

— Preciso ir trabalhar.

— Mas hoje não tem aula, sensei!

14 Palitos usados como talheres em países do extremo oriente, como China, Coréia e Japão.

— Não na escola de vocês, mas dou aulas particulares também. — Ele olhou para Kaori. — Está um dia bonito lá fora, por que não vai passear com seus amigos? Só não se esqueça de fechar a casa quando sair, tudo bem? E, qualquer coisa, me liga.

Ele ainda aguardou por uma resposta, mas a Kaori-chan continuou a comer e sequer o olhou. O professor, então, se despediu de mim e do novo hóspede e saiu.

Ele trabalhava tanto para manter a casa sozinho. Kaori bem que poderia ser mais legal com ele.

Ai, Shimada-sensei... Eu tinha achado que, indo à sua casa, passaria algum tempo perto do senhor. Maldito trabalho!

Enfim, olhei para Kaori e convidei:

— Ei, Kaori-chan, eu marquei com a Suu-chan às dez. Vamos à nova pista de patinação que inaugurou aqui perto. Quer ir com a gente?

— Não. — Ela *realmente* poderia ser mais legal. Não só com o irmão, mas com todo mundo.

— Mas vai ser divertido!

— Não gosto de patinar.

Aff, nem adiantava insistir. A Kaori parecia não gostar de nada.

Voltei a olhar para o garoto. Não seria mal educada de não convidá-lo, né?

— E você? Gosta de patinar?

Ele me encarou como se eu tivesse perguntado o resultado de uma equação matemática.

— Patinar?

Acho que tínhamos um sério problema de comunicação por ali...

Enfim, consegui convencê-lo a sair comigo. Não que tenha sido muito difícil, pois ele parecia concordar com tudo, apesar de mostrar não fazer a menor ideia do que falamos com ele.

Dividíamos o mesmo banco em uma praça, além de um silêncio perturbador. Eu olhava o relógio a todo instante, estranhando o atraso da Natsu.

Suu-chan não era de demorar. Costumava, inclusive, ser a primeira a chegar quando marcávamos qualquer coisa (afinal, a atrasada sempre fui eu, especialmente se o compromisso fosse pela manhã). Olhei para o garoto sentado ao meu lado e refleti sobre ter sido uma boa ideia convidá-lo para nos acompanhar. Ele não falava nada, e isso me deixava sem graça.

— Ei, menino...

— Eu? — Ele me olhou.

— É, você. — E quem mais seria, né? — Não lembra mesmo nadinha?

— Lembro que acordei e te vi.

— E o que aconteceu antes disso? Não se lembra de nada?

Ele moveu a cabeça, fazendo que não. Insisti:

— Sobre sua família, seu país... seu nome, pelo menos?

— Não me lembro de nada.

— Isso é muito estranho. Sabe o que o sensei disse? Que você deve ser chinês.

— Chinês?

— É. Sabe, veio da China.

— E onde fica a China?

— Longe.

— Longe quanto?

— Além do mar!

— E onde fica o mar?

— Longe também.

— Ah... Eu devo ser de muito longe MESMO.

— É, sim! Mas não fique ansioso, porque logo você se lembrará. Só que, até lá, você precisa de um nome.

— Nome?

— É! Não dá para ficar sempre te chamando de 'menino'. Eu vou criar um nome para você, um bem bonito, até que você descubra o seu nome de verdade.

Ele ficou calado, então voltamos ao silêncio constrangedor. Tornei a olhar o relógio, torcendo para que Suu-chan chegasse logo. Assim, eu me sentiria um pouco menos sem graça.

Nesse momento, meu celular emitiu vários toques seguidos. Eram notificações de uma sequência de mensagens de texto.

Hey, Umi-chan!

Então, tive aqui um imprevisto

Mas foi coisa boa, sabe

Papai voltou para almoçar com a gente.

Não poderei ir patinar contigo.

Foi mal!

Kisses, <3 u!

Como é que é? Não podia acreditar que ela estivesse fazendo aquilo comigo.

Tá que ela disse que me amava no final, mas isso não apagava o mal feito, oras! Estava na cara que aquilo era mentira. Tão deslavada que até eu, que sou meio bobinha e costumo acreditar em tudo, percebi!

Liguei para ela no mesmo instante!

— Hello, Umi-chan! — Ela atendeu com a voz mais feliz e desentendida do mundo.

— Que papo é esse de que seu pai voltou, Suu-chan? E para almoçar?

— É. De noite já estará voltando para os Estados Unidos, portanto, preciso aproveitar o dia com ele, né?

História mal contada? Imagina!

— Seu pai voltou dos Estados Unidos para ficar só um dia no Japão?

— Pois é. Foi uma agradável surpresa!

— Sei lá quantas horas de viagem apenas para almoçar com a família e voltar para os Estados Unidos?

— Sim, ele ama a gente, algum problema?

A voz levemente irritada dela me deixou com dor na consciência. E se fosse verdade, por mais anormal que pudesse parecer?

— Er... Problema nenhum, Suu-chan... É só que...

— Só que nada! Se você duvida do amor do meu pai e que ele faria qualquer sacrifício para passar algumas horas com a família, não posso fazer nada.

Sentindo-me terrivelmente culpada, tomei fôlego para pedir desculpas. Mas detive-me ao ouvir outra voz feminina ao fundo:

— Natsu, querida, não estou muito a fim de fazer comida. O que acha de ir ao restaurantezinho da outra rua, pedir algo para viagem e trazer para a gente?

Certo... A senhora Gallagher não via o marido há sei lá quanto tempo e, quando ele voltava de viagem apenas para um almoço com a família, ela pede algo para viagem em um 'restaurantezinho'?

— Foi a sua mãe que disse isso? — perguntei, invertendo os papéis. Agora eu é que estava irritada.

— Er... Mamãe anda meio preguiçosa. Mas é que papai adora a comida desse restaurante, sabe? E minha mãe nem cozinha tão bem assim. Tenho que desligar, até mais!

— Suu-chan, espera! Não deslig... Droga, desligou! Ela está me enrolando, sinto isso. — Olhei para o garoto. — Pelo visto, seremos só nós dois. Você sabe patinar?

— Não sei.

— Não sabe ou não sabe se sabe?

— Não sei isso também.

A comunicação ficava a cada minuto mais difícil.

NATSU

— Que perda de tempo... — resmungou Kaori, enquanto caminhava ao meu lado.

— Para de resmungar e anda! — retruquei. Que coisa! Será que ela não entendia a importância crucial daquela nossa missão?

Depois de almoçar com a minha mãe, saí para me encontrar com a Kaori-chan no local combinado. Nem sei porque ela foi, já que visivelmente não estava levando aquilo a sério.

Andávamos agora pela mesma rua onde, na noite anterior, Umi-chan encontrou o garoto supostamente desmemoriado.

— Na hora eu fiquei com pena, quis ajudar e tudo — eu disse —, mas tem que concordar comigo que aquele sujeito é bem suspeito. Ele apareceu do nada e todo quebrado... Deve ter levado uma boa surra, e, com certeza, é porque aprontou alguma coisa muito séria. Não acha, Kaori-chan?

Kaori me olhou com indiferença.

— Disse alguma coisa?

— Presta atenção! Enquanto a Umi o distrai, precisamos descobrir quem ele é e o que planeja.

— Quem sabe dominar o mundo?

— Não seja sarcástica! Olha, foi por aqui que ele apareceu, né? Com certeza alguém viu alguma coisa. Vamos perguntar de porta em porta, para todo mundo que passar pela gente. Seja simpática, viu?

— Que perda de tempo...

— Pensando bem... deixa que eu pergunto.

UMI

Terminando de prender os patins nos pés, eu olhei para a pista de gelo à minha frente. Respirei fundo, tomei coragem e me levantei, dando impulso.

Não fui muito longe, pois logo me desequilibrei e caí.

E, é claro, doeu pra caramba!

Choraminguei um pouco, mas logo voltei a tentar. E, mais uma vez, caí.

Dessa vez, acabei desistindo e engatinhei de volta até o degrau onde o garoto estava sentado, também com os patins nos pés.

— Não quero mais brincar disso! — reclamei. — E você? Não vai tentar?

— Acho melhor não.

— Você parece ser mais medroso do que eu.

— E isso é ruim?

— É péssimo. Eu tenho medo de muita coisa.

— Tipo o quê?

— De lagartixa... e de jacaré.

Afinal, o que é um jacaré, senão uma lagartixa gigante?

— Jacaré?

— É. Lembro que vi um no zoológico e... achei a cara dele muito malvada! E tenho medo de altura. Uma vez fui a um parque com a Suu-chan e chorei muito na montanha-russa... Achei que fosse cair lá de cima.

— Acho que eu não tenho medo de altura... nem de jacaré.

— Pois deveria ter! — Desviei os olhos para o chão, perdendo-me em pensamentos. Quase sem perceber, acabei expondo-os em voz alta. — Tenho medo de muita coisa. Às vezes tenho medo da minha mãe conseguir ficar grávida.

— Isso não seria uma coisa boa?

— Não quando se é adotada. Se meus pais tiverem um bebê, eu perco a utilidade.

— Mas você não é um bebê.

— Você entendeu o que eu quis dizer.

— Não entendi, não.

Tornei a olhá-lo, jurando que ele estava tirando uma com a minha cara, porém percebi que não era nada disso. O rosto dele, com as sobrancelhas arqueadas e um olhar interrogativo, demonstrava que ele, de fato, não compreendia o sentido das minhas palavras.

— Além de mais medroso, você também é mais tapado que eu. — Uma música começou a tocar e eu fiquei logo animada ao identificá-la. — Ei, escuta!

O bobão olhou para o alto, como se procurando de onde vinha o som.

Ele realmente era *muito* mais tapado do que eu!

— É o lançamento do Akira! — Sorri ao explicar o motivo da minha empolgação.

— Akira?

— Sim! Yamamoto Akira, não conhece? É o novo fenômeno pop japonês! Ele é lindo, tem uma voz incrível, e eu o amo muito! Essa é a melhor canção dele! A mais bonita! — Olhei para a pista, sentindo inveja das adolescentes que patinavam. — Deve ser tão bom patinar ao som dessa música...

Devia ser realmente perfeito. As meninas ali pareciam muito felizes, ao lado de suas amigas ou de seus namorados. Minhas únicas amigas não estavam ali comigo. E quanto a um namorado... bem, eu nem sabia se algum dia teria um!

Será que o Shimada-sensei sabia patinar?

Levei um susto ao sentir alguém me puxando pela mão. Olhei para o alto e vi o garoto de pé diante de mim.

— Vem!

Eu pisquei, surpresa. Ele estava me chamando para patinar?

— O quê?

— Só vai perder o medo se tentar.

— Mas... e se eu cair?

— É só levantar de novo.

Ele abriu um sorriso. Foi bem leve, quase nem dava para perceber, mas me senti momentaneamente paralisada.

Era a primeira vez que o via sorrir. O rosto dele parecia, sei lá, iluminado.

Ele não era tão bonito quanto o Akira ou o sensei... mas... pela primeira vez, notei que tinha uma beleza diferente. Tive muita vontade de saber mais sobre ele.

De onde seria, exatamente? Quantos anos teria? Parecia um pouco mais velho que eu – dezessete ou dezoito anos, talvez. E, o principal: o que teria acontecido para que perdesse a memória?

Embora um pouco hesitante, levantei-me e deixei que ele me puxasse até o centro da pista. Eu sempre tropeçava e teria caído se ele não estivesse me segurando. Mas, aos poucos, fui pegando equilíbrio.

Sorri ao perceber o que acontecia.

— Ei, você sabe patinar!

— Eu não sei.

— Sabe, sim!

— Não sei se sei.

— Claro que sabe! — Ri, achando graça do jeito confuso dele. — Essa música é linda, escuta a letra! Fala de um garoto muito rico, mas sem família, que se sente sozinho, até que um dia encontra uma garota por quem se apaixona. Ai, todas as músicas do Akira são perfeitas! É por isso que eu amo o Aki...

Tropecei novamente, mas não cheguei a cair no gelo, pois ele me segurou de novo.

— Você está bem? — ele perguntou preocupado.

Eu o olhei e voltei a sorrir.

— Aki...

— O quê?

— 'Aki'. O que acha?

— 'Aki'?

— É! Um apelido para você, até que descubra seu verdadeiro nome.

— Aki?

— É! Você gosta?

Ele abriu a boca pra responder, mas, nesse momento, nos assustamos ao ouvir gritos. Olhamos para a direção de onde vinham e vimos um grupo de adolescentes – uns seis, dentre eles apenas duas garotas – que entravam na pista zoando e falando alto.

Reconheci apenas um deles.

— Ken...

Aki me olhou, intrigado.

— O que disse?

— Aquele garoto. — Apontei para o mais alto dentre eles. Era forte e tinha os cabelos descoloridos, quase brancos. — O nome dele é Ken. É o garoto que a Suu-chan gosta. Mas ele é um idiota, e um dia ela vai entender isso.

Ele ficou sério. Notei que seu olhar parou no Ken e senti a mão que segurava meu braço ficar gelada.

— Vamos embora? — ele pediu.

— Já?

— É... Melhor irmos pra outro lugar.

E antes que eu pudesse responder ou perguntar qualquer coisa, ele me puxou pela mão para fora da pista.

NATSU

A senhora que eu interrogava a respeito do garoto sem memória, assim como todas as outras pessoas com quem eu tinha falado até então, não possuía uma mísera informação para me dar. Ainda assim, eu insisti, porque era algo importante, no fim das contas. Alguém ali deveria dar a devida importância àquilo, e é claro que esse alguém tinha que ser euzinha, já que a Kaori mal conseguia disfarçar o tédio. Estávamos agora na calçada de uma rua comercial, perto de onde tudo tinha ocorrido na noite anterior.

Quando percebi que a velhinha não teria mesmo nenhuma resposta satisfatória para me dar, eu dei por encerrado o meu interrogatório e voltei para perto da minha amiga, reclamando:

— Assim é difícil. Como é possível que o cara tenha aparecido do nada sem ninguém ver de onde ele veio? Boa coisa isso não deve ser! Tenho certeza de que esse sujeito é perigoso!

Com a voz carregada de tédio, Kaori perguntou:

— Se acha mesmo isso, por que mandou a tonta da Matsuo sair sozinha com ele?

— Bem, porque... — fiz uma pausa, pela primeira vez refletindo sobre aquilo. — AI MEU DEUS! É verdade! A Umi-chan está sozinha com ele!

Kaori bufou. Achei que ela fosse me chamar de idiota ou qualquer coisa do tipo, mas ela apenas balançou a cabeça de forma negativa. Já eu, me desesperei com as coisas que se passavam pela minha mente.

— Como eu pude permitir isso? Ele pode ser um ladrão, ou pior: um assassino! Precisamos salvar a Umi-chan! — Comecei a andar, determinada. — Vai que aquele cara é um maníaco que gosta de se aproveitar de garotas bonitas! — Parei de repente. — Er... Pensando bem, acho melhor eu não ir, não. Porque, se for esse o caso, a Umi corre perigo, mas... mas eu corro muito mais!

Como forma de confirmar o que dizia, admirei minha própria imagem refletida na vitrine de uma loja. Eu era realmente uma estupidez de tão linda, não dava para negar!

Novamente, Kaori bufou. Porém, dessa vez, não ficou calada:

— Aí é com a sua consciência. Armou pra Matsuo ficar sozinha com ele. Se vai atrás deles ou não, você decide.

Dito isso, ela virou-se e começou a ir embora, deixando-me ainda mais desesperada.

— Kaori-chan, não vai embora, não! Você, de nós três, é quem menos corre perigo, tem que ficar para nos salvar... Volta aquiii! Aff, vou ou não vou? — Tornei a fitar o meu próprio reflexo, pensativa. — Maldita seja essa minha consciência! Umi-chan, amiga, estou indo te salvar!

E, como a maravilhosa (e linda!) amiga que eu era, segui correndo, em direção oposta à que Kaori tinha ido.

Eu precisava salvar a Umi-chan!

Capítulo três

三

Anjo?

KAORI

Jamais entenderia porque diabos eu ainda perdia o meu tempo embarcando nas bobagens da Gallagher. Eu também não confiava muito naquele chinês – ou sei lá o quê – desmemoriado, mas era óbvio que sair interrogando estranhos pelas ruas nas proximidades de onde a Matsuo o encontrara não era uma atitude que sequer soasse como produtiva.

Logo que entrei em casa, estranhei o fato de encontrar meu irmão ali em um horário em que ele, normalmente, estaria trabalhando. Sentado no sofá, ele me encarou seriamente, deixando evidente que, seja lá qual fosse o motivo, esperava por mim.

Fingindo não me importar com isso, fechei a porta e, após tirar os sapatos, continuei a entrar. Passava pelo sofá onde Hinoki estava, quando ele anunciou:

— Kaori, a gente precisa conversar.

Parei, mas mal o olhei antes de resmungar:

— O que é?

— Ligaram para o meu celular agora há pouco. Era a mãe de uma aluna minha. Uma das três que, conforme me contaram e eu não quis acreditar, você agrediu ontem no festival.

Ah, então era aquilo? Confesso que já tinha até mesmo esquecido das três idiotas em quem eu tinha batido na noite anterior. Nem fora nada demais, nada além de uns socos e chutes. Mas é claro que elas não deixariam que isso passasse sem retaliação. Nem que fosse uma tão estúpida e infantil como contar para a mamãe.

Patéticas...

Virei o rosto para o lado, evitando encarar Hinoki. Não estava nada a fim de ter que aturar sermões.

— Então, me responde, Kaori... Bateu mesmo nessas meninas?

Não respondi, mas acredito que meu silêncio tenha valido como resposta.

Nós já estávamos na rua, mas ele continuava a andar rápido enquanto me puxava pelo braço. Parecia aflito, e isso me assustava. Toda aquela reação súbita tinha sido apenas por ver o Ken? Mas eles sequer se conheciam!

De repente, parei e puxei o braço, soltando-me dele, que parou logo à frente. Quando se virou e me olhou, notei que parecia ofegante, como se tivesse acabado de ver uma assombração, um bandido, ou, pior: uma lagartixa!

Ui... Só de pensar naquele bichinho quem ficava assustada era eu!

— O que deu em você? — indaguei.

— Você disse que não gostava daquele garoto.

— É, eu disse. Mas não era motivo para a gente sair de lá como se estivéssemos fugindo de alguém.

— É que... Eu também não gostei de alguma coisa nele.

O rosto dele estava sério, e seus olhos verdes transbordavam algo como... medo? Mas medo de quê?

— Do que não gostou?

— Eu não sei.

— Como pode não saber de nada? Pelo menos do que você gosta e do que não gosta você tem que saber o porquê. De qualquer forma, vai ver foi até melhor. O Ken é o garoto mais preconceituoso que eu já vi. Odeia estrangeiros, principalmente chineses.

— Você é estrangeira?

Aquela pergunta era séria? Como ele podia não 'perceber' que eu era estrangeira?

— O que você acha?

— Suas amigas também?

— Não, né? Elas são japonesas. Preste atenção: você é chinês, e o Ken não gosta de chineses. Fique sempre bem longe dele, porque, senão, ele vai implicar contigo.

Aki (nossa, como é bom ter um nome pra chamá-lo! *Garoto sem memória* já estava ficando cansativo demais!) concordou e começou a olhar ao redor. Parecia tentar se localizar – já que saíra me puxando completamente desembestado e sem rumo – até que avistou algo que fez seus olhos brilharem. Quando vi o que era, não compreendi bem o motivo de tanta admiração.

Era apenas uma igreja.

Certo, igrejas cristãs não eram assim tão comuns no Japão, mas essa nem era das mais fenomenais. Era bonita, verdade, mas pequena e sem nenhum grande atrativo. Ficava num terreno um pouco elevado, então o acesso se dava por uma escada de uns vinte degraus. Diante da construção, havia um gramado, e a igreja em si tinha as paredes brancas. Acima, um crucifixo informava que o local era um templo religioso.

Fui arrancada de minha observação quando Aki me segurou pela mão, começando a puxar-me em direção à igreja. Será que essa era a única forma que ele conhecia de motivar alguém a ir a algum lugar?

Pedi para que fosse devagar, mas ele parecia tão determinado a entrar no local que nem sequer me ouvia. Apenas quando terminamos de subir as escadas foi que ele me soltou, e eu, enfim, pude respirar, ofegante.

Sim, eu era uma sedentária, e vinte degraus eram o suficiente para me deixar sem ar!

Quando me recuperei, segui o caminho que Aki fizera pouco antes e também entrei na igreja.

Apesar de eu, como a maioria dos japoneses, ser xintoísta[15], o local não me era tão diferente assim. Passei os cinco primeiros anos da minha vida em um orfanato administrado por freiras, onde tinha uma pequena capela, com um altar parecido com o que encontrei ali, apenas menor.

Avistei Aki diante do altar e fui até ele, parando ao seu lado. O silêncio estava tão profundo que levei um pequeno susto quando ele começou a falar:

— "Santo anjo do Senhor..."

Eu o olhei, surpresa.

Era uma oração.

— "Meu zeloso guardador, se a ti me confiou a piedade divina. Sempre me rege, me guarde..."

— "...E me ilumine para sempre, amém." — completei. Foi a vez de ele me olhar, surpreso.

— Você conhece?

Puxei o colar que eu usava para fora da blusa, mostrando-lhe o pingente: uma pedra em formato oval, de um azul bem claro. Ao centro, trazia o desenho da silhueta de um anjo. Ganhara aquela joia da diretora do abrigo no dia em que fui embora. Minha mãe me contou que sempre davam este presente às meninas que eram adotadas, como um desejo de proteção e boa sorte com a nova família.

— É a oração do Anjo da Guarda. As irmãs do orfanato nos ensinaram, e repetíamos todas as noites antes de deitar. Você também conhece?

— Eu não sei.

Ri. Estava começando a achar o jeito dele engraçado.

E até bonitinho, para falar a verdade.

Porém, não foi apenas disso que eu ri, mas também das ideias que surgiram em minha mente, e que, de uma forma bem esquisita, me pareceram bem óbvias.

— Foi uma pergunta retórica. É claro que conhece! Sensei me disse que talvez você fosse católico, mas não acho que seja isso. Acho que é bem mais.

— O que acha, então?

— Você apareceu do nada, misteriosamente... Acho que já sei de onde você veio.

---

15 Xintoísmo é uma religião politeísta que ganhou força no Japão no século VI e foi a religião oficial do país entre 1868 e 1946.

— De onde?

Apontei para o alto. Ele franziu a testa.

— Eu vim... do telhado?

— Não! — foi impossível segurar o riso. — Você veio... do céu!

— Do céu?

— Aki, você... você é um anjo!

Ele piscou, ainda mais confuso.

NATSU

— Umi-chan? Umi-chan?

Já fazia algum tempo que eu corria ao redor da pista de patinação, procurando pela minha amiga. Poderia jurar que a encontraria sentada nos degraus, onde sempre ficava, volta e meia arriscando patinar pela pista, mas desistindo no primeiro desequilíbrio. Aliás, não entendia porque Umi ainda sugeria ir para aquele lugar, sendo que não sabia patinar e morria de medo de se arriscar. O argumento era que gostava do ambiente, das músicas que tocavam e de ver as pessoas felizes. Para mim, isso não fazia qualquer sentido.

Já estava quase desistindo da busca, mas decidi dar uma última volta, olhando para dentro da pista. Até que parei, quando minhas vistas bateram em um casal que, sem o menor pudor, se beijavam em um canto da pista.

Não era a primeira vez que eu via o Ken com uma garota. Mas sempre doía da mesma forma.

Senti meus olhos se encherem de lágrimas. Não continuaria ali para ser flagrada naquela situação tão vergonhosa.

Recuei alguns passos antes de, vencida pelo choro, dar meia-volta e ir embora correndo.

KAORI

Hinoki sabia qual era a resposta, mas ainda assim insistia.

— Responda, Kaori. Bateu naquelas garotas?

Que droga! Já que parecia tão importante assim ouvir a resposta dita por mim, eu finalmente o encarei.

— E se eu tiver batido? Vai me colocar de castigo?

Ele suspirou, fazendo outra pergunta:

— Por que fez isso, Kaori?

— Porque eu quis.

— Não é batendo que você resolve as suas diferenças.

— Aff, Hinoki, vai encher outro com seus sermões. Que inferno, você não é meu pai!

Revoltada, fui para o quarto, batendo a porta ao entrar. O cômodo era simples, sem as frescuras padrões que outras adolescentes gostavam de ter. Havia apenas uma cama de solteiro, uma mesa de cabeceira com um velho aparelho de som, um armário de duas portas e, em um canto, uma mesa com computador. A cortina e a roupa de cama eram em cores neutras e sem estampas. Nada de pôsteres nas paredes, fotos, pelúcias, acessórios ou enfeites. Nenhuma lembrança da infância que eu quisesse preservar. Nem da adolescência que eu quisesse construir. Qualquer um diria que se tratava de um local absurdamente impessoal. Estava perfeito para mim.

Joguei-me na cama e liguei o rádio – provavelmente a única relíquia que eu ainda preservava dos meus pais – que começou a tocar um rock pesado em volume alto.

Menos de um minuto depois, ouvi a porta se abrindo e, na sequência, alguém desligou o rádio. Ouvi a voz de Hinoki, no tom mais furioso que ele era capaz de forçar:

— A nossa conversa ainda não acabou.

Ele se sentou na ponta da cama. Eu já estava deitada de lado, de costas para ele, mas fechei os olhos, em uma forma ainda mais evidente de mostrar que eu o ignoraria.

Após respirar fundo, Hinoki começou:

— Sei que não sou o nosso pai... Mas ele não está mais aqui. Agora, é minha obrigação cuidar de você. Faço o meu possível, mas você não colabora... Desse jeito, é difícil.

— Então por que não desiste logo? — não resisti em perguntar.

— Não vou desistir nunca. Nós somos irmãos, Kaori. Somos o que restou da nossa família.

Mantive-me calada, sem expressar qualquer reação. Após uma pausa, ele voltou a falar:

— Se estiver com problemas com alguma pessoa, fale comigo. Não tente resolver tudo com violência, isso não vai te levar a lugar algum. Sei que às vezes é difícil se controlar, mas... faça um esforço, por favor, Ka-chan.

Ele sabia bem que eu odiava quando ele me chamava daquele jeito. Tanto quanto odiava contatos corporais, e ainda assim ele passou levemente a mão sobre a minha cabeça. Cerrei os olhos com mais força. Eu não queria chorar. Não iria chorar.

Há tempos que tinha jurado para mim mesma que nunca mais iria chorar.

A forma como agi a seguir foi completamente instintiva. Quando meu irmão ameaçou tirar a mão da minha cabeça, eu a segurei, ao mesmo tempo em que abria as pálpebras e o olhava. A expressão no rosto dele entregou o fato de ter percebido que meus olhos estavam marejados. Odiei-me por isso.

— Eu vou tentar — respondi simplesmente. Porque, no fim das contas, tudo o que eu queria era exatamente não trazer problemas a Hinoki. Mas era tão incompetente, que, no fim das contas, sempre fazia tudo errado.

Hinoki sorriu. Eu continuei:

— Desculpe por terem te atrapalhado no seu trabalho por minha causa.

— Nada a seu respeito me atrapalha, maninha. Sempre te digo isso.

Esfregando os olhos, eu me levantei e corri para o banheiro, anunciando que tinha caído um cisco no meu olho.

Não queria preocupá-lo, mas era óbvio que ele não acreditaria naquela desculpa esfarrapada.

Como sempre, eu novamente fazia tudo errado.

UMI

Sempre acreditei em anjos, de verdade! Talvez tivesse sido culpa das irmãs do orfanato, que nos ensinavam a orar todas as noites, pedindo a esses seres celestiais que nos protegessem e que nos conseguissem uma família.

Bem, o meu pedido tinha sido atendido, né? Então é claro que minha admiração pelos anjos só aumentou.

Tinha lido inúmeros romances a respeito deles, assistido a praticamente todos os animês[16] que tratavam do tema, e aos filmes também. Só Cidade dos Anjos[17] assisti tantas vezes que cheguei a decorar todos os diálogos. Era o filme favorito da minha mãe, e se tornou o meu também. E juro que eu chorava no final, sempre!

Enfim, por todo o meu conhecimento (ficcional, é verdade, mas, ainda assim, conhecimento) do tema, me pareceu óbvio, naquele momento, que o Aki não poderia ser nada mais nada menos que um anjo.

Certo que não tinha os cachinhos loiros nem os olhos azuis... Mas, até aí, o Nicolas Cage também não (digo, não os cachinhos, né? Só os olhos azuis. Ou eram verdes? Nunca consegui definir exatamente). Vamos concordar que os anjos andavam bem diversificados nos dias atuais, não era mais como na Idade Média. As coisas evoluem!

Aki parecia confuso com o local onde eu o havia levado: uma ponte de madeira que atravessava um lago. Apoiando-se no guarda-corpo, ele olhou para os peixes que passavam por baixo do seu reflexo na água.

— Para que me trouxe aqui? — ele perguntou, por fim.

Mas será que não era óbvio?

— Para você andar, oras!

— Mas já andamos tanto até aqui.

— É para andar sobre a água, Aki! Como um anjo!

---

16 Abreviação de 'animation'. Termo usado no Japão para caracterizar desenhos animados (japoneses ou não). Fora do Japão, a palavra é usada para especificar a animação japonesa.

17 Filme de 1998, estrelado por Nicolas Cage e Meg Ryan.

— Mas quem andou sobre as águas foi Jesus Cristo.

— Mas você é um ser celestial, deve ser capaz disso também. Mesmo que não possa andar sobre a água, pode voar acima dela. Anda, pula!

— Assim? — Como um bobão, ele deu um pulo, olhando para mim.

— É claro que não! É para pular da ponte!

Ele olhou novamente para a água, contraindo a face. Parecia estar com medo.

Apesar de anjos não sentirem medo, dei um desconto, afinal, ele era um anjo desmemoriado.

— Mas desse jeito eu vou me molhar.

— Não vai, porque você é um anjo. Suas asas vão surgir e você vai planar sobre o lago e subir aos céus!

— Acha mesmo?

— Eu tenho certeza! Anda, sobe aí!

Ele subiu no apoio da ponte e sentou-se, com os pés pendendo para o lago.

— Agora pula!

— Tem certeza de que isso vai dar certo?

— O máximo que pode acontecer é você cair na água... Mas você sabe nadar, né?

— Não sei se sei.

— Você nunca sabe de nada. Anda, pula! Conte até três e pule!

— Tá bom, então! — Ele olhou para baixo, criando coragem. — Um... Do...

— Três!

Ansiosa, eu o empurrei. E aconteceu o que eu não imaginava: ele caiu na água. E afundou, como uma pedra.

Desesperei-me, lógico.

— Ai, meu Deus! — olhando para o lago, eu comecei a gritar, aflita. — Aki? Aki, fala comigooo!

Ele levantou o rosto para fora da água, começando a tossir.

— Gasp, gasp... Eu acho que não sou um anjo!

O que será que tinha dado errado?

Minutos depois, já estávamos em outro ponto do bairro. Eu olhei para o alto e, com as mãos em forma de concha diante da boca, gritei:

— Vai, Aki!

Ele olhou para baixo e, tenso, questionou:

— Tem certeza de que isso vai dar certo?

— É claro que vai. Você só precisava de uma altura maior, para fazer suas asas surgirem... Agora é só pular! Pule e voe!

Ah, é! Esqueci de contar onde estávamos!

Bem, fomos até um parque e convenci o Aki a subir em uma árvore. Já eu, fiquei bem segura em terra, aguardando o momento em que ele pularia.

Óbvio que eu não iria subir junto, né? Eu não era um anjo. Poderia acabar caindo e quebrando o pescoço, já pensou?

Ele respirou fundo e, sem muita confiança, pulou.

E não é que ele caiu, direto no chão? Nem uma planada, nem uma peninha saindo de suas costas.

Ai, Deus! Será que tinha quebrado o pescoço?

Corri até ele e abaixei-me ao seu lado. Fiquei aliviada quando o vi mexendo a cabeça. Ao menos o pescoço ele não parecia ter quebrado, ufa!

— Aki? Tá tudo bem?

— Eu acho que... — Ele levantou o rosto, com esforço. — Que eu não sei voar.

— Saber você sabe. Só que esqueceu quando perdeu a memória, por causa da queda.

— Queda?

— É. Você caiu do céu. Por isso que, quando eu te encontrei, você estava inconsciente. E... — Assustei-me, olhando para o braço dele. — O que é isso no seu braço?

Ele olhou, parecendo só então perceber que seu braço esquerdo sangrava.

— Eu devo ter batido quando caí.

— Mas... anjos sangram?

— Acho que não, mas eu, sim.

Diante deste novo fato, minha empolgação apenas aumentou:

— Você deve ser um tipo especial de anjo!

— Acho que não sou um anjo.

— Tem que ser. Não há outra explicação.

— Acho que não, porque... você pode me ver, não pode?

— Posso.

Ele tocou o meu ombro.

— Pode me sentir?

— Aham.

— Pode conversar comigo?

— Sim.

— Está vendo o sangue saindo do meu corpo?

— Estou.

— Então... Isso quer dizer que eu sou mortal, que nem você.

Enfim, eu entendi. E senti uma tristeza muito forte por isso.

Sentei-me na grama e voltei a esconder meu colar dentro da blusa.

— Eu só queria... descobrir quem você é. Para você não ter mais que ficar triste.

— Eu... estou triste?

— Não está?

— Não sei se estou.

— Por que você nunca sabe de nada? Nem do que gosta, nem do que sente...

— Eu... Não sei porque.

Suspirei, desanimada. Ele realmente não era um anjo, no fim das contas. Afinal, seres celestiais deveriam ser mais... hm... pensei na palavra 'inteligentes', mas isso seria meio ofensivo para o Aki. Digamos, então, mais decididos.

Nesse momento, meu celular tocou. Nem olhei a foto no visor, mas, logo que atendi, reconheci a voz desesperada:

— UMI-CHAAAAAAAAAN!

Tive que afastar o telefone do ouvido para não ficar surda com aquele grito.

— Suu-chan? O que foi? Aconteceu alguma coisa?

— Você está viva?

— Um pouco surda, mas viva, sim. Por quê?

— Disse que ia patinar. Fui lá na pista e não te vi.

— É que nós não ficamos muito tempo. Aki e eu resolvemos vir para outro lugar.

— Você e quem?

— Aki. É o nome do garoto sem memória.

— Ele se lembrou?

— Não. Fui eu que criei o nome para ele, em homenagem ao Akira.

Ela ficou em silêncio por alguns segundos, certamente tentando entender o que eu acabara de falar.

Não fazia muito sentido, era verdade.

— Bem, você está bem, não é? Ele não fez nada com você?

— Não, por quê?

— Eu fiquei preocupada. Mas, me diz, para que lugar vocês foram?

— Primeiro fomos ao lago, depois viemos aqui para o parque.

Mais uma pausa. Quando voltou a falar, a voz da Suu-chan soou carregada de maldade:

— Lago, é? Parque, é? Já entendi tudo!

— Entendeu o quê? — É sério, EU ainda não tinha entendido.

E preferia continuar sem entender.

— Que você está tendo um caso secreto.

De novo aquela história?

Voltei a ficar vermelha e respondi em desespero:

— Não... Né nada disso!

— Ah, o amor, o amor, o amor... *Love is in the air!* Não vou mais atrapalhar os pombinhos. *Bye bye*!

— Espera, Natsu! Não deslig... Aff, de onde ela tirou isso?

— O quê?

Ao olhar para o Aki, fiquei ainda mais vermelha, embora aliviada por ele não ter ouvido os absurdos ditos pela Natsu.

Tentei disfarçar a vergonha e respondi:

— Nada, deixa pra lá. Melhor irmos embora. Vou pedir para o sensei cuidar desses seus machucados.

Eu o ajudei a se levantar e seguimos lado a lado, em direção à residência dos Shimada.

Após uns cinco minutos de silêncio, perguntei, sentindo minha consciência pesar:

— Ei, Aki... Está doendo muito?

Ele olhou para o braço ferido, tornando a olhar para mim.

— Eu não sei.

...Decidi que era melhor desistir.

O sensei pareceu aflito quando viu Aki chegar tão machucado. Isso era muito chato, mas eu não pude deixar de reparar em... Como o sensei ficava bonito quando preocupado!

Tá, não pense que sou uma megera sem coração! Na verdade, eu fiquei preocupada com o Aki também. E muito triste por não ter conseguido descobrir quem ele era.

Seria tão mais simples se ele tivesse voado quando pulou da árvore! Por que a vida não podia ser simples de vez em quando, só para variar?

Assim que cheguei em casa, me animei ao ver os sapatos do meu pai no hall de entrada. Deixei os meus ao lado dos dele e entrei. Ao chegar à sala, encontrei meus pais abraçados. Achei a cena bonita e não queria atrapalhar, mas meus passos acabaram fazendo barulho suficiente para que eles percebessem a minha presença e se afastassem. Quando olharam para mim, me assustei ao ver que ambos choravam.

— Umi-chan... — mamãe começou a falar.

Mas eu a interrompi, aflita:

— O que aconteceu?

Ela olhou para o meu pai – que ainda vestia roupas brancas; na certa acabara de chegar do hospital – e pediu:

— Conte para ela, querido.

Ufa! O 'querido' me aliviou. Ao menos significava que eles não estavam se separando. Bem, mas se estivessem, não teriam se abraçado, para começar, né?

Mas e se fosse algo mais sério? E se um dos dois estivesse doente? Comecei a ficar ainda mais nervosa.

— Umi, você sabe que sua mãe e eu por anos tentamos diversos tratamentos para termos um filho — papai falou. Era um homem sério, mas de aparência jovial e muito bonito.

Por que ele tinha feito aquela pergunta? É claro que eu sabia que há anos eles tentavam ter um filho. Por nunca terem tido sucesso é que eu fui parar na vida deles.

— Sei, papai. Mas achei que tivessem desistido.

— Tínhamos desistido. Achamos que no nosso caso não teria jeito, mas...

Ele e a minha mãe se entreolharam, e ela assumiu:

— Mas tivemos uma grata surpresa, um verdadeiro milagre. — Ela se aproximou de mim e pegou a minha mão, colocando-a sobre a sua barriga. Senti o meu corpo inteiro estremecer com a intuição do que viria a seguir. — Umi-chan... Nós vamos ter um bebê.

Uma dor insuportável invadiu a minha garganta.

Olhei para meus pais. Os dois haviam lutado tanto por isso; ninguém merecia aquele milagre mais do que eles. Mas, de repente, pela primeira vez, eu me senti uma invasora dentro daquela família. Que agora, enfim, se tornaria completa e perfeita.

Capítulo quatro

四

A nova professora

UMI

Eles iam ter um bebê.

Um bebê!

Tá, eu sei... Bebês são fofinhos e tudo mais, mas... Será um bebê fofinho e filho deles de *verdade*. De verdade! De sangue. Não uma gaijin. Não uma intrusa.

Eu sabia que eu deveria ficar feliz por eles, mas... Só conseguia me sentir triste e insegura.

No dia seguinte, eu fui para a escola e, por um milagre (ou por não ter dormido muito bem, pensando nisso tudo) eu não cheguei atrasada. Na verdade, ao olhar as horas no celular, vi que estava bem no horário, mas, estranhamente, não encontrei a professora na sala.

Aliás, isso era muito estranho. Tanaka-sensei, nossa professora de História, era absurdamente pontual, na maioria das vezes chegava até antes do horário.

Os alunos estavam descontraídos – a maioria de pé e alguns sentados em pequenos círculos, conversando. Avistei Natsu e me aproximei. Ela falava com duas garotas que, quando me viram, automaticamente se afastaram.

Pois é, como dava para perceber, eu não era muito querida pela maioria dos meus colegas.

Natsu me olhou e sorriu.

— Umi-chan! *Good morning*!

— Bom dia. Desculpe, Suu-chan, eu atrapalhei a sua conversa, né?

— Ah, não ligue. São duas chatas.

Eu não me importava tanto assim, na verdade. Achava muito melhor ser ignorada do que maltratada. Algumas meninas de outras turmas implicavam comigo e já tinham chegado a me pregar algumas peças, como derrubar meu lanche, roubar meus sapatos ou colocar uma barata no meu armário (bem, mas antes uma barata que uma lagartixa, né?). Mas as da minha sala eram bem mais tranquilas e apenas me davam um gelo. Dava para sobreviver a isso.

— Onde está a professora? Não é aula de História?

— Ela entrou em licença-maternidade. O bebê dela resolveu nascer um pouco antes da hora.

— Ah... — Puxei a cadeira e me sentei, desanimada. — Bebês estão na moda, né?

— Estão? Nem tanto quanto a Lady Gaga[18]. Mas e o Aki?

— Ele também está na moda?

— Não me refiro a isso!

Então, ao que seria?

— Ele vai ter bebê também?

— Que saco, Umi! Quero saber onde ele está!

— Deve estar na casa do Shimada-sensei. Para onde mais ele iria?

— E vocês estão mesmo namorando?

Levantei-me, envergonhada.

Eu, namorando? O Aki? Quais as chances disso?

— Não! De onde tirou isso, Suu-chan?

— Hum... pareceu. Mas... gosta dele, né?

— É claro que não! Eu só tenho olhos para o Shimada-sensei, sabe disso!

— Mas o Aki é mais novinho e também é gato.

— Você acha, é? — Voltei a me sentar, tornando a sentir o desânimo de antes. — Nem reparei.

— Acho, sim! Claro, não tanto quanto o Ken-kun.

Parecendo se lembrar de alguma coisa, o rosto da Suu-chan tornou-se triste. Preocupada, perguntei o que era, e ela tomou fôlego para responder, mas, nesse momento, a porta da sala se abriu. Quem entrou foi a Kaori, que seguiu – séria e calada como sempre – até a sua cadeira. Logo depois, entrou o Shimada-sensei, acompanhado por ninguém mais ninguém menos que o Aki.

A surpresa em vê-lo ali só não era maior do que a de notar que ele usava o uniforme da nossa escola.

Eu vivia um daqueles momentos em que várias coisas sem sentido acontecem ao mesmo tempo. Minha mãe grávida, o Aki estudando na minha escola...

E, para falar a verdade, eu nem tinha notado que a professora de História estava grávida. Eu sempre sentia muito sono na aula dela.

Eu sentia sono em todas as aulas, para ser sincera. Menos nas do Shimada-sensei, claro!

Percebendo que os alunos se mostravam bastante intrigados, o professor começou a falar:

— Bom dia, turma. Esse é o Aki. Ele será o novo colega de vocês.

Um aluno, um tal Yoshinari-qualquer-coisa (nunca soube o primeiro nome dele), se levantou, indignado:

---

18 Cantora, compositora e produtora musical norte-americana.

— Um chinês?

Essa reação não foi surpresa para mim, ele sempre me tratou mal. Não só a mim, aliás, Natsu também era uma vítima do preconceito dele. Pelo que ouvia falar, ele era filho de um importante político, que era publicamente contra o aumento do número de estrangeiros vivendo, ainda que legalmente, no Japão.

Coisa meio ultrapassada? É, eu também achava. Muita gente achava. Mas, infelizmente, não era todo mundo.

— Sim — respondeu o sensei, tranquilamente. — Algum problema?

Yoshinari manteve-se revoltado:

— Já não bastava uma mestiça e uma gaijin, agora resolveram jogar outro estrangeiro na nossa escola, e bem na nossa turma?

Natsu virou o rosto para trás, encarando o Yoshinari e resmungando, irritada:

— Imbecil...

Já o Shimada-sensei não se alterou. Respondeu com a mesma voz serena de sempre:

— *Gaijin* é um termo pejorativo, que você não deveria usar para se referir a um colega. — Voltou-se para Aki. — Tem uma cadeira vaga ao lado de Shimada Kaori. Pode se sentar e ficar à vontade. — Enquanto Aki caminhava para o seu novo lugar, o sensei tornou a olhar para a turma. — Espero de vocês um mínimo de cordialidade com seu novo colega. Parece que a professora substituta já está a caminho. Tenham um bom dia.

Dizendo isso, ele saiu da sala.

Ah, Shimada-sensei! Era tão humano, tão compreensivo, tão simpático, tão bonito, tão...

— Ei, Aki, vem cá! — a voz de Natsu me arrancou da distração. Quando a olhei, vi que ela se levantava, indo em direção à mesa de Kaori — Fique aqui com a Umi, deixa que eu sento aí!

Zombeteira, Suu-chan olhou pra mim e acenou, piscando um dos olhos. Apenas a fuzilei com o olhar, sentindo-me envergonhada quando Aki sentou-se ao meu lado.

Novamente a porta da sala foi aberta. Dessa vez, quem entrou foi uma mulher. Era muito jovem, aparentava uns vinte e poucos anos e tinha os cabelos negros num corte desfiado, batendo pouco abaixo dos ombros. Pelas roupas, pelo jeito e pelos livros que carregava em mãos, entendemos que era a nossa nova professora.

Impossível não notar como ela era linda. Devia ter mais ou menos a minha altura e parecia uma modelo!

— Bom dia! — ela começou a falar enquanto deixava os livros sobre a mesa. — Sou Hirano Mari. Serei a nova professora de História e vou ficar com vocês até o final do ano. Espero que tenhamos uma boa convivência. — Ela olhou para o Aki. Percebi que ele retribuiu o olhar e, por alguns segundos, os dois se encararam em silêncio. Mas ela logo disfarçou. — Bem, vamos deixar a conversa para o intervalo. Começaremos hoje pela página 125 do livro.

Ela iniciou a leitura, e todos abriram seus livros, acompanhando a leitura. Já eu, fiquei intrigada com qualquer coisa que tinha rolado entre a professora e o Aki.

Parecia até que eles se conheciam. Seria a Hirano-sensei um anjo também?

Ah, é! Esqueci! O Aki não era um anjo. Foi muita informação para uma só cabeça, tudo ao mesmo tempo.

Anjos, bebês, novo aluno, nova professora... Impossível evitar a confusão mental.

Olhei para o ex-provável-anjo-chinês e notei que ele ainda mantinha o olhar fixo na professora.

— Ei, Aki — sussurrei. — Acompanha a leitura.

— Ah, tá. — Ele olhou para o livro e franziu a testa. — Matsuo-sama[19]?

Como é?

— Do que me chamou?

— Errei seu nome?

— O nome, não, mas... ninguém nunca me tratou por... *Sama*.

— Ah... É que... — Ele tornou a olhar para o livro.

— É que o quê?

— Eu não sei acompanhar a leitura.

— É só ler junto, para você.

— Mas eu não sei.

Ri, achando graça. E brinquei, voltando a olhar para o meu livro:

— Não sabe o quê? Ler?

— É.

Tornei a olhá-lo, assustada.

Aguardei até o final do dia. Quando todos guardavam os materiais para irem embora, foi que perguntei:

— Como é possível que não saiba ler? Se sabe falar japonês, deveria saber escrever também.

— Eu não sei.

— Mas nem o kanji[20]? Não é o que se usa na China?

— Reconheço alguns, sei o que significam, mas na minha mente o som deles é muito diferente do que vocês falam quando leem.

— Isso é um problema! Vou falar com o Shimada-sensei. Quem sabe ele não possa te ensinar? — Virei-me para onde Kaori se sentava, já perguntando. — Kaori-chan, seu irmão estará em casa hoj... — calei-me ao dar de cara com apenas a mesa onde ela e Natsu deveriam estar — Ué, aonde foram aquelas duas?

19 Sufixo usado após o nome. Usado para superiores, tendo um tom de respeito maior que o 'san'.

20 Caracteres de origem chinesa, adotados pelo Japão.

NATSU

Talvez eu estivesse mais empolgada do que o meu habitual – que, por si só, já representava um alto grau de empolgação. Falava de forma frenética desde que saímos da escola, enquanto caminhava na rua ao lado da Kaori-chan.

— Não acha os dois fofos? Umi é meio lerda, precisa que a gente dê uma força pra ela. Por isso, vamos sempre sair rápido da sala, deixando os dois sozinhos. Ah, eles formam um casal *so cute*, você não acha, Kaori-chan? ...Kaori?

— ...Disse alguma coisa?

— Esquece, sua chata!

Quando tornei a olhar para frente, acabei acidentalmente esbarrando em alguém. Por reflexo, de imediato curvei-me, na intenção de pedir desculpas, mas, antes que minha voz chegasse a sair, detive-me ao reconhecer aquela pessoa. Era um aluno da minha escola – da minha sala, para ser mais exata: o mesmo que discutira com o professor Shimada, horas antes, por causa de Aki.

De todas as pessoas do mundo, eu tinha que esbarrar logo naquele babaca?

— Veja se não é a mesticinha! — ele exclamou, com a voz zombeteira.

Usei o mesmo tom para retrucar:

— E veja se não é o maldito nazista da turma.

Ele riu.

— 'Nazista'?

— Exatamente. Prestou atenção à aula de hoje, sobre a Segunda Guerra Mundial? Falava sobre um cara igualzinho a você, um tal Adolf Hitler.

Não estava certa se tinha sido exatamente sobre isso. Talvez a matéria tivesse sido sobre a Primeira, e não a Segunda Guerra Mundial. Mas quem ligava? Só queria mesmo ofender o imbecil que era, de fato, um nazistinha.

— Não acho que Segunda Guerra seja um assunto interessante — Yoshinari respondeu. — Reacende meu ódio pelos malditos americanos e suas bombas atômicas.

— Fala como se os japoneses não tivessem cometido atrocidade nenhuma durante a guerra. Para de olhar para o próprio umbigo!

— Está com raivinha porque eu chamei os americanos de 'malditos', mesticinha?

— Quer saber? Não vou perder o meu precioso tempo discutindo com um ignorante como você. Vamos embora, Kaori-chan.

Agarrei a mão da Kaori, começando a passar direto por Yoshinari para seguirmos nosso caminho. Contudo, parei ao ouvir novamente a voz dele em uma maldosa provocação:

— Continua esperando o seu pai voltar?

Virei-me, encarando-o com ódio. O idiota havia pegado em meu ponto fraco, e sabia disso. Tanto que sorriu de forma sádica.

— Do que está falando? — indaguei, furiosa.

— Disse que eu só olho para o meu próprio umbigo, mas acho que a maior alienada é você. Acredita mesmo que seu paizinho americano vai voltar?

— Cala essa boca!

— Deveria seguir minha filosofia: jamais acredite em *gaijins*. Ainda mais em se tratando de um porco norte americano.

Meu ódio triplicou. Sem pensar sobre meus atos, fui até Yoshinari e lhe dei um forte tapa no rosto. Instantaneamente, ele revidou, com força suficiente para me derrubar no chão. Levantei o rosto, vendo-o me encarar enquanto gritava:

— Foi você que começou, mesticinha. A sua metade japonesa me fazia ter um mínimo de respeito por você, mas você demonstrou que a parte podre do seu sangue é o que prevalece.

— Imbecil! — Apressei-me em me levantar e dei o primeiro passo para voltar a atacá-lo. Porém, tive seu caminho bloqueado por Kaori, que, de costas para mim, encarava o Yoshinari. — Kaori-chan? O que vai fazer?

E, sem dizer uma única palavra, Kaori partiu para cima dele.

UMI

Após sermos abandonados por Suu-chan e Kaori-chan (para onde será que elas tinham ido? Elas nunca iam embora sem me esperar! ...Ou melhor: *Suu-chan* nunca ia embora sem me esperar!), Aki e eu saímos sozinhos da escola. Fazia muito calor neste dia, então, parei em uma máquina[21], em frente a uma loja, e comprei sucos para nós. Depois, nos sentamos em um banco de uma praça para beber.

— Tá quente hoje, não acha? — perguntei, em uma forma de puxar assunto.

A resposta, no entanto, foi a mais previsível possível. Adivinhe só qual foi...

— Eu não sei.

Óbvio que não sabia...

— É claro que está. Sabe o que eu pensei? Geralmente as pessoas ficam com amnésia por causa de alguma concussão. Se você perdeu a memória com uma pancada na cabeça, talvez, se levar outra muito forte, você se lembre de tudo. O que acha?

— Eu não s... — ele parou de falar quando eu bati com a minha bolsa na sua cabeça.

— E aí, lembra de algo?

Ele passou a mão no galo que começou a se formar e respondeu:

— Eu não sei.

— É... Acho que não deu certo. Nos filmes sempre funciona! — Tomei mais um gole da minha bebida e percebi que a dele estava intacta. — Não gosta desse suco?

21 As máquinas de venda automática são comuns no Japão e vendem os mais variados produtos, desde bebidas, jornais, revistas e pilhas, até artigos exóticos, como minhocas vivas, em regiões de pesca.

— Não sei se gosto.

— Afinal, tem alguma coisa que você saiba que goste?

— Você.

...HÃ?

Engasguei com o líquido e comecei a tossir. Ele tinha mesmo dito o que eu acho que ele disse?

— Mas você mal me conhece! — argumentei, olhando assustada para ele.

Novamente ele fez a afirmação com aquela cara de quem não tem noção alguma do que está falando (é... a cara dele de sempre):

— Mas eu gosto de você.

— Não pode gostar de mim! — Senti que a cada instante meu rosto ficava mais vermelho.

Aquela era a primeira vez que um garoto dizia que gostava de mim. E isso tinha que ocorrer de uma forma tão... tão... sem noção?

— Por que não?

— Bem, porque... porque eu gosto do Shimada-sensei.

— E daí?

— Como 'E daí'? Não pode gostar de uma pessoa que gosta de outra.

— Não posso?

— Bem... poder eu acho que pode... mas não deve! — Notei que ele olhou, apreensivo, para algo que estava atrás de mim.

Ia virar para ver o que era, mas fui surpreendida quando Aki se levantou e saiu me puxando pela mão, a passos rápidos. Entramos em uma rua transversal, e ele apoiou as costas em um muro, olhando, ainda assustado, para a direção da qual tínhamos vindo. Intrigada, também olhei e avistei Ken andando tranquilamente ao lado de dois amigos.

Repeti a pergunta que eu vinha me fazendo desde que aquilo acontecera pela primeira vez:

— Por que sempre se esconde do Ken?

— Não gosto dele.

Não se tratava simplesmente de não gostar. Aki parecia ter... medo, pavor, do Ken. Mas... por quê?

Eu não gostava nada do Ken. Mas sabia que, só olhando para ele, seria difícil pensar assim. Afinal, parecia até ser simpático, além de muito bonito. Não era à toa que a Suu-chan era apaixonada por ele.

De repente, tornei a me assustar com uma voz feminina:

— Aconteceu alguma coisa, crianças?

Viramos para trás e demos de cara com a nova professora, Hirano-sensei, carregando várias bolsas de compras.

— Sensei! — eu disse. — N... não aconteceu nada!

Ela não pareceu muito convencida.

— É que vocês me parecem assustados.

— Não, imagina! Mas o que a senhorita faz por aqui?

— Como me mudei há poucos dias, resolvi aproveitar o tempo livre para fazer umas comprinhas. Meu apartamento é aqui perto. Se quiserem, qualquer hora podem passar lá para tomarmos um chá.

Nossa, quanta cordialidade! Essa era a primeira vez que um professor me convidava para ir à sua casa.

Bem, eu já tinha ido à do Shimada-sensei, mas não fora exatamente ele que me convidara, né?

Enfim, com isso, eu me encantei ainda mais com aquela professora. Ela era bonita, simpática, doce, educada e agradável. Mal a conhecia, mas já a admirava. E, no fundo, confesso, sentia aquela vontade de um dia ser como ela.

Aham... A gaijin aqui, querendo ser como aquela mulher perfeita. Apelei, eu sei...

— Passaremos sim, sensei! — respondi, por fim. — Obrigada pelo convite!

— Estarei esperando. Mudando de assunto... Sabem onde eu posso achar uma loja de roupinhas de bebê?

— A senhora tem filhos?

Ela riu.

— Não, querida. Mas uma vizinha minha está grávida e quero comprar um presente para o bebê dela.

Bebês deviam mesmo estar mais na moda do que a Lady Gaga!

— Tem uma loja dessas, bem grande, perto da estação. É só seguir por aqui — apontei para a rua em frente —, e atravessar a pista. É bem pertinho.

— Obrigada, querida! — Ela olhou para Aki e sorriu. — E você, rapazinho? Já recuperou sua memória?

Como ela sabia que o Aki tinha perdido a memória? Não me lembrava de termos contado.

— Eu não sei — novamente, ele deu a sua resposta padrão.

Tive, então, que responder por ele:

— Ele não recuperou, não, sensei.

— Entendo. É uma pena, mas sei que logo irá melhorar disso. Então, crianças, vou deixá-los sozinhos, não quero mais atrapalhá-los. Tenham juízo, hein?

Sorrindo, ela foi embora, e nós a seguimos com os olhos. O Aki, com seu habitual olhar de quem não sabe de nada. Já eu, completamente enrubescida com o que ela havia insinuado.

— O que ela quis dizer com isso? Nós somos apenas colegas de turma, de onde essas pessoas tiram que temos algo a mais que isso?

De repente, lembrei-me da conversa que Aki e eu tivemos minutos antes. Ele dissera que gostava de mim. Por que será que tinha dito aquilo?

Aliás, por que eu estava tão balançada? Em primeiro lugar, isso não me importava, já que eu só tinha olhos para o Shimada-sensei. E em segundo... bem... nada que o Aki falava fazia muito sentido, né? Por que eu deveria levar aquilo a sério?

Resolvi pensar em outra coisa. Tornei a olhar para a professora, que já atravessava a rua, e comentei:

— Ela é tão legal, né? Tão jovem e tão bonita!

— Sim. — Aki concordou. — Eu gosto dela.

Ele gostava del... como é?

Tive que me segurar para não cair de cara no chão.

— O que disse?

Ele me olhou, com aquela cara de tapado, e repetiu:

— Que gosto dela.

— Como, se há poucos minutos disse que gostava de mim?

— Gosto dela também.

— Como pode gostar de duas pessoas?

— Eu não sei.

— Você só sabe o que te convém, né? Acho que já sei o que você era, antes de perder a memória.

— O quê?

— Um mulherengo!

Furiosa, saí andando depressa. Notei que ele me seguia, mas não dei atenção. Estava irritada, muito irritada!

Onde já se viu? Contou que gostava de mim, depois alegou gostar da sensei... Era um indeciso! Aposto que, antes de perder a memória, devia ter sido um daqueles caras bem galinhas, que dizem gostar de todas as meninas só para se darem bem.

Se bem que... eu não o condenava por gostar da sensei. Ela era bem bonita.

Bem bonita? Bah, a quem queria enganar? Ela era perfeita! Entre ela e eu, quem iria preferir a mim? Sejamos sinceros, nem eu preferiria.

A raiva começou a ficar mais fraca, porque a tristeza tornou-se mais forte. Assuntos e vozes diferentes começaram a se misturar na minha mente.

Aki confessando que gostava da sensei;

O idiota do Yoshinari fazendo comentários preconceituosos a meu respeito;

Mamãe contando que eles iriam ter um bebê.

Um bebê. Filho deles. De verdade.

Baixei a cabeça e senti minhas vistas ficarem úmidas. Parecia que eu não sentia mais o meu corpo, e já não fazia a menor ideia de por onde andava.

Fui trazida de volta à realidade ao ouvir o barulho da freada de um carro. Logo em seguida, senti-me sendo puxada por alguém e meu corpo caindo, junto ao dessa pessoa, de encontro a uma calçada. Tinha fechado os olhos e, quando voltei a abri-los, vi que era Aki caído no chão comigo. Na pista diante de nós, um carro parara, e o motorista, irritado, olhou-me através da janela e gritou:

— Olha por onde anda, gaijin! Quer morrer?

— Gaijin... — repeti, com a voz trêmula.

— Matsuo-sama? — Aki me chamou, preocupado.

Não consegui responder. Sentia meu corpo tremendo, as lágrimas molhando meu rosto e um aperto forte no peito.

Queria sumir. Simplesmente desaparecer dali.

"Já não bastava uma mestiça e uma gaijin, agora resolveram jogar outro estrangeiro na nossa escola, e bem na nossa turma?"

"Ainda existem no mundo pessoas de bom coração. Alguns pegam para criar cães ou gatos de rua... Outros preferem um filhote de gaijin."

"Às vezes tenho medo de a minha mãe conseguir ficar grávida. Se meus pais tiverem um bebê, eu perco a utilidade."

"Umi-chan... Nós vamos ter um bebê!"

Os soluços foram ficando mais fortes. E, quando percebi, estava em uma crise forte de choro, como não me lembrava de ter desde a infância.

— Matsuo-sama? — Ouvi a voz de Aki, ainda mais preocupado. — Está machucada?

Ainda chorando, avistei um par de sapatos de salto se aproximarem. Olhei para cima e vi que era a Hirano-sensei. Ela encarou Aki por alguns segundos, antes de me olhar com preocupação.

KAORI

A ideia de ir parar sentada no banco de uma delegacia realmente não fazia parte dos meus planos quando saí de casa pela manhã. Ao meu lado, Gallagher segurava um pano com gelo sobre a face onde tinha levado um tapa. Já eu, tinha um corte no supercílio esquerdo, que sangrava um pouco, e sentia uma dor incômoda no olho, que eu imaginava que, caso ainda não estivesse, logo ficaria roxo. Meus braços também traziam pequenos arranhões e hematomas.

— Tá doendo? — a pergunta feita em um choramingo veio da Gallagher.

Respondi de forma seca:

— Não.

— O meu está. — Olhando para frente, Gallagher riu. — Mas aposto que nele tá doendo bem mais.

Não havia em mim qualquer resquício de dúvida com relação a isso. À nossa frente, sentado no chão com as costas apoiadas na parede, Yoshinari mostrava-se bem mais machucado do que nós duas juntas. Ele nos encarava visivelmente irritadinho, e Gallagher, de forma implicante, mostrou-lhe a língua.

— Quem mandou ser um babaca?

Ele ia retrucar, mas um policial chegou e o chamou. Os dois saíram da sala juntos.

Gallagher bufou:

— É o maior filhinho de papai! Rapidinho a mamãe deve ter vindo buscá-lo. Hunf... E cadê a MINHA mãe que não chega? — Fez bico. Em seguida, olhou para mim, voltando a se empolgar. — Kaori-chan, é sério, eu não sabia que você batia tanto.

— Ele é que é um fraco. Só se garante batendo em garotinhas molengas.

— Também não precisa esculachar, né? Até porque, eu também bati nele. Quem ele pensa que é para ficar ofendendo o meu pai?

Nesse momento, a porta da sala foi novamente aberta. Dessa vez, um policial entrou, acompanhado por duas pessoas: a primeira era uma mulher de uns trinta e poucos anos, vestida com roupa social e com os cabelos – em um corte bem parecido com o da Gallagher, porém negros e um pouco mais compridos – presos em um coque formal.

A segunda pessoa era o meu irmão.

A mulher foi direto até a filha, abaixando-se diante dela e acolhendo seu rosto com as mãos.

— Meu bebezinho! Te machucaram muito?

Natsu afastou o rosto, fazendo uma expressão de dor.

— Ai, mãe! Não encosta aí que está doendo!

— Onde está o infeliz que fez isso com o meu bebê?

— Mãe, por favor... Para de me chamar assim.

Ignorando a conversa melosa das duas, olhei para o meu irmão por um momento, percebendo que ele me olhava de volta. Com isso, baixei o rosto.

— Mas eu sempre te chamei assim — a 'Gallagher-mãe' continuava a falar.

— Mas na frente dos outros não, né, mãe? Olha o mico!

— Vem, vamos para casa. Precisamos tratar desse seu rostinho.

Minha colega de turma olhou novamente para mim:

— Tchau, Kaori-chan. E obrigada. — Levantou-se e, ao lado da mãe, seguiu em direção à saída da sala. Ao passar pela porta, parou e olhou para o Hinoki. — Não fica bravo com ela, sensei. Ela só quis me defender.

Vi meu irmão abrindo um sorriso, que eu sabia ser completamente forçado.

— Cuide-se, Gallagher. Te vejo amanhã na aula.

As duas foram embora, saindo juntamente com o policial, deixando-me sozinha na companhia que eu mais queria evitar naquele momento.

Hinoki continuou em silêncio por alguns instantes, antes de se aproximar, parando bem à minha frente.

— Quem fez isso com você? — ele indagou. Fez uma pausa, aguardando pela resposta que não veio. — Quem, Kaori?

— Para que quer saber? Eu não preciso que ninguém me defenda, sei me cuidar sozinha.

— Não muito bem, pelo que dá para perceber. Anda, vamos para casa.

Dito isso, ele saiu. Já eu, ainda permaneci parada ali, por quase um minuto, antes de me levantar e seguir o caminho por onde ele saíra.

Capítulo cinco

五

Ciúmes?

UMI

Não achei que tão cedo eu fosse realmente conhecer o apartamento da Hirano-sensei. Ela ficou muito preocupada comigo e nos levou para a sua casa. Agora, eu estava sentada em um sofá de dois lugares, bebendo um copo de água para me acalmar, com a professora abaixada diante de mim.

— Está melhor, querida? — ela perguntou, logo que terminei de beber a água.

— Sim, sensei. Obrigada.

— Não parece tão melhor assim, ainda está com uma carinha triste. Conta para a tia aqui, o que aconteceu?

Pela primeira vez desde a briga com Aki, seguida pelo meu quase atropelamento, eu ri.

— *Tia*? A senhorita é tão jovem, não poderia ter uma sobrinha da minha idade.

— Bem, devo ser uns oito ou nove anos mais velha que você. Pode parecer besteira, mas é bastante coisa. Não quer me contar por que estava chorando tanto? Foi apenas o susto de quase ter sido atropelada?

Apenas? Isso já era coisa pra caramba!

Mas ela estava certa, não era *apenas* isso. Era muita coisa junta, mas resolvi contar pelo menos uma delas:

— Meus pais vão ter um bebê.

— Sério? Mas que maravilha!

'Maravilha'? Quem acharia isso uma maravilha?

Certo... muita gente. Ok, quase todo mundo acharia. Mas eu não achava! E expliquei os motivos:

— Não é maravilha! Não quando se é adotada. Eles me adotaram porque não podiam ter filhos, mas agora podem, e eu não vou mais ser útil. Eles agora vão ter um filho de verdade.

— Mas você também é de verdade. Afinal, eles te escolheram para ser filha deles.

— Escolheram muito mal... Logo uma *gaijin*.

— Eu acho que escolheram foi muito bem, você é uma gracinha! — Ela deu dois tapinhas na minha cabeça, e, mais uma vez, eu sorri. Em seguida, pegou o copo vazio da minha mão. — Vou deixar isso na cozinha e levar vocês dois para casa.

E saiu, indo em direção ao corredor.

Aki fora ao banheiro limpar os arranhões que fez no braço quando se jogou para me salvar. Senti-me mal por ter brigado com ele, afinal, ele salvou a minha vida.

Aliás, pensando bem, que razão eu tinha para ficar tão chateada? E daí que ele gostava da Hirano-sensei?

...E daí?

AKI

Logo que eu abri a porta do banheiro, dei de cara com a sensei, que vinha da direção da cozinha. Por qualquer razão, meus olhos se prenderam aos dela, e isso foi correspondido. Havia algo nela, que fazia o meu coração se aquecer, mas eu não era capaz de compreender o que seria.

Porém, por mais que forçasse a memória, não conseguia me lembrar por que ela me era tão familiar. Entre tantas dúvidas, existia uma certeza em minha mente: já conhecia aquela professora. E, de alguma forma, sabia que já a conhecia há muito tempo.

Surpreendi-me quando ela, repentinamente, levou uma das mãos de forma carinhosa até a meu rosto, pondo-se a fitar-me com uma expressão que era um misto de afeto e tristeza. Minha surpresa aumentou quando ela aproximou os lábios do meu ouvido e sussurrou:

— Volta logo, por favor. Não sei até quando eu vou conseguir levar essa farsa.

Senti meu corpo inteiro estremecer, e minha mente exibiu uma imagem desbotada, em que eu me via segurando a chave de um carro e conversando com alguém que não conseguia ver o rosto, apenas ouvia a voz.

Uma voz feminina.

— *Volte logo. E tenha cuidado.*

Em resposta, ouvi outra voz que se assemelhava muito à minha, embora a forma de falar fosse firme e carregada de um quê de arrogância.

— *Não me espere hoje. E pare de ser tão preocupada.*

— *Não é uma preocupação sem nexo. Cuidar de você é a minha obrigação.*

— *Até porque, se você não cuidar, não terá quem cuide, não é?*

— *Não diga isso, porque sempre terá a mim.*

Balancei a cabeça, ainda mais confuso com aquelas lembranças. A professora tirou a mão do meu rosto e sorriu.

— Vamos logo. Sua namoradinha está esperando.

Dito isso, ela foi para a sala. Ainda permaneci imóvel por algum tempo, completamente sem reação, antes de segui-la.

UMI

No dia seguinte, eu já me sentia bem melhor. Tudo bem que não tinha dormido muito bem à noite, tanto que novamente cheguei à escola super cedo, antes do professor. Mas já não estava tão chateada assim. Não sabia se seria uma qualidade ou um defeito, mas não costumava ficar triste ou guardar mágoa por muito tempo.

Não que eu tivesse alguma mágoa para guardar pelo Aki ter dito que gostava da Hirano-sensei, né? Afinal, éramos apenas colegas de escola.

Como cheguei cedo, aproveitei para tentar ensinar ao Aki um pouco da escrita japonesa. Como se faz com crianças, passei para ele as tabelas de hiragana e katakana[22], e ele prometeu estudar em casa. Agora, ensinava a leitura de alguns kanji.

松尾

— Matsuo... — li, mostrando os ideogramas. — É meu nome!

Apontei o ideograma seguinte:

海

— E esse é o kanji de 'mar'. Umi.

— Umi?

— Sim... Foi o nome que me deram no orfanato, porque eu tinha 'olhos da cor do mar'. — Apoiei os braços sobre a mesa e descansei a cabeça sobre eles, pensativa. — Sabe, às vezes me dá um pouco de curiosidade... De saber que nome os meus pais biológicos me deram. Será que era um nome australiano? Francês? Canadense?

Eu não era de falar muito sobre isso, nem mesmo com a Natsu. Muito menos com meus pais, é claro. Mas, por algum motivo, sentia-me confortável em abordar o assunto com o Aki. Acho que, de alguma maneira, eu me identificava com a falta de identidade dele. Embora por razões diferentes, tínhamos isso em comum.

22 Alfabetos silábicos da língua japonesa. O Hiragana é usado em palavras para as quais não exista kanji, além de partículas, terminações verbais e adjetivos. Também é usado para escrever a pronunciação de um kanji. Já o Katakana é usado comumente para nomes estrangeiros, onomatopeias, ou para dar destaque a uma palavra em um texto.

Levantei o rosto, olhando para ele, e continuei:

— É muito ruim a gente não saber de onde veio, né? Acho que foi por isso que simpatizei com você.

O Aki ficou meio paralisado, me olhando com aquela cara de bobo. Fiquei sem graça e, para disfarçar, escrevi mais um kanji no caderno.

秋

— E esse é o kanji de outono. *Aki*. O nome que escolhi para você.

Voltei a olhá-lo e notei que ele sequer prestou atenção ao que eu escrevi. Continuava me olhando, de um jeito estranho. Aquilo fez meu coração bater mais acelerado e, por qualquer razão, não consegui desviar meus olhos dos dele.

Bem, isso até alguém colocar uma cadeira ao lado da minha e dizer, com a voz empolgada:

— *Good morning*, pombinhos!

Confesso que senti-me tímida ao me dar conta do que acontecia. Porém, ao olhar para Natsu, esqueci-me totalmente, pois me assustei com a mancha roxa no rosto dela.

— Suu-chan, o que foi isso?

Ela passou a mão sobre o hematoma e, fazendo bico, explicou:

— Ah, foi aquele imbecil do Yoshinari.

— Ele te bateu?

— É, mas apanhou muito mais. Kaori-chan acabou com ele!

— A Kaori? Ela sabe brigar?

— É, e bem pra caramba! Mas, por falar nisso... — Ela olhou ao redor. — Cadê ela? Não veio com você e com o sensei, Aki?

— Ela saiu antes de nós — ele respondeu.

Natsu contou:

— Eu vi o sensei na sala dos professores... A aula dele é a segunda de hoje. Será que Kaori-chan vai matar a aula de Biologia?

— Ela não mataria a aula do próprio irmão. Mataria?

— Sei lá... Ela é meio estranha. — Suu-chan olhou para o caderno e sorriu, de forma zombeteira. — Ah, que bonitinho... Aki e Matsuo Umi. Está só faltando circular os dois nomes com um coração!

— Né nada disso, Suu-chan! — retruquei, constrangida. — Eu só estou ensinando o Aki a ler.

— Ele não sabe ler? Nossa, que burro!

Suu-chan não era exatamente a pessoa mais sutil do mundo.

— Ele não é japonês, lembra? Sabe falar, mas não sabe escrever.

— Como isso é possível?

Uma voz surgiu atrás de nós, dando-nos um susto.

— Simples! — Nós três olhamos para a direção da qual vinha a voz e nos deparamos com a Hirano-sensei. — O aprendizado da língua escrita e da língua falada se dá por processos diferentes. Com certeza quem ensinou japonês para o rapazinho ensinou apenas a língua falada.

— Uau! — exclamei.

— O que faz aqui, sensei? — questionou Natsu. — Hoje não é sua aula.

— Eu sei. Vim ver como o casalzinho aqui estava.

— Estamos bem — respondeu Aki, com sua inocência de sempre.

Fiz uma observação:

— É, mas não somos um casal.

— Fico feliz — disse a sensei. — Pelo fato de estarem bem, e não por não serem um casal. Bem, só passei para saber de vocês. Qualquer coisa, sabem onde me encontrar.

Dizendo isso, Hirano-sensei saiu da sala. Comecei novamente a pensar no quanto ela era encantadora, quando a voz de Natsu se fez ouvir:

— Essa professora é meio estranha, não é?

Como ela ousava dizer tal blasfêmia?

— Como assim *estranha*? — perguntei, incrédula.

— Acho que ela não tem muito jeito de professora. É informal demais... e nova demais também.

— Se for pela idade, Shimada-sensei também é super jovem.

— É, mas algo nela não me convence. — Ela olhou para o Aki, mudando de assunto. — *Anyway*... Aki, preparado para o seu primeiro dia de faxina?

Ele fez aquela conhecida cara de quem não entendia o recado. Então eu expliquei:

— Não sei como é no lugar de onde você veio... — Seja lá qual fosse o lugar de onde ele tinha vindo — Mas, por aqui, são os próprios alunos que cuidam da limpeza da escola. Temos uma escala, e, cada dia, dois ou três estudantes ficam depois da aula para limpar a sala. Eu só não sabia que já tinham te colocado na escala.

— Sim, eu dei uma olhada agora há pouco — Natsu informou. Não existia nada naquela escola que ela não soubesse. — Hoje o Aki fica para a limpeza, junto com a Naoko e a Kaori. Aliás, acho que é por isso que aquela danada faltou hoje!

Eu não acreditava muito nisso. Kaori-chan não era de fugir do trabalho, mesmo que tivesse que ficar depois do horário com a Naoko, que era supermetida!

É verdade que a minha amiga não era lá o melhor exemplo de simpatia, mas ao menos ela não ficava reclamando de tudo nem fazendo careta de nojo o tempo todo.

Aproveitei e mostrei para o Aki quem era a Naoko. Era uma menina com o cabelo enorme e tingido de castanho-acobreado, com uma franja reta sobre a testa. Pequena e magra, como todas as demais, e muito bonita, apesar de andar sempre com o nariz empinado e fazendo cara de nojo para tudo e todos. Ela se sentava em uma das cadeiras da frente, e no momento conversava com um grupo de amigas. E, só para me matar de vergonha, cismou de nos olhar bem na hora em que eu apontava para ela, mostrando-a para o Aki. Abaixei o dedo, ultraconstrangida, enquanto ela cruzava os braços e me encarava como quem tirava satisfações.

Então, Aki teve uma conduta que quase me fez morrer de vez, tomada pela vergonha e pela apreensão de ganhar mais uma inimiga na escola (e dessa vez na minha própria turma!): ele levantou a mão e acenou para Naoko. E foi aí que aconteceu algo que eu jamais imaginaria ver: ela sorriu.

Ela sorriu! Na minha direção!

Não foi para mim, mas foi para alguém que estava ao meu lado. E isso nunca, jamais, tinha acontecido (oras, eu só andava com excluídas! Quem iria sorrir para alguém próximo a mim?)

Não bastasse sorrir, ela acenou de volta.

Sério, quais as chances disso?

Por um momento, voltei a pensar que o Aki era um anjo. Mas logo descartei novamente a ideia, ao me dar conta de que ela o olhava de um jeito que não se deve, de forma alguma, olhar para um ser angelical.

Voltei-me para o Aki e, enfim, vi que ele também sorria. E a olhava, e acenava... E ela fazia o mesmo.

Eles estavam... flertando?

Natsu começou a falar sobre um filme ao qual ela assistira na noite anterior, mas eu não prestava a mínima atenção. Sentia-me zonza, abismada e um tantinho irritada com o que presenciava.

Zonza, porque era a Naoko flertando com alguém que, repito, estava ao meu lado.

Abismada, porque era o Aki... Aquele ser perdido, confuso e ingênuo... flertando descaradamente com alguém.

E irritada porque...

É verdade, por quê?

Só sei que foi um grande alívio quando o professor entrou na sala e iniciou a aula, dando um fim a... seja lá o que acontecia ali.

No decorrer do dia, notei que eles ainda trocaram uns três ou quatro sorrisos. Foi um segundo alívio quando o sinal, enfim, tocou, anunciando que era hora de ir embora.

Bem, *eu* ia embora. O Aki ia continuar lá... Com a Naoko. Cheguei a pensar em ficar com eles... Sabe, pra fazer companhia ao Aki na volta para casa, já que ele era sempre tão perdido. Foi a desculpa que dei para a Natsu, mas ela não se convenceu e começou a jogar piadinhas, insinuando que eu estivesse com ciúmes.

E é claro que não era isso! Eu só me sentia um pouco zonza, abismada... e levemente irritada (e decidi que a irritação era por causa do calor. É claro! Só podia ser!). Para a Suu-chan parar de implicar comigo, concordei em ir embora com ela.

No caminho, paramos numa lanchonete para tomar um sorvete e lá ficamos durante quase duas horas. Fiquei feliz pela minha decisão, pois me diverti muito conversando com a Suu-chan. Aliás, senti falta da Kaori-chan com a gente, embora soubesse que, se estivesse ali, como de costume nós mal ouviríamos a voz dela. Mas, ainda assim, ela fazia falta.

Amizade é um sentimento meio sem lógica mesmo.

Mas quem precisa de lógica para ser feliz?

Já começava a anoitecer quando saímos de lá e nos despedimos, indo cada uma para uma direção diferente. Eu não tinha andado muito quando tive uma surpresa: avistei Aki caminhando do outro lado da rua. Tomei fôlego para chamá-lo, mas me segurei assim que observei um fato importante: ele não estava sozinho.

Não, não era a Naoko ao lado dele. Era outra garota. Parecia ser mais velha do que eu (embora as japonesas tivessem aquele dom de demorarem mais a envelhecer); devia ter algo em torno de vinte anos.

E, céus, ela era linda!

Que tipo de ímã o Aki possuía para atrair tantas garotas bonitas?

Quando me dei conta, eu já fazia algo que jamais imaginei fazer: atravessei a rua e comecei a segui-los, como uma espiã, me escondendo atrás de árvores pelo caminho. Apenas quando os dois pararam diante de um portão foi que eu reparei que ele carregava uma sacola de compras nas mãos. Eu não estava tão pertinho assim, mas consegui ouvir o que eles conversavam:

— Muito obrigada pela ajuda! — ela agradeceu, apanhando a sacola de volta.

— De nada. Moças bonitas não devem carregar tanto peso.

HEIN?

Sim, quem disse isso foi o Aki!

O Aki! Aquele bobão!

Na verdade, ele disse isso com a voz e o jeito de bobão (o que fazia a frase soar até um pouco 'fofa'). Mas não deixava de ser uma cantada barata, de milésima categoria.

Meu Deus! Foi aí que eu, enfim, confirmei que o Aki era mesmo um galinha!

O calor não tinha aumentado, mas a minha irritação, sim. Sem deixar que o Aki me visse, fui embora, sem conseguir parar de pensar em tudo o que havia acontecido durante o dia.

Ao chegar em casa, cumprimentei brevemente os meus pais (eles também não pareciam fazer questão de mais atenção da minha parte; estavam animados demais discutindo opções de nomes para o bebê) e subi as escadas, fechando-me no quarto. Corri direto para a frente do espelho e abri o zíper da minha saia, começando a enrolar o cós até ficar super curta, como todas as meninas da escola costumam usar (ou quase todas... algumas eram tímidas, como eu, ou estranhas, como a Kaori-chan).

Dei um giro, olhando-me melhor no espelho. Então, soltei um suspiro de desânimo e desdobrei o cós. A quem eu queria enganar? Eu estava ridícula!

Definitivamente, jamais faria o estilo *kawaii*[23]. Era tão alta e desengonçada, que parecia uma girafa andando sobre duas pernas. Tá, talvez isso soasse como um exagero, porque, pelo que via nas revistas americanas que o pai da Natsu enviava para ela,

23 Adjetivo japonês que significa 'bonito' ou 'fofo'. O termo tornou-se um aspecto da cultura japonesa, também denominando um estilo delicado, fofo e meigo, comum entre garotas japonesas.

em muitos países do ocidente eu não seria considerada alta. Mas acontece que no Japão era diferente. Aqui, mesmo uma menina considerada *plus size* não passava dos cinquenta quilos (e eu passava bastante disso, aliás!), nem as altas tinham quase um e setenta de altura ainda na adolescência. As mulheres eram pequenas e delicadas, tão opostas a mim!

Mais desanimada do que antes, joguei-me na cama, olhando para o teto pintado de azul claro. Não importava o que eu fizesse ou que roupas usasse, a verdade era uma só: o Aki jamais olharia para uma garota como eu.

Peraí... Aki???

Levantei o tronco, sentando-me na cama, assustada com meus próprios pensamentos.

Aki? O que me importava o tipo de garota para quem o Aki olharia?

— Sensei — reforcei em voz alta, para que eu mesma pudesse ouvir e nunca mais voltar a me confundir daquele jeito. — Shimada-sensei jamais olharia para uma garota como eu.

Voltei a deitar, convencida de que havia sido apenas uma confusão de nomes, nada mais.

Puxei um volume de *Kimi Ni Todoke*[24] da cabeceira da cama. Já tinha lido aquele, mas resolvi ler de novo.

A história de uma menina esquisita talvez fizesse eu me sentir melhor.

Quando um novo dia começou, eu novamente tinha dormido super mal e, com isso, acabei saindo mais cedo da cama e chegando à escola super adiantada. Para o meu azar, o Aki já estava lá, aparentemente estudando a tabela de ideogramas que fiz pra ele. Sentei-me ao seu lado em silêncio e abri o meu caderno, fingindo que também estudava e, assim, evitando que ele viesse a puxar qualquer assunto.

Não demorou cinco minutos e a Natsu chegou, radiante como sempre. Tinha prendido o cabelo de forma diferente nesse dia, com uma pequena parte presa para trás e uns grampos com pedrinhas segurando os fios que ficaram soltos na frente. Ela puxou uma cadeira e se sentou ao meu lado.

— *Good morning*! — Esticou o pescoço, olhando para os rabiscos que eu fazia na última folha do meu caderno. — O que está fazendo?

— Nada — resmunguei em resposta. Devia ter dito que estava descontando na pobre folha a raiva que sentia do Aki.

Mas isso não era nada. Instantes depois, o desconto ocorreu na ponta da lapiseira, que quebrou quando aquele cara de pau disse, apontando para Natsu:

24 Mangá criado por Karuho Shiina, que conta a história de uma colegial, da qual todos os colegas de escola têm medo, embora tudo o que ela queira é socializar com todos. A história tem uma versão em anime e o mangá foi publicado no Brasil pela Editora Panini.

— Está bonita.

Qual é? Agora ia cantar até a minha melhor amiga?

Ela balançou a mão diante do rosto e retrucou:

— Bah, eu não estou, eu SOU. Mas obrigada mesmo assim.

— Eu sei. — Como ele conseguia dizer aquilo com aquela cara de sonso? — Mas o cabelo desse jeito fica mais bonito.

— Você acha? — Os olhos dela brilharam. E eu parecia estar invisível em meio aos dois. Mas não culpava a Natsu, sabia que não era por maldade... Afinal, ela jamais resistia a um elogio. — Vou passar a usá-lo mais dessa forma, então.

Ele finalmente olhou para mim e anunciou:

— Vou ao banheiro.

— Não precisa anunciar esse tipo de coisa, é só ir.

Ele fez que sim, levantou-se e andou alguns passos, parando para amarrar o cadarço do tênis. Parei com os meus 'desenhos' e olhei para Natsu, finalmente esbravejando:

— Você viu? Viu isso?

— Vi, sim! — Ela fraziu a testa e apontou para o meu caderno. — Você desenha mal pra caramba!

Acho que ela estava andando muito com o Aki.

— Não tô falando disso! Tô falando do babaca do Aki. Percebeu o que ele fez?

— Eu notei! Claro! É, amiga, acho que fizemos uma importante descoberta sobre o Aki.

— Isso mesmo! Ele é...

— Gay — Natsu completou, o que me fez olhá-la com os olhos arregalados.

— Gay?

— Umi-chan, acorda. Ele reparou no meu cabelo. Que cara hétero repara no penteado de uma menina?

— Caras galinhas. É isso que ele é! Não percebeu que foi uma cantada?

— Cantada? — Ela riu. — Com aquela cara de bobão?

— É a cara dele! Talvez ele nem se dê conta, mas age assim por instinto. Antes de perder a memória, devia ser um safado!

— Ai, Umi-chan, eu não acredito que seja iss... — ela se calou quando olhou para frente, e sua expressão ficou séria e surpresa. Voltei os olhos na mesma direção, e a minha raiva triplicou, dando-me uma enorme vontade de chorar.

Aki estava parado próximo à porta e entortava o pescoço para olhar duas garotas que entravam na sala, usando saias curtíssimas. Não preciso contar para o quê, exatamente, ele olhava, né?

— É... — Natsu suspirou. — Amiga, ele é um galinha.

Mas por que tinha que ser assim? Ele parecia tão legal. Tudo bem que era meio perdido, indeciso e confuso, mas, ainda assim, um garoto legal. E eu realmente acreditei quando ele disse que gostava de mim... Ainda que pouco depois ele tivesse dito que gostava da Hirano-sensei, mas...

Ai, que droga! Por que eu me preocupava com isso? Quando ele recobrasse a memória, seguiria com a vida dele, deixaria de morar com o Shimada-sensei e de frequentar a escola. Talvez a gente nem se visse mais. Então, não fazia diferença ele ser legal ou não. E, mesmo que ele demorasse muito para recobrar a memória, de qualquer forma, não fazia diferença, porque ele era apenas um colega, nada mais. Meu coração teria para sempre um único dono: o professor que entrou na sala naquele momento, iniciando a aula.

Natsu foi para o seu lugar, e eu debrucei sobre a mesa, admirando o grande amor da minha vida. Shimada-sensei era perfeito! E não deveria ser um galinha, de forma alguma! Hoje ele estava com uma camisa azul, minha cor preferida, o que o deixava ainda mais bonito. Shimada-sensei era tão lindo! Shimada-sensei era tão educado! Shimada-sensei era tão inteligente...

— Voltei, Umi-sama! — disse Aki, sussurrando, sentando-se ao meu lado.

Mas que droga, lá estava ele de novo com aquela mania de *Sama*.

'Umi-sama'... É, até que isso soava bonitinho dito com a voz dele. Ai, ai... Aki era tão fofo.

...Aki?

Shimada-sensei é que era fofo! O Shimada-sensei! Ele era fofo, ele!

— Umi-sama, você está na página errada — Aki informou, apontando para o meu livro.

Olhei para ele, encarando aqueles olhos verdes e puxados.

Ele também era tão bonito, educado... Talvez não muito inteligente, mas era fofo.

— O que aconteceu, Umi-sama? — ele perguntou, com aquela voz dele, de bobo preocupado.

Suspirei, em desespero.

— Eu tô perdida!

Ele fez cara de quem não entendeu. Não o culpo. Eu mesma não me entendia.

Nesse dia, após a última aula, Shimada-sensei me procurou na sala para conversar. Meu coração disparou, e eu fiquei super ansiosa pensando no que ele poderia querer falar comigo. Mas, obviamente, não era nada do que eu esperava. Ele me contou que conversara com um médico a respeito do Aki, que disse que a falta de memória certamente se dera por conta de algum trauma recente e que suas lembranças possivelmente retornariam com o tempo.

Acho que não precisava de um diploma de Medicina para concluir isso, mas...

Depois disso, o sensei me perguntou sobre a Kaori-chan e se mostrou surpreso quando eu contei que ela não tinha ido à escola (já que, pelo que ele relatou, ela saiu cedo de casa com o uniforme).

Não era a primeira vez que Kaori-chan matava aulas. Aliás, isso era até bem comum.

Só sei que, com isso, eu acabei não conseguindo fugir de novo do Aki. Aquele bobão (e galinha, arg!) estava me esperando para irmos juntos embora. Apressei o passo, andando bem à frente dele, na tentativa de chegar logo ao ponto do caminho onde nos separávamos, indo um para cada direção. No entanto, ele logo me alcançou, passando a andar ao meu lado. Ele pareceu pensar um pouco antes de me chamar:

— Umi-sama?

— *Quiê?*

Notei a respiração dele ficando mais tensa. Acho que não esperava uma resposta tão grossa. Até me senti mal com isso, pois não era de tratar ninguém assim.

Eu estava mesmo superirritada.

Só para constar: neste dia também fazia muito calor.

Após alguns segundos, ele perguntou:

— Por que está brava?

— Não estou brava. Estou normal.

— Mas o seu normal não é assim. Não somos amigos?

Éramos?

— Mais ou menos. Acho que somos mais como colegas.

— Então por que está brava?

— Colegas também ficam bravos quando o outro faz alguma besteira.

— Eu fiz besteira?

— O que acha? Você é um galinha!

Dei mais alguns passos e notei que ele não andava mais ao meu lado. Parei e olhei para trás, encontrando-o parado, com os braços abertos e olhando para o próprio corpo de forma curiosa. Então me olhou e questionou:

— Mas achei que fosse um humano.

Suspirei, incrédula. 'Sentido figurado' era algo complicado para ele. Sendo assim, tive que explicar:

— 'Galinha' quer dizer que você é um mulherengo, que faz elogios para todas as meninas bonitas que vê.

Ele piscou duas vezes, parecendo pensar no que tinha acabado de ouvir. Jurava que ele fosse negar ou tentar se explicar. Porém, ao invés disso, ele apenas indagou:

— E isso é errado?

A pergunta fez a minha irritação aumentar. Estávamos próximos ao lago (aquele onde o fiz pular, na esperança de que pudesse andar sobre as águas), e eu fui até o gramado, onde praticamente me joguei, sentando-me e fitando a água, enquanto bufava tentando restabelecer a calma.

Não entendia o que estava acontecendo comigo. Nunca fui de ficar brava, nem mesmo com as pessoas que implicavam comigo. Nunca! E, nas poucas vezes que ficava, era como agora: me dava uma vontade louca de chorar. Mas controlei-me, embora sentisse meus olhos queimarem. Certamente estavam já vermelhos, mas nenhuma lágrima desceu, e é o que importa.

O Aki sentou-se ao meu lado, me olhando com aquela cara de bobão preocupado.

— O que houve, Umi-sama?

— Já disse para não me chamar assim. E, quer saber, você tem toda a razão: desde que não falte com o respeito, não há nada de errado em elogiar as meninas que você acha bonitas.

Peguei uma pedra no chão e joguei no lago. A intenção era que ela quicasse sobre a água antes de afundar, mas isso não aconteceu.

Um dia eu ainda descobriria como fazer aquilo.

Tentei mais umas duas vezes e, como não consegui, resolvi desistir e deitei no chão, com as mãos sob a cabeça. Olhei para o céu, que estava superazul, com poucas nuvens.

Após alguns instantes, voltei a ouvir a voz do Aki, que agora se deitava ao meu lado:

— Umi-sama, se você quiser, eu não elogio mais.

Novamente, achei superfofinho o jeito como ele falou. Mais calma, eu suspirei, sentindo-me uma boba por ter ficado tão irritada à toa.

— Não esquenta, Aki. Se você achar alguma menina bonita e solteira e tiver cara de pau para isso, pode elogiá-la, sem problemas. Desde que não seja inconveniente ou desrespeitoso, não há nada de errado nisso.

— Mesmo?

— Mesmo!

Mais uma vez ficamos em silêncio, e eu, curiosa, voltei meus olhos para ele. Senti meu rosto queimar ao ver que ele também me olhava.

Em um movimento rápido, ele se apoiou sobre o cotovelo, continuando a me encarar. Não era o olhar corriqueiro, como a gente olha para uma pessoa qualquer em uma conversa – até porque não havia mais conversa, apenas um silêncio, ao mesmo tempo incômodo e reconfortante. E eu, apesar da timidez, não consegui desviar a visão daqueles olhos tão misteriosos.

Tensa, eu voltei a me sentar, mas não desviei meus olhos dos dele, apreensiva. Quando ele entreabriu os lábios, dando a entender que queria dizer alguma coisa, o meu coração acelerou. O que ele iria falar? Faria algum elogio, como o que fizera a Hirano-sensei, a Natsu e àquelas outras meninas? Por mais fútil que pudesse parecer, eu quis que ele me elogiasse. Eu quis, torci, desejei demais que isso acontecesse. Porém nenhuma palavra foi dita. Ele meramente deixou de me olhar e sentou-se, passando a fitar o rio. Sentei-me também e, intrigada, perguntei:

— O que você queria me dizer?

— Hum? — Ele me olhou, com aquela cara de bobo confuso de sempre.

— Por que me olhou daquele jeito? Queria dizer alguma coisa? — insisti.

— Não. Nada.

Não.

Nada.

De todas as palavras que ele poderia ter dito, escolheu logo as duas piores.

Não. Nada.

Fiquei triste, sim. Mas, mais do que isso, voltei a ficar irritada. Muito irritada! Embora no fundo soubesse que não havia motivos reais para isso. É claro que o Aki não tinha nada para me dizer. O que teria? Que elogios me faria? A troco de quê?

Então, para acabar não brigando com ele, eu apenas me levantei, peguei minha bolsa no chão e disse um rápido 'tchau', antes de me virar para começar a ir embora.

Ouvi que ele também se levantou e chamou um 'Umi-sama!' meio baixo e hesitante, mas não dei atenção e passei a andar mais depressa. A quase correr, na verdade.

Pelo caminho, senti as lágrimas tão evitadas molharem o meu rosto. Meu peito doeu, de tristeza e raiva.

E não entendia por que estava me sentindo assim.

Capítulo seis

六

O segredo de Natsu

UMI

Apesar de grandes, minhas pernas definitivamente não foram feitas pra correr. Eu percebia isso todas as vezes que acordava atrasada e tinha que me apressar para conseguir chegar a tempo na escola. A cada dúzia de passos, eu quase tropeçava em algo, isso quando esse 'quase' existia, e quando o 'algo' não eram as minhas próprias pernas.

Depois de alguns dias dormindo mal e acordando cedo, meu corpo acabou pedindo por mais descanso. Com isso, eu voltei à rotina de sair atrasada.

Ao virar em uma esquina, outra estudante juntou-se a mim na corrida. Qual não foi a minha surpresa ao perceber que se tratava da minha amiga Natsu.

— Suu-chan, o que aconteceu? — perguntei, preocupada.

Com a respiração pesada, Natsu respondeu:

— Perdi a hora. Fiquei até muito tarde vendo uns filmes americanos que meu pai me mandou.

Não consegui fazer qualquer comentário, estava ofegante demais para isso.

O pai da Natsu sempre enviava presentes dos Estados Unidos para ela: revistas, CDs, DVDs... ela adorava, porque com isso podia praticar seu inglês, saber das novidades do país que ela tanto amava e, principalmente, acho que se sentia mais próxima ao pai.

Chegamos à calçada do colégio no mesmo momento em que o porteiro começava a fechar o portão. E nós duas nos chocamos contra as grades de ferro. Oficialmente atrasadas e impedidas de assistir à primeira aula.

— *No*! — Natsu gritou, em revolta. — Por um minuto, um mísero minuto! Por favor, senhor, nos deixe entraaaaaaar!

Meu ouvido doeu. A voz da Natsu era extremamente fina e estridente. E isso, claro, piorava demais quando ela gritava.

O porteiro, no entanto, não pareceu se importar. Apenas apontou para o grande relógio em seu pulso, nos mostrando que estávamos um minuto atrasadas. Sem chances para nós.

Desanimadas, nos sentamos as duas na calçada. Eu apenas suspirei, enquanto Natsu começava a reclamar:

— *Shut up*! Eu não acredito em uma coisa dessas. Isso nunca, nunca, aconteceu comigo! Eu não mereço essa mancha no meu currículo!

— Fica calma, Suu-chan — tentei tranquilizá-la. — Não é o fim do mundo. Vão nos deixar entrar para a segunda aula.

— Não é o fim do mundo? Você pode estar acostumada com isso, mas eu, não. Sou uma aluna responsável!

Pensei em retrucar, mas deixei para lá, afinal, ela não estava completamente errada. Aquela já devia ser a terceira ou quarta vez no ano que eu ficava presa do lado de fora da escola. Eu não era exatamente uma aluna irresponsável, apenas tinha um pequeno problema para acordar cedo e chegar no horário.

Ah, e também sentia muito sono nas aulas, então, às vezes acabava cochilando, não entendia as matérias e tirava notas não muito boas. Mas, ainda assim, garanto que não era irresponsável!

Tá... ao menos não tanto assim. Não era pior que a Kaori-chan, por exemplo, que vivia matando aulas.

Porém, por qualquer razão desconhecida, as notas dela eram bem melhores que as minhas. Melhores até que as da Natsu, na maioria das vezes.

— Por favoooooor! — Suu-chan gritou, voltando a olhar para o porteiro da escola. — Não faça isso comigo justo na aula de Inglês. Deixa a gente entrar, *please*!

Passados alguns segundos, o moço teve uma reação: virou-se para trás ao ser chamado por alguém, que se aproximava. Eu me surpreendi ao ver que era a nossa professora de História.

Ela falou algo que não conseguimos ouvir, e, após uns dois minutos de conversa, ele finalmente voltou até o portão, abrindo-o enquanto resmungava algo tipo "que seja a última vez". Agradecemos e entramos, seguindo ao lado da professora em direção ao prédio onde estudávamos. Apenas quando nos afastamos do porteiro foi que eu agradeci, com a voz baixa:

— Obrigada, Hirano-sensei!

Olhei para a Natsu, esperando que ela também agradecesse, mas ela não disse nada.

— Não se preocupe — respondeu a professora. — Todo mundo perde a hora uma vez ou outra na vida.

— A Umi perde a hora quase todo dia — resmungou a Natsu ao meu lado.

— Não é verdade, Suu-chan! Não exagere!

Ok, eu sabia que era verdade. Mas ela não precisava ter dito aquilo na frente da professora. O que a Hirano-sensei ia pensar de mim?

Mas ela nem pareceu ter dado atenção àquilo, já que mudou completamente o assunto, fazendo uma pergunta inusitada:

— O que vocês vão fazer depois da aula?

— Não temos planos — respondi.

— Gostariam de me acompanhar até a igreja?

— Igreja? — Franzi a testa, sendo pega de surpresa pelo convite. Será que ela se referia à mesma igreja onde eu tinha ido, dias antes, com o Aki?

— Sim, igreja. Informaram para mim que tem uma aqui perto.

— A senhorita é cristã? — perguntei, admirada pela coincidência. — O Aki também é. — Ou ao menos tudo indicava que fosse.

Porém, a Hirano-sensei não demonstrou surpresa.

— Convide-o para ir com a gente. Vamos os quatro lá depois da aula, o que acham?

Animada, movi a cabeça numa afirmação. A professora olhou para Natsu, aguardando a resposta dela. Eu esperava que fosse negativa, já que a Suu já tinha me dito que não gostava da Hirano-sensei. No entanto, para o meu espanto, ela resmungou:

— Só porque eu não tenho nada melhor para fazer. E vamos convidar a Kaori-chan também.

Dito isso, Natsu se apressou e entrou na sala de aula. Parei diante da porta, ao lado da Hirano-sensei, e me curvei diante dela, novamente agradecendo por ter nos ajudado a entrar na escola. Ela sorriu, e eu não pude deixar de reforçar em minha mente a ideia de que ela era linda demais.

E ela seguiu, a caminho da sala dos professores. Ainda me mantive parada no corredor, pensando em tudo aquilo. Tinha sido realmente uma surpresa a forma como uma professora convencera o porteiro, até então inflexível, a deixar duas alunas atrasadas entrarem na escola depois do horário. Suu-chan tinha razão quando dizia que a Hirano-sensei era uma professora muito diferente das outras. Porém, ao contrário da minha amiga, eu não achava essa diferença ruim.

De repente, enfim me dei conta do meu mega atraso e me apressei em entrar na sala. O professor de Inglês me olhou com uma cara bem severa, mas eu pedi desculpas e fui logo para o meu lugar. Aki já estava lá e, ao contrário do que acontecia nas outras aulas, dessa vez conseguia acompanhar a leitura pelo livro. Quem diria que ele sabia ler em inglês!

Em um momento em que o professor ficou de costas para a turma, para escrever no quadro, eu me virei, olhando para a mesa onde a Natsu estava, sozinha.

Kaori-chan havia faltado à aula, mais uma vez.

O que estaria acontecendo com ela?

KAORI

O terraço do colégio costumava ser um local tranquilo, ideal para a prática do boicote de aulas. Na maioria das vezes, estava vazio, embora vez ou outra encontrasse por lá outro aluno matador de aulas ou querendo fumar ou beber escondido. Havia um pacto de silêncio mútuo nessas situações. Ninguém dedurava ninguém.

E, principalmente, ninguém enchia o saco de ninguém. Era um lugar para se ter um pouco de paz.

Especialmente pelo fato de estar completamente sozinha ali neste dia, eu me senti certa de que teria essa esperada paz. Mas entendi que isso não aconteceria quando comecei a ouvir as vozes que vinham do outro lado da porta de ferro que dava acesso às escadas que levavam até ali.

— É nisso que dá ser amigo de idiotas como você — reclamava uma voz masculina e desconhecida por mim. Tinha um jeito de falar meio bad-boy, meio 'queria ser um membro da Yakuza, mas no fim sou só um moleque de ensino médio'. — Tenho que perder meu tempo batendo em manés.

Outro garoto respondeu. Este usava um tom meio amedrontado:

— Se eu fosse você, não menosprezava o sujeito. Ele quase acabou comigo. — A voz me soava vagamente familiar, mas não dei muita atenção a isso.

O outro rebateu:

— Qualquer pirralho de ensino fundamental, que bata mais ou menos bem, consegue acabar contigo.

— Pô, Katsura, também não precisa humilhar, né? — 'Katsura'... O nome não me era nada conhecido.

— Não sabe que isso pode até abalar a minha reputação? Eu, Katsura Yuurei, o maior bad boy do colégio, tendo que bater em manés para defender amigos bundões!

Enfim, a porta foi aberta em um estrondo. Eu estava apoiada sobre a grade de proteção, de costas para eles, mas, de forma meio desinteressada, virei o rosto, movida por uma leve curiosidade, para ver quem eram os dois barulhentos. O mais revoltadinho eu não conhecia. O estilo dele condizia bem com o tom marrento que usava: tinha um corte de cabelo arrepiado e vestia roupas bem largadas, com um uniforme surrado, que parecia ter sido feito para alguém dois números acima dele.

Ah, e o outro era o babaca em quem eu havia batido no dia anterior. Um covardão levando um amigo para se vingar no lugar dele.

O jeito com que o tal *bad boy* me olhou denunciava que eu não era exatamente o que ele esperava encontrar.

— Você só pode estar de brincadeira. Aquilo é uma garota!

— Acredite, Katsura, ela é um monstro!

— Monstro? — Katsura tornou a olhar para o amigo, meio incrédulo. — Por acaso você não apanhou de uma garota, né?

— Er... Você precisa sentir o peso do punho dela!

Revoltado com a confirmação, o tal Katsura agarrou Yoshinari pelo colarinho.

— Você me fez vir até aqui para me vingar de uma GAROTA que BATEU EM VOCÊ? — Enfim, eu não era a única que achava aquilo simplesmente ridículo.

— Ela não é uma garota qualquer!

— Você é que é uma vergonha para a classe masculina! Eu nem tenho coragem suficiente para bater em uma garota. Onde já se viu?

— Pode pelo menos dar um susto nela. — Era interessante perceber que ele cochichava, como se eu não estivesse a apenas alguns metros de distância, vendo e ouvindo tudo.

— Um susto? — O suposto bad-boy largou o amigo, parecendo pensar sobre aquilo. — Tá, posso fazer isso. Vou tentar limpar o que resta da sua honra... Se é que um cara que apanha de uma garota sabe o que é ter honra.

A situação era tão ridícula quanto tediosa, por isso voltei a me virar de costas para eles, tornando a vagar os olhos distraídos pela visão do bairro que eu tinha dali de cima.

— Ei, garotinha, a gente pode levar um papo? — a pergunta feita de forma autoritária fez meu tédio crescer um pouco mais. — Tô falando contigo, ô, mal educada! A parada é a seguinte: você bateu em um amigo meu, e eu não curti nem um pouquinho esse lance. Então, será que você poderia, educadamente, se virar para a gente poder conversar?

Suspirei, lamentando o fato de ter tido meu momento de paz interrompido por uma chatice daquelas.

— Arg... Você tá me irritando! — Katsura agarrou os meus ombros, forçando-me a virar de frente para ele. Sério, qual era o problema daquele sujeito? — A gente pode levar um papo agora, garotinha?

Eu mantive a cabeça abaixada, evitando olhá-lo. Contudo, a gota d'água foi quando ele apertou os meus ombros com mais força. Levantei o rosto para encará-lo, na mesma velocidade em que ergui meu punho, socando o queixo daquele idiota e fazendo com que ele fosse parar no chão, nocauteado.

Segui andando em direção à porta e ainda pude ouvi-lo resmungar:

— Ai... Mas o que foi que...

— E aí, o que achou? — perguntou a voz de Yoshinari.

— O que ela tem nos punhos? Chumbo? — foi a última coisa que eu ouvi, antes de bater a porta e ir embora, pensando em que outro local procuraria para ter um pouco de paz e sossego.

Era complicado quando se era praticamente um grande imã para problemas.

Meu irmão não ia ficar nada feliz quando descobrisse isso.

UMI

Como tínhamos combinado, depois da aula, Natsu, Aki e eu saímos com a Hirano-sensei. De fato, a igreja onde ela queria ir era a mesma que Aki e eu conhecemos dias atrás, o que me deixou um tantinho intrigada. Morando a vida quase inteira naquele bairro, eu nunca tinha nem dado atenção àquele local e agora, de repente, eu ia até lá duas vezes em menos de uma semana.

Paramos diante da escadaria, olhando para a construção. Suu-chan, que ainda não conhecia, comentou:

— Nossa, é mesmo bonita! Meu pai também é cristão, mas protestante. Lá em casa tem algumas fotos dele quando jovem, em eventos da igreja que frequentava.

Olhando melhor, achei a igreja mais bonita do que na primeira vez que a vi. Foi uma pena não termos encontrado a Kaori-chan para ir com a gente. E, sem ela, eu fiquei sem graça de convidar o Shimada-sensei.

Pareço uma egoísta falando assim, né? Mas, na verdade, estava sentindo muito a falta da Kaori-chan. E preocupada. O que teria acontecido para ela faltar à escola há tantos dias?

Voltando a falar da igreja, agora que conseguia admirá-la melhor, até entendia porque Aki ficara tão empolgado na primeira vez em que a viu. Pensei que naquele momento ele deveria estar com a mesma cara de bobo daquele outro dia.

Olhei para ele, para constatar o que pensei. Porém, o que vi me deixou um tanto surpresa e angustiada. Com seus olhos fixos na igreja, o Aki e a Hirano-sensei estavam... de mãos dadas.

Mas por quê?

O que, afinal, existia entre eles?

Sabia que isso não deveria ser da minha conta, mas... por qualquer razão, senti-me sufocada vendo os dois daquela maneira.

Apenas para piorar o dia – que pra mim já não tinha mais nada de feliz – uma voz feminina e conhecida nos chamou a atenção:

— Olha a *gaijin* aqui. Veio confessar os pecados?

Quando nos viramos, demos de cara com Utada, uma das meninas que me provocaram no dia do festival. Apesar de estar com o braço engessado (perguntei-me o que teria acontecido), ela me olhava com o mesmo ar de superioridade.

E nem a presença de uma professora parecia intimidá-la.

— Está sem a sua 'segurança' hoje? — Utada perguntou. Como fiz cara de quem não entendeu, ela explicou. — Aquela brutamontes que anda com vocês.

Eu ainda não tinha entendido, mas pelo visto a Natsu entendeu, pois começou a rir.

— Ah, foi a Kaori-chan que fez esse estrago em você, foi? Bem feito!

O olhar de ódio da Utada passou de mim para a Natsu.

— Mestiça irritante!

— Mestiça, e com muito orgulho — retrucou Suu-chan.

Utada riu, irônica.

— Tem orgulho do papai americano?

— E muito!

Como eu já sabia que provocar a Natsu falando do pai dela nunca terminava de forma pacífica, tentei acalmar os ânimos:

— Suu-chan, não dá bola para ela!

— Tem razão, Umi-chan. Não vale a pena perder tempo com gentinha ignorante. Vamos entrar na igreja!

Natsu foi a primeira a se virar em direção à escadaria. Mas logo voltou-se para Utada quando esta disparou:

— Por que não encara logo a verdade? Seu pai está morto, não está?

Mas do que aquela louca estava falando?

Olhei para Suu-chan e vi que ela pareceu apavorar-se ao ouvir aquilo. Porém, aos poucos, seu olhar assustado deu lugar ao ódio, e ela correu até Utada, começando a puxar-lhe os cabelos e a estapeá-la, enquanto a xingava pelos piores nomes que conhecia. A sensei foi a primeira a correr para separá-las. Aki e eu fizemos o mesmo.

É claro que, com um braço engessado (somado ao ódio que movia a Natsu), a Utada estava apanhando muito mais do que batendo.

A sensei segurou a Utada, enquanto Aki e eu puxávamos Natsu. Quando, enfim, conseguimos separá-las, tentei acalmar a minha amiga:

— Suu-chan, não dê atenção ao que essa louca diz!

Utada gritou:

— Sua maluca! Você me paga, vai ver! — Soltou-se da sensei e foi embora, apressada.

Enfim pude soltar a Natsu.

— Suu-chan, por que fez isso? Sabe que ela estava mentindo, não tinha que ter perdido a razão desse jeit... — calei-me quando vi que minha amiga começava a chorar —... Suu-chan?

Com uma expressão séria, a sensei, enfim, se pronunciou:

— Perdeu a razão porque ela disse a verdade, não é mesmo?

Em um sobressalto, Suu-chan olhou para a professora e gritou:

— Não! É mentira! O meu pai vai voltar!

— Você sabe que não. Precisa aceitar isso.

— CALA A BOCA! Você não sabe nada da minha vida! NADA!

Completamente alterada, Suu-chan saiu correndo, indo para a direção oposta de sua casa. Ainda gritei para que ela esperasse, mas nem fui ouvida. Tentei segui-la, mas logo a vi entrar em um táxi e, assim, a perdi completamente de vista.

Não soubemos mais da Natsu naquele dia.

Na manhã seguinte, saí mais cedo de casa e encontrei com o Aki no caminho para a escola. Contei a ele que pretendia passar em um lugar antes de ir para o colégio, e ele, mesmo sem dizer nada, passou a me acompanhar.

Fomos à casa da Natsu.

Toquei a campainha, e quem nos atendeu foi a mãe da Suu-chan.

— Bom dia, Gallagher-san — cumprimentei, curvando-me levemente diante dela. Percebi que Aki fez o mesmo. — Viemos buscar a Natsu para irmos juntos para o colégio.

— Natsu não vai para a escola hoje. Ela não está se sentindo bem.

— Sei... — Pensei por um momento se deveria fazer aquela pergunta. E não resisti. — Não quero parecer indiscreta, mas... isso é pelo que disseram do pai dela, né? É verdade mesmo?

Ela ficou em silêncio, e tive medo de levar uma bronca pela minha indiscrição. No entanto, surpreendi-me quando ela, ao invés disso, nos convidou para entrar.

A casa dos Gallagher parecia ter o dobro do tamanho da minha, além de ser muito bonita. Na sala, Aki e eu sentamos em um confortável sofá, e a mãe de Natsu em outro, de frente para nós. Continuei a vagar os olhos pelo cômodo e avistei, sobre uma pequena estante, um porta-retratos com uma foto de família. Nela, Suu-chan ainda era criança e tinha os cabelos castanho-claros. Seu pai era loiro – bem mais do que eu – e tinha os olhos verdes.

— Era para ter sido uma viagem curta — Gallagher-san começou a falar. — Mas houve uma desgraça. O avião em que ele estava...

Ela levou a mão à boca, contendo um soluço, e seus olhos começaram a transbordar. Ver aquilo me fez sentir o peito apertado. Era triste demais.

— Eu ainda tive esperanças, mesmo com todos dizendo que não teria como alguém sobreviver àquilo — ela continuou. — Fiz de tudo para que Natsu não soubesse do acidente, mas não foi possível, isso virou foco da mídia na época. Então, garanti a ela que ele estava bem... Eu mesma acreditava nisso. Foram semanas de buscas, até que encontraram o corpo. E mais semanas até o reconhecimento. Até o último minuto eu tive esperanças de que não fosse ele, de que ele estaria vivo, em algum lugar...

— Suu-chan não ficou sabendo? — perguntei. — Ela não foi ao enterro?

— Ele era cidadão norte-americano, e a família colocou pressão... Acabou sendo enterrado nos Estados Unidos, e eu nem pude me despedir. Eu não podia viajar levando a Natsu comigo, tinha medo de que a família dele quisesse brigar pela guarda dela. Teriam chances de conseguir, pois eles têm dinheiro e influência em seu país. E também não tinha com quem deixá-la. No fundo, sempre tive medo de me afastar dela; Natsu agora é tudo o que tenho na vida. Por isso, eu... — Ela olhou para a fotografia na estante. — Pedi perdão a ele e não fui dar o meu último adeus.

O aperto no meu peito aumentou. Então era verdade, e o pai da Suu-chan realmente estava...

— Mas e os presentes? — perguntei, ainda custando a acreditar. — Os CDs, os filmes, as roupas...

— Eu compro pela internet. O pai sempre enviava presentes para ela. Eu não queria que ela sentisse falta disso, portanto, eu mesma passei a comprar e deixava sempre em cima da cama dela. Quando voltava da escola, Natsu achava que eram presentes do pai e eu... bem, eu nunca neguei. — Ela baixou a cabeça e apertou as mãos uma contra a outra. Passados alguns segundos, tornou a me olhar nos olhos e pediu: — Tente falar com ela!

— Eu...? Falar com ela?

— Ela está no quarto desde ontem. Chegou em casa me exigindo uma resposta, e quando confirmei, ela se fechou lá. Não quer comer, não fala comigo... Precisa reagir. Fale com ela, por favor! Ela gosta tanto de você... quem sabe te escute!

Olhei para Aki, em um silencioso pedido de opinião. Imaginei-o balançando os ombros, como se dissesse seu clássico 'eu não sei', mas, para a minha surpresa, ele moveu a cabeça numa afirmação.

Decidi que aquilo era mesmo o certo a se fazer. Eu tinha que tentar falar com a minha amiga.

Gallagher-san me informou o caminho, e subi as escadas, abrindo a primeira porta do lado direito do corredor. Colocando o rosto para dentro do quarto, chamei:

— Suu-chan?

Ela estava deitada de bruços sobre a cama, com o rosto enterrado no travesseiro. Como não respondeu, eu entrei e sentei-me ao lado dela, pensando no que deveria falar.

Sério... o que se diz em uma hora dessas?

— Eu sinto muito pelo seu pai.

É, eu sei. Essa foi péssima. Mas serviu para que eu enfim ouvisse a voz dela, embora baixa e chorosa:

— Veio rir de mim?

— Não! Claro que não, Suu-chan. Acha que eu faria isso com você?

— Eu não sei. Achava que conhecia a minha mãe, mas descobri que ela mentiu para mim por quase quatro anos.

— Ela não queria que você sofresse.

Natsu levantou-se de súbito, sentou-se e, incrivelmente, forçou um leve sorriso.

— E quem falou que estou sofrendo? Eu não sou mais criança, sei que as pessoas morrem. Um dia eu vou morrer, e você também!

— É, eu sei, mas...

— Eu não sou tão tonta. Todos insinuavam que meu pai tinha me abandonado, e eu, apesar de não aceitar, no fundo sabia que isso poderia ter acontecido.

— Mas o seu pai não te abandonou.

— É, ele morreu. — O sorriso dela estremeceu, e seus olhos rapidamente inundaram em lágrimas. — Eu preferia que ele tivesse me abandonado. Quer saber? Acabo de descobrir mais uma coisa em comum entre eu, você e a Kaori. Além de três excluídas, também somos três órfãs. Engraçado, né?

— Não acho graça nisso. Acho que temos coisas boas em comum também.

— É? — a voz dela era irônica. — Tipo o quê?

— Apesar de órfãs, não estamos sozinhas, porque temos alguém que nos ama. Eu tenho meus pais adotivos, Kaori tem o irmão e você tem a sua mãe.

— Uma mãe mentirosa... Grande coisa.

— Ela só quis te proteger. Ela te ama demais, Suu-chan.

Desviei os olhos pelo quarto por um instante, e minha atenção foi voltada para uma bandeira norte-americana presa em uma parede. Suu-chan percebeu isso.

— Estados Unidos da América... — Natsu disse, chamando de volta a minha atenção. — Foi o país que eu idolatrei a vida inteira... E foi o país que tirou o meu pai de mim.

O que restava do sorriso dela se desfez por completo, e, vencida, ela se entregou ao choro.

Aquilo me deixou em pânico.

Tentei me colocar no lugar dela e, incrivelmente, não consegui. Não pude sequer cogitar a hipótese de perder os meus pais. Sei que chegava a ser engraçado essa frase vir justamente de uma órfã, mas meus pais adotivos eram a única família que eu conhecia e amava, e, só de imaginar perdê-los, a dor era tão forte que em segundos minha mente se forçava a negar aquilo, como se fosse algo improvável ou impossível de acontecer. Algo que eu jamais aceitaria.

Porém, para a Natsu, aceitar não era mais uma opção. Ela tentou negar o quanto pôde, embora, no fundo, certamente soubesse do acontecido. Agora a verdade estava diante dela, como um muro intransponível.

Seu choro mostrava o quanto ela queria derrubar tal muro, mas não seria possível. Inexistia qualquer alternativa que não fosse aceitar que seu pai jamais voltaria para casa.

Como uma tola, eu ainda pedi:

— Suu-chan... não chora! Senão eu vou chorar também! Calma, Suu-chan, por favor...

Eu também quis chorar, mas não podia. Estava ali para dar força a ela. A minha melhor amiga estava sofrendo demais, e eu não sabia o que fazer; não sabia o que dizer.

Precisava ajudá-la, mas simplesmente não sabia o que falar.

Minha aflição apenas reduziu quando Suu-chan jogou-se no meu colo e me abraçou, continuando a chorar. Suas lágrimas molhavam a minha perna, e ela me abraçava com força, como se aquilo pudesse aliviar a dor que sentia.

Então eu entendi. Não havia o que ser dito.

Apenas a abracei de volta.

Capítulo sete

七

Irmãos

UMI

Duas matrizes A e B, de mesma ordem, são iguais se seus elementos correspondentes forem iguais. Dadas as matrizes, determine x, y e z para A=B...

Aff, eu odiava Matemática!

Li e reli a questão mil vezes. E não sabia nem por onde começar a resolvê-la. Estava certa de que, da turma, eu teria a pior nota.

Porém, ao olhar para a prova de Aki, em branco, mudei de opinião. Talvez eu tivesse a *segunda* pior nota da turma.

O professor informou o final do horário e passou por todas as carteiras recolhendo as provas. Suspirei, desanimada. Ao que tudo indicava, eu ficaria mais uma vez com nota vermelha em Matemática. Bem naquele momento em que as férias de verão enfim se aproximavam.

Mas o meu desânimo não era só por causa da nota. Já fazia mais de uma semana desde a última vez que a Suu-chan aparecera na escola. Sem contar que a Kaori-chan, também há mais de uma semana, vinha matando quase todas as aulas. Em especial as do Shimada-sensei. Acho que os dois andavam brigados ou alguma coisa do tipo.

Ah, e também fazia mais de uma semana desde o dia em que vi o Aki e a Hirano-sensei de mãos dadas, em frente à igreja. Por alguma razão, não conseguia deixar de pensar nisso.

Será que os dois estariam namorando?

— Matsuo-sama? — Aki me chamou, me arrancando de meus devaneios.

— Já pedi para não me chamar assim, Aki. O que foi?

— Eu que queria saber. Você estava olhando para mim.

Ai, meu Deus! Só então me dei conta de que tive todos esses devaneios enquanto olhava para o Aki. Que vergonha!

— Não foi nada. Eu me distraí, pensando em outras coisas. — Ele não precisava saber que parte das coisas em que eu pensava tinham a ver com ele, né? — Mas... já que você perguntou... posso te fazer uma pergunta?

Ele moveu a cabeça, dizendo que sim. Juntei um pouco de coragem e soltei a dúvida que tanto me atormentava:

— Você gosta mesmo da Hirano-sensei?

— Sim.

Por que ele tinha que ser tão direto?

— Mas você outro dia disse que... Que também gostava de mim.

— Sim.

Direto e confuso.

— E... gosta como?

— Gostando.

— Gosta igual?

— Não.

— Não?

— Não. Vocês são bem diferentes.

Não deixava de fazer sentido.

O que não fazia sentido, pelo visto, eram as minhas perguntas, já que ele não conseguia entender de forma alguma.

— Mas o 'gostar'... como é? É como gosto do Shimada-sensei ou como gosto das minhas amigas?

— Eu não sei.

Estava demorando para ele dar essa resposta.

Mas, pensando bem, por que eu me preocupava com isso? Eu amava o Shimada-sensei, e era só ele que me importava.

Parece até que sentia ciúmes da Hirano-sensei, que gostaria de estar no lugar dela e de ter sido eu a segurar a mão do Aki.

Ou de abraçá-lo. Ou de beijá-lo, talvez.

Se eles eram mesmo namorados, deviam fazer isso também, né?

Não que isso fosse da minha conta.

— Umi... — Aki voltou a me arrancar das minhas loucuras mentais.

A forma como ele me chamou me surpreendeu. Ele disse o meu nome!

— ...Me chamou pelo primeiro nome?

— Umi. — Como uma criança, ele apontou para o kanji que tinha escrito numa folha de caderno. Estava meio torto e desproporcional, mas dava para identificar o que era.

海

Mar. Umi. O meu nome!

Sorri, sentindo-me uma professora orgulhosa.

— É! Aprendeu a escrever o meu nome!

— Umi... — Ele apontou para os *kanji* que formavam o meu sobrenome — Matsuo-sama!

Estava bom demais para ser verdade!

— Não! Já pedi, para de me chamar assim. Chama só de Umi mesmo.

— Posso?

— Claro. Somos amigos.

— Somos? Não éramos só colegas?

É verdade, eu tinha dito isso!

Quando foi que decidi elevar o status do Aki em minha vida?

— Mas isso foi antes. Você senta todo dia do meu lado, vamos para casa juntos, andamos na rua juntos, e você sabe até meus segredos... Sabe que eu amo o Shimada-sensei e que tenho medo de altura.

— E de jacaré, de lagartixa... E de seus pais terem um bebê.

— Então, acho que já somos amigos. Anda, as aulas acabaram, vamos embora. Hoje tá calor, não quer tomar um refrigerante?

— Eu não sei.

Vencida, acabei rindo. Não sei por que eu ainda fazia essas perguntas se já sabia qual seria a reposta.

— Mas eu quero, vamos!

KAORI

Aquele era outro dia em que eu havia decidido não ir à aula. Como de costume, saí bem cedo de casa, antes do meu irmão, usando uniforme escolar. Adolescentes andando pelas ruas em horário escolar sem estarem uniformizados costumavam chamar a atenção no Japão. E o que eu menos queria era ser alvo da atenção de qualquer pessoa.

Passei algumas horas em um Game Center, gastando boa parte do dinheiro da semana em jogos inúteis – porém viciantes; depois, usei os trocados restantes para almoçar um onigiri[25] comprado em um mercado.

Agora andava pelas ruas, apenas para fazer o tempo passar mais rápido, e já pensava em voltar para casa quando tive o caminho subitamente interrompido por um estudante que ainda levei alguns instantes para reconhecer como sendo o que eu havia socado na semana anterior. Bem, um deles, se mencionar que também dei uma surra no Yoshinari. Era o amigo vingador dele. O tal 'bad boy'.

Cheio de convicção, ele já foi logo ameaçando:

— Agora você não me escapa, garotinha!

25 Bolinho de arroz.

Por mais que eu não tivesse nada divertido para fazer, minha vontade de conversar com aquele babaquinha era zero, por isso meramente desviei e segui em frente.

Parecendo não gostar de estar sendo ignorado, ele correu até me alcançar, passando a me seguir.

— Sabe o que é que aconteceu graças à sua gracinha daquele dia? O maldito Yoshinari deu com a língua nos dentes e contou, na versão dele, é claro, o que aconteceu para meia dúzia de manés, que foram passando a história adiante. E agora eu sou zoado por onde passo por ter supostamente 'perdido' o meu posto de '*bad boy* número um da escola' para uma garota. Tem noção do que você causou à reputação que levei anos para conquistar?

Não fazia ideia do que ele estava falando, e também não fazia qualquer questão de entender. Mas pude perceber que a revolta dele aumentou.

— Não me ignora não, garotinha! Eu peguei leve com você naquele dia, mas já vi que é metida a bater que nem homem. Então é como um homem que eu vou te tratar. Exijo uma revanche!

Cansada daqueles gritos no meu ouvido, eu finalmente resmunguei algo – um xingamento nada educado – enquanto balançava uma das mãos, como quem tenta espantar um mosquito impertinente.

Era bem o que ele me parecia. Um mosquito impertinente e muito, *muito* barulhento.

— O que foi que você falou? — Ele deu um salto, indo para a minha frente e, dessa forma, obrigando-me a parar. — Nós vamos resolver isso, e vai ser agora!

Irritada, eu enfim tive a reação que ele tanto queria. Levei meu punho direito em direção ao rosto dele. Com relativa facilidade, ele segurou a minha mão e comemorou:

— Acha que eu vou dar esse mole pra você?

— Idiota...

— Hein?

— Eu sou ambidestra.

Sem dar tempo para que ele pudesse entender o que eu disse, voltei a socá-lo, desta vez com o punho esquerdo. Ele me soltou e cambaleou, afastando-se um pouco, mas não caiu. Por muito pouco.

— Agora é que você me paga, garotinha!

Cerrando os punhos, ele avançou contra mim, e já me preparei para o contra-ataque. Porém, paramos ao ouvirmos um apito, seguido por uma voz autoritária:

— Podem ir parando! Polícia!

Era só o que me faltava...

— Que bosta... — resmunguei.

O moleque idiota metido a bad boy me encarou, visivelmente assustado com a minha falta de delicadeza.

— Que boca suja, hein? Isso lá são modos de uma garota?

Minha nada gentil resposta veio através do meu dedo do meio, que mostrei para ele, vendo-o franzir a testa diante de tal ato.

E lá estava eu, mais uma vez, sentada no banco da sala de uma delegacia. À minha frente, o bad boy fajuto andava de um lado para outro, impaciente, enquanto reclamava como um bebê chorão:

— Você é um ímã de problemas! Eu já me meti em um número incontável de brigas de rua e NUNCA vim parar numa delegacia! E ainda tive que levar sermão do delegado por estar brigando com uma garota. Ele fala isso porque não te conhece. Se bem que... ele te desceu o discurso também. Verdade que é a segunda vez que vem parar aqui em menos de um mês?

— Idiota... — resmunguei.

— Você só sabe me xingar, é isso mesmo?

— Cala a boca.

— Como é?

Subitamente levantei o rosto, fazendo um som que o deixou ainda mais nervoso:

— Shiu!

— Não faça 'shiu' pra mim!

Ignorando-o, levantei-me e corri até a porta entreaberta, seguindo os sons da voz que me era tão familiar. Pela fresta, olhei para a outra sala, comprovando minha suspeita.

A conversa no outro ambiente foi impedida de chegar aos meus ouvidos graças à voz provocadora daquele babaca que me fazia companhia ali:

— Sabe que é falta de educação ouvir a conversa dos outros?

— Cala essa boca, merda!

— Educação, realmente, é uma coisa que seus pais não te deram, né? Mas o que é que você tá ouvindo aí, hein?

Ele se aproximou, também olhando através da fresta para a outra sala. Logo que viu Hinoki conversando com outro homem, mostrou-se surpreso. — Mas é o professor Shimada. O que ele faz aqui?

Enfim consegui ouvir o que meu irmão falava:

— Isso não vai mais acontecer, eu garanto ao senhor.

Eu já conhecia o outro cara – um engravatado de seus cinquenta e tantos anos. Era o assistente social que cuidava da minha situação como órfã.

Parecendo cansado, ele retrucou:

— Disse isso da última vez, professor. Esse já é o terceiro registro policial dessa menina em menos de dois meses.

Hinoki continuou a argumentar:

— Essa será a última vez, eu garanto.

— Escute, professor Shimada... É até estranho chamá-lo assim, com todo o respeito. Você não passa de um garoto. Acha mesmo que tem condições de cuidar de uma adolescente? Até quando vai insistir nisso?

— Eu tenho cuidado dela há quatro anos.

— Não muito bem, isso é notório. Seria melhor, tanto para você quanto para ela, se a levássemos para um abrigo de menores, até conseguirmos encaixá-la em um lar temporário.

Indignado, Hinoki bateu o punho com força sobre a mesa. Até mesmo eu sobressaltei, assustada com aquele gesto violento que não lhe era nem um pouco comum.

— Isso nunca! Nem o senhor, nem ninguém, vai tirar a minha irmã de mim. Ela é toda a família que eu tenho.

O assistente, contudo, manteve-se calmo.

— Mas ela não me parece ter família alguma. Diga-me, quantas horas trabalha por dia?

— Doze... Às vezes mais — ele respondeu hesitante, já parecendo perceber aonde aquela conversa o levaria. Eu também já havia percebido.

— E que tempo dedica a ela? Quanto tempo dedica a você?

— Se trabalho tanto, é para poder dar uma vida digna para ela. Ela é minha irmã caçula. Desde que nossos pais morreram, ela passou a ser minha obrigação.

— Compreendo. Assim como é minha obrigação cuidar do bem estar dela. Eu vou continuar acompanhando de perto esse caso. Mais um deslize, um único deslize, e eu te garanto que você vai perder a guarda da garota.

Hinoki ficou sem resposta. Se estivesse de frente para mim, sei que veria medo nos olhos dele.

Para me trazer de volta à minha situação atual, o bad boy comentou, ao meu lado:

— Quem diria... Quer dizer que você é irmãzinha do professor de Biologia? Coitado dele.

— Ele é um idiota — retruquei. Voltei para o banco e sentei-me, baixando a cabeça e perdendo-me em um milhão de pensamentos e sentimentos conflitantes.

Incrivelmente, o babaca pareceu compreender meu silêncio, pois respeitou isso e por algum tempo não disse mais nenhuma palavra.

UMI

— Anda, vem!

Após comprarmos duas latas de refrigerante (ou melhor: após EU comprar, né? O Aki nunca tinha dinheiro), eu o puxei em direção às margens do lago. Nos sentamos no gramado para tomar as bebidas.

— Por que viemos para cá? — Aki perguntou, com aquele jeito confuso de sempre.

Expliquei o que para mim parecia ser óbvio:

— Porque hoje está calor, e aqui é fresquinho, oras. Não gosta de lagos?

— Eu não sei.

É, ele nunca sabia de nada.

Distraída, peguei uma pedrinha e joguei no lago; em seguida dei o primeiro gole no meu refrigerante. Estava mesmo muito calor nesse dia. O verão desse ano prometia ser bem severo.

Enquanto olhava para a água, voltei a pensar no caso do Aki com a sensei. Já fazia uma semana, mas aquela cena não saía da minha cabeça. Não era como o caso da Naoko ou daquela moça que ele ajudou a levar as compras. Existia algo realmente forte entre os dois. E eu precisava saber o que era.

Após mais um longo gole, tomei coragem e puxei o assunto:

— Então quer dizer que você gosta mesmo da Hirano-sensei? — Redundância total. Já tinha feito essa pergunta antes. Por puro masoquismo, só podia. Afinal, já sabia muito bem qual era a resposta.

— Sim. — Nessas horas eu sentia falta do 'eu não sei'.

— Você anda saindo com ela depois das aulas?

— Saio com você depois das aulas.

Ok, ponto para ele. Eu nem tinha como retrucar.

— Mas vocês saíram juntos algum outro dia? Tipo... no domingo! O que você fez no domingo?

Ele revirou os olhos por um instante, parecendo se lembrar de suas atividades no fim de semana.

— Shimada-sensei preparou arroz, salada e carne no domingo e, depois do almoço, ele me emprestou um livro para ler. Depois eu dormi.

A-há! Peguei a mentira!

— Mas você não sabe ler! Como leu o livro?

— Estava em inglês.

Certo, mais um ponto para ele.

Não sei por que achei que ele estivesse mentindo. Do jeito que era tapado e direto, era impossível imaginá-lo inventando alguma desculpa.

— É porque... Sabe, você e a sensei parecem muito próximos.

— É porque eu gosto dela.

Arg! Mil vezes ARG! Peguei outra pedra no chão e atirei no rio, descontando a minha raiva.

Odiava aquela sinceridade sem noção dele.

Mas eu ainda não havia desistido de tentar entender os sentimentos confusos do Aki. Por isso perguntei, sendo bem objetiva:

— Você disse que gosta de mim. Então me explica, de quem você gosta mais? De mim ou dela?

Não houve nem uma pausinha antes da resposta:

— Gosto das duas.

— Mas você falou que gostava de nós de forma diferente.

— Gosta das suas amigas?

Que espécie de pergunta era aquela?

— É claro que gosto.

— Gosta da mesma forma que do Shimada-sensei?

— É lógico que não. É totalmente diferente!

— E de quem gosta mais?

— Não dá para definir de quem eu gosto mais, porque são formas diferentes de gostar.

Ele se calou, e eu, enfim, entendi o que ele queria me explicar. Apesar de tapado, ele conseguia ser bem esperto de vez em quando.

Era isso. Ele gostava de nós duas, mas de uma de nós ele apenas gostava como amiga.

E é claro que essa amiga era eu.

Bem, aí pensei que era bom que fosse assim, dessa forma o Aki não iria se ferir. Afinal, eu também gostava dele como amigo, porque eu amava outra pessoa: o Shimada-sensei. E era só ele que me interessava.

Voltei a fitar o lago, imersa em meus pensamentos, quando, de repente, avistei uma pedra atingir a água e saltar várias vezes sobre ela, antes de afundar. Olhei para Aki, admirada.

— Ei, como você fez isso?

— Isso o quê?

— A pedra pular tantas vezes. O máximo que eu consigo são duas. — Isso QUANDO eu conseguia. Geralmente a pedra afundava direto.

— Eu não sei. — Ele pegou outra pedra no chão e repetiu a proeza. — Assim.

— Que legal! Vou tentar também!

Comecei a jogar pedras, tentando repetir o feito dele. Quando ele também jogava, eu parava para observar a posição da mão, tentando fazer igual. Mas não conseguia, ele era muito bom nisso!

E não é que o Aki sabia fazer alguma coisa?

Eu estava me divertindo e, o mais incrível, ele também. Ouvir o riso dele me fazia rir ainda mais. Sentia-me tão leve que até deixei de lado todas aquelas neuras de minutos antes.

Até que aconteceu algo inusitado: nós dois levamos as mãos em direção à mesma pedra. Nisso, nossos dedos se encostaram e, surpresos pelo contato, nós nos olhamos. E daí me dei conta do tanto que nossos rostos estavam próximos. Próximos demais!

Olhando-o tão de perto, percebi que Suu-chan tinha razão: ele era mesmo muito bonito. Os cabelos negros e lisinhos caíam sobre o rosto e faziam um contraste muito fofo com a pele tão clarinha. Isso sem contar os olhos puxados e exoticamente verdes, como duas esmeraldas. E... os lábios dele... também eram bonitos...

Senti meu rosto queimar quando percebi que ele, lentamente, começou a aproximar-se mais. O que ele pretendia fazer? E por que eu não conseguia deixar de alternar meu olhar entre os olhos e os lábios dele?

Por que o meu coração batia tão forte?

Por quê?

Por quê?

...Por que ele não me beijava logo?

Já sentia a respiração dele batendo contra o meu rosto quando algo fez com que nos afastássemos abruptamente. O estrondo de um trovão me deu um susto que quase fez o meu coração sair pela boca.

Ah, esqueci de contar: também tinha medo de trovões. Além de altura e, sabe... jacarés e lagartixas.

Quando foi que o tempo tinha fechado, que eu nem percebi?

Dei um grito, e Aki pareceu preocupado.

— O que foi? — ele perguntou, com os olhos arregalados.

— Er... Vai chover. É melhor irmos embora. Vem!

Levantei-me e comecei a caminhar a passos rápidos, com Aki me seguindo.

Porém, acho que o trovão foi apenas um pretexto. Queria sair de lá para me livrar da timidez que aquele quase beijo me trouxe.

E, acima de tudo, queria entender o que estava acontecendo comigo.

KAORI

Tomada por um súbito de determinação, decidi colocar em prática a única ideia que tive, da também única solução aparente para sair daquele lugar sem ser vista. Levantei-me e fui até uma parede, onde olhei para uma pequena janela que havia ao alto. O babaquinha pareceu meio incrédulo ao me ver começa a pular, tentando alcançar aquela pequena (e alta) saída. Fiquei me perguntando se ele teria uma ideia melhor.

— Você é forte, mas não é duas — ele provocou.

Dei ainda mais alguns pulos, até que parei, ao pensar em algo mais eficaz. Olhei para o tal *bad boy*, que logo pareceu entender o meu novo plano.

— Por que está me olhando assim? Nem vem! Eu não vou te ajudar! Não estou nem um pouco a fim de arranjar mais problemas por fugir da prisão.

— Idiota! Isso é uma delegacia, e não um presídio. Somos menores, não estamos presos.

Aquele provavelmente tinha sido o maior 'discurso' que ele já ouvira de mim até o momento. Porém, não pareceu pensar muito a respeito disso. Apenas respondeu:

— Estamos aguardando por nossos responsáveis. Seu irmão já está aí, logo vem um policial aqui te buscar. Como eles não encontrarão o meu velho nesse horário, eu certamente também serei liberado. Custa ter um pouco de paciência?

Bufei, indignada, antes de voltar a dar meus pulos, na tentativa frustrada de alcançar a janela.

— Pois eu vou continuar sentado e aguardar pacientemente. Nada pode ficar pior do que já está.

Para provar àquele mané o quanto ele estava enganado, uma voz masculina furiosa invadiu o local, vinda da sala ao lado:

— MAS ONDE ESTÁ AQUELE MALDITO DO YUUREI? JÁ ME ARRUMOU PROBLEMAS DE NOVO?

— Aff! Eu não acredito que eles conseguiram encontrar o meu velho. Eu tô morto!

Ele voltou a se aproximar e parou diante de mim, colocando as mãos unidas diante do corpo para fazer uma 'escadinha'. Reparei que o rosto dele estava completamente pálido, tomado por uma expressão de terror. Pisquei, não entendendo aquela mudança súbita de opinião. Nervoso, ele esbravejou:

— Tá esperando o quê, garotinha? Temos que ralar daqui!

Resmunguei um insulto qualquer, antes de tomar certa distância e correr em direção a ele. Pus um pé sobre as mãos dele, pisando em seguida no ombro e, enquanto abria a janela, apoiei o outro pé na cabeça dele.

— Arg... Dá pra ser mais delicada? Tá me machucando, desgraça!

Conseguindo abrir a janela, eu a escalei, pulando e caindo de pé nos fundos do pátio da delegacia. Comecei a pensar no que faria a partir dali, quando meus pensamentos foram interrompidos pelos gritos do lado de dentro:

— Agora não era a hora em que você voltaria para me ajudar? Eu quero sair daqui também, antes que meu velho chegue e me mate!

Na sequência, também pude ouvir a voz furiosa do pai dele:

— YUUREI, SEU MISERÁVEL, EU VOU TE MATAR!

Eu não deveria sentir pena. Sinceramente, deveria apenas ir embora dali, deixando aquele estorvo para trás. E era o que eu faria, se os gritos de socorro dele não estivessem tão... deprimentes.

Tomei distância e saltei sobre a parede, agarrando-me na janela e debruçando-me sobre ela. Do lado de dentro, aquele idiota dava pulos desesperados, e em um deles eu agarrei-o pelo braço. Ele olhou para cima, parecendo confuso ao me ver puxando-o.

— Até que enfim! Achei que fosse me largar aqui — ele ainda teve a cara de pau de reclamar! Estava a um triz de soltá-lo e ir embora dali sozinha!

Mas não o fiz. Continuei a puxá-lo, até que ele conseguiu se agarrar à janela. Saltei e caí em pé, enquanto ele não teve a mesma astúcia e despencou sentado no chão. Pensando que, enfim, poderia ir embora, voltei a olhar para a frente e recuei um passo, assustada, ao me deparar-se com três dobermanns.

Levantando-se em um pulo, o bad boy tentou inutilmente (e ridiculamente) argumentar com os cães:

— Er, oi, cachorrinhos... Amigooo... Amigooo... — Os cães rosnaram, assustando-o ainda mais. Ele então falou comigo: — Você que é tão espertinha, acho bom ter um plano B.

— Aham — resmunguei, de forma confiante.

— E qual seria?

— Corre.

— Hein?

Em vez de repetir, eu simplesmente me virei e saí correndo. O babaca fez o mesmo, em desespero, sendo ambos seguidos pelo cachorros nada amigáveis.

UMI

Depois daquilo, nem mais uma palavra havia sido trocada por nós. Andávamos lado a lado pelas ruas, sem sequer olharmos um para o outro.

Mas o que é que tinha dado em mim? Por que estava tão preocupada com o que o Aki pensava? Por que meu coração acelerou naquela hora?

E por que eu fiquei me enchendo de 'porquês'?

— Matsuo-sama? — finalmente ele disse algo.

Infelizmente, foi algo que me obrigou a corrigi-lo:

— Já falei para me chamar só de 'Umi'.

— Umi-sama...

Mas qual era o problema dele?

— Sem o 'sama', Aki. Só Umi. Fala, o que foi?

— Por que você está sem graça?

— Sem graça? Quem disse que estou sem graça?

— Está com o rosto vermelho.

— Er... É o sol!

O boboca olhou para o alto.

— Mas está nublado.

— Agora sim, mas antes, não. Arg, esquece! — Parei de andar, ainda evitando olhá-lo. — Você já sabe ir sozinho para a casa do sensei, né? Eu não vou te acompanhar porque tenho que... resolver algumas coisas.

E sem dar tempo de ele fazer mais qualquer pergunta, eu entrei em uma rua e saí correndo, um tanto desorientada acerca dos meus pensamentos.

KAORI

Se, quando saí de casa pela manhã, minha intenção era a de não chamar a atenção, eu havia conseguido um efeito extremamente oposto a isso. Por onde eu e aquele babaca passávamos, as pessoas nos olhavam, assustadas com os adolescentes que usavam uniformes imundos e rasgados. Aqueles cães nos deram um bocado de trabalho até conseguirmos afugentá-los. De quebra, eu tinha ganhado um senhor arranhão no antebraço.

— Você é um GRANDE ímã de problemas! — o idiota ao meu lado praguejava. — Eu perco meu posto de *bad boy* número 1, vou parar na cadeia, sou atacado por cães... Vê se anda longe de mim, porque, do seu lado, desgraça pouca é bobagem. O que falta acontecer nesse dia, meu Deus? — Um trovão foi a resposta. — Chuva! Era mesmo só o que faltava!

Em determinado ponto, parei de andar, diante de uma loja. Não gostava muito de passar por ali, mas fazia parte da rota obrigatória da delegacia para a minha casa. Eu poderia ter seguido direto, como sempre fazia, mas, neste dia, um sentimento estranho me fez parar e olhar atentamente para a fachada do imóvel que se encontrava fechado já há alguns anos.

O pseudo-bad boy também parou, fazendo alguns comentários a respeito do local:

— Unf, medonho esse lugar, né? Passar por aqui sempre me dá uns calafrios. Dizem que é mal-assombrado. E deve ser mesmo. Parece que os donos morreram, assassinados, aí dentro. E desde então ninguém consegue alugar a loja. Nenhum comércio para aqui por muito tempo. Sinistro, né? Não que eu acredite nessas besteiras, claro.

Os primeiros pingos de chuva caíram sobre nós, mas eu não me incomodei. Quando enfim me mexi, não foi para ir embora, mas para abrir a minha mochila e, dela, tirar um molho de chaves. Usei uma delas para abrir a porta da loja, entrando no local. Enquanto fechava a porta atrás de mim, ainda ouvi o garoto resmungando qualquer coisa sobre eu ser uma bruxa.

UMI

Só existia uma pessoa com quem eu queria conversar naquele momento.

Na verdade, existiam duas. Uma delas era a minha mãe, mas decidi que não queria incomodá-la com meus problemas; afinal, ela ultimamente só gostava de falar sobre um tema: o bebê que esperava. Além disso, eu realmente não sabia se teria coragem de conversar com ela sobre esse assunto. Não que tivéssemos segredos, mas é que... já fazia um tempinho que ela não tinha mais quinze anos, e agora, por ter esquecido como era se sentir assim, ela talvez acabasse achando minhas preocupações banais, ou acreditando que tudo se resolveria dizendo que eu era uma menina linda e que qualquer garoto se apaixonaria fácil por mim.

Sabemos que isso não era verdade. Ela, no fundo, também sabia, mas gostava de acreditar no seu olhar nada confiável de mãe coruja.

Sendo assim, só existia mesmo a outra pessoa: a minha melhor amiga.

Fui até a casa dela. A senhora Gallagher ficou muito feliz em me ver e me pediu para entrar, acreditando que eu talvez conseguisse animar um pouco a Natsu.

E foi aí que eu me senti a maior das egoístas. Eu tinha ido lá porque precisava da Natsu... mas então percebi que, na verdade, ela precisava bem mais de mim.

Após duas batidas, abri lentamente a porta do quarto. Encontrei Suu-chan deitada em sua cama, olhando para a chuva que caía através da janela. Quando ela virou o rosto para mim, sorri e disse:

— Sua mãe falou que eu podia entrar.

Ela não pareceu muito animada.

— Se eu fosse você, não acreditaria muito nela. Ela mente.

— Bem, se é assim, eu volto outra hora.

— Espera, Umi-chan. Já está aqui, agora entra.

Entrei e me aproximei da cama. Não pude deixar de reparar que a parede que antes era decorada com a bandeira norte-americana agora estava vazia.

— Está procurando a bandeira? — perguntou Natsu, com uma expressão sinistra no rosto. — Eu hasteei no quintal e coloquei fogo.

Arregalei os olhos e recuei um passo, assustada. Natsu bufou:

— Está guardada no armário, Umi. Foi só uma brincadeira. Acha que me transformei numa terrorista fanática?

— Não sei. O ódio faz isso com as pessoas.

— Como vou ter ódio de mim mesma? Sou metade americana, esqueceu?

Como alguém poderia se esquecer do que ela sempre fizera questão de lembrar o tempo todo?

Sentei-me na ponta da cama. Meu coração doía ao ver a Natsu daquele jeito. Acho que o Aki fora apenas o pretexto de que eu precisava para voltar lá, já que sentia vergonha de aparecer na casa dela sem mais nem menos. Mas a verdade era que fazia dias que eu queria ter ido lá para vê-la. Estava muito preocupada, de verdade.

E contei isso a ela:

— Ando pensando muito em você, Suu-chan. Tem uma semana que não vai para a escola.

— Estou curtindo a minha depressão, tentando criar raízes nessa cama... Quem sabe eu morra de inanição.

— Vai ficar esquelética e feia.

— Feia é a sua avó! Minha beleza não se abala nem na pior das crises depressivas.

Sorri. Minha amiga parecia estar voltando ao normal.

— Sabe, acho que você é muito mais bonita quando está sorrindo.

— Sou linda de qualquer jeito. E o Aki?

— Também acha ele lindo de qualquer jeito?

— Não, criatura! Quero saber se ele veio com você. Eu sou lá de ficar chamando *boy* de amiga de 'lindo'?

— Ah... Ele não veio, não. E não é meu *boy*. Você pode achá-lo lindo, sim. Eu também acho. — Ficando sem graça, desviei os olhos para outra direção, passando a encarar o nada.

Finalmente se empolgando com algo, Natsu se sentou. Aquela danada tinha um sexto sentido bem apurado!

— Temos uma confissão, enfim? — ela perguntou.

Baixei a cabeça, fitando o lençol rosa sobre a cama, enquanto respirava fundo e criava coragem para confessar para a Natsu o que eu ainda não havia confessado nem para mim mesma.

— Suu-chan... eu acho que gosto do Aki.

— Mas e o sensei?

— Eu estou meio confusa...

— Ah, Umi, qual é? Todo mundo gosta do sensei. Vamos combinar que você com ele seria um amor impossível. Se eu fosse você, investiria no Aki.

Voltei a olhá-la, rebatendo:

— Não é tão fácil assim. Um dia ele vai recobrar a memória, e... e se ele descobrir que não gosta de estrangeiras?

— Alôôôu! Ele também é estrangeiro. É chinês, lembra?

— Tá, mas e se descobrir que só gosta de chinesas... ou de orientais?

— Com aqueles olhos claros? Aquilo é a prova de que ele, assim como eu, tem um pezinho no ocidente. — Ela suspirou, voltando a ficar triste. — Meu pai também tinha os olhos verdes... — Pegou um espelho na mesa de cabeceira e se admirou — Por que eu não herdei isso? Eu já sou a maior gata, imagine se tivesse olhos claros!

A velha falta de modéstia. É, parecia que a Suu-chan finalmente estava de volta!

— Mas se ele gostar de você agora, vai continuar gostando mesmo quando recuperar a memória — ela concluiu.

— Ah... Eu não sei...

— Fariam um casal perfeito! Já têm até a mesma frase padrão: 'eu não sei'.

Ela riu. E eu ri junto. Nem tanto por achar graça, mas por vê-la, enfim, voltar a sorrir.

— Mas é que eu estou confusa, poxa! Eu nunca gostei de ninguém além do Shimada-sensei.

— Você tem que se decidir, então.

Suu-chan tinha razão. Eu precisava me decidir, mas... na certa, o Aki só gostava de mim como amiga, e... Eu me sentia tão bem ao lado dele, não queria perder essa amizade.

Aff, estava realmente MUITO confusa!

— Umi-chan?

Olhei para a Natsu e notei que ela tinha voltado a se admirar no espelho.

— Sim?

— Azul ou verde?

— O quê?

— Pensando aqui em colocar lentes de contato. Acha que eu ficaria mais gata com olhos azuis ou verdes?

Realmente, ela estava de volta!

KAORI

O local era escuro e empoeirado, com alguns plásticos pretos a cobrir os poucos móveis que lá havia. Parei bem no centro da loja, percorrendo os olhos pelo ambiente.

Nem parecia que já tinha se passado tanto tempo, mas fazia alguns anos desde que aquele lugar fora uma loja de conveniência. Se fechasse os olhos, eu ainda seria capaz de ouvir o móbile de sinos na porta anunciando a chegada de algum cliente, as vozes alegres dos colegiais que passavam ali depois do colégio para comprar doces e mangás... Ainda seria capaz de ver meus pais sorridentes atrás do balcão.

Só que a minha lembrança mais forte ainda era e provavelmente sempre seria a daquele dia fatídico. Como agora, chovia fortemente quando dois homens armados entraram na loja, anunciando o assalto. Eu, com doze anos, escondi-me atrás do balcão e, olhando para o alto, podia ver meu pai sendo rendido e esvaziando o caixa, colocando todo o dinheiro em uma sacola. Minha mãe ficara do outro lado do balcão, parada com as mãos para o alto.

Um relâmpago iluminou o ambiente, arrancando-me das lembranças. Na sequência, um forte trovão fez com que eu sobressaltasse, assustada. Como uma criança, tapei os ouvidos com as mãos e abaixei-me no chão.

As lembranças voltaram com mais força.

Jamais me esqueceria que, naquele dia, o som de um trovão também me assustara, fazendo com que eu tivesse o estúpido impulso de me levantar. Em um instinto de defesa, meu pai abaixou uma das mãos para impedir-me, e tal movimento súbito fora fatal. Um dos assaltantes interpretou aquilo como uma possível reação, e, assim, os primeiros dois tiros foram disparados.

Ver o corpo do meu pai cair inerte ao meu lado me levou ao mais completo desespero, o que me fez gritar. O assaltante, assustado, debruçou-se sobre o balcão, já se preparando para atirar novamente. Minha mãe correu até mim e jogou-se no chão, me abraçando e protegendo-me com o seu próprio corpo. Mais quatro tiros foram disparados.

Sob o corpo da minha mãe, pude ouvir o som abafado da conversa dos ladrões:

— O que você fez, cara? Tá maluco? — gritou um deles.

O que havia atirado parecia nervoso:

— Eu achei que ele fosse reagir.

— Imbecil! Anda, vamos dar o fora daqui.

Caída no chão, com o corpo da minha mãe sobre o meu, ainda consegui ver os dois pegarem a sacola de dinheiro e correrem porta afora.

— Mamãe? — chamei, apavorada. Senti minha coxa direita e minha barriga queimarem, e o sangue quente da minha mãe misturar-se ao meu, escorrendo sobre meu corpo. Virei a cabeça para o lado, deparando-me com o rosto sem vida do meu pai. — Papai?

— Ka-chan... — a voz fraca da minha mãe chamou minha atenção de volta. Senti um forte alívio ao vê-la, com esforço, levantar um pouco o tronco para me lançar um olhar de preocupação. — Você... está machucada?

No entanto, ela não aguentou até a resposta e voltou a cair sobre mim.

Outro trovão me trouxe de volta ao momento atual. Ainda abaixada e com os olhos fechados, tirei as mãos dos ouvidos e levei uma delas à minha perna direita. Levantei um pouco a saia do uniforme e passei os dedos sobre a cicatriz de bala, pouco acima do joelho. Com a outra mão, levantei um pouco a blusa. Havia outra marca na barriga, três dedos abaixo do umbigo.

— Deduzi que estivesse aqui — disse uma voz, adentrando o local.

Assustada, abri os olhos e voltei-me para a direção da porta, onde avistei o vulto de um homem. Outro relâmpago iluminou rapidamente o ambiente, e pude, então, identificar o rosto do meu irmão, encharcado pela chuva que, naquele momento, já caía forte.

Hinoki vinha andando até mim, enquanto falava:

— Estava indo para casa, imaginando que você já estivesse lá, mas no caminho encontrei com o Katsura... O garoto com quem você brigou. Ele falou qualquer coisa sobre 'bruxa', 'loja mal assombrada' e 'posto de *bad boy*'. Enfim, entendi a parte da loja.

Parando diante de mim, ele olhou para a cicatriz da minha perna. Eu, rapidamente, soltei a saia para voltar a cobri-la e ordenei:

— Para de olhar!

— Nem os médicos acreditavam que você fosse andar normalmente depois disso. Uma pena foi você ter sido obrigada a largar o balé. — Ele sorriu carinhosamente. — Será que alguém que olha para você hoje em dia consegue te imaginar fazendo balé clássico?

Claro que ninguém imaginaria. Até mesmo para mim, aquilo agora parecia pertencer a uma outra existência.

— O que veio fazer aqui? — questionei. — Eu não preciso de uma babá controlando os meus passos.

Suspirando, Hinoki sentou-se no chão, ao meu lado, já que eu permanecia abaixada.

— Nós nunca conseguimos alugar essa loja por mais de um mês. Há quem garanta que tem espíritos por aqui. Escutam vozes, passos... Eu acho isso tudo uma grande besteira. Nunca vi nem ouvi nada aqui. Por um lado, eu até gostaria que isso fosse verdade, assim poderíamos ver nossos pais novamente, ou conversar com eles... Mas, por outro lado, eles estarem rondando significaria que suas almas não conseguiram descansar em paz, como se sentissem que ainda têm alguma pendência neste mundo, e eu não gostaria que fosse assim.

A estúpida dor em meu peito aumentou quando vi lágrimas nos olhos do meu irmão. Tudo aquilo era tão injusto! Ele só tinha vinte anos quando tudo acontecera. E, mesmo tão jovem, assumiu a minha criação e cuidou para que nada nos faltasse.

E eu sabia que aquilo era peso demais. Sabia o quanto Hinoki sofria pela falta dos nossos pais e por toda aquela responsabilidade à qual fora forçado.

Eu era isso para ele. Peso; responsabilidade.

Nesse momento, senti-me culpada por dar a ele ainda mais trabalho e preocupações. Era sempre assim: quanto mais eu tentava me afastar para livrá-lo de preocupações, mais problemas eu arranjava. Agora estava ali, depois de fugir de uma delegacia, atraindo-o até aquele lugar que não representava para nós nada além de sofrimento.

No entanto, quando voltou a me olhar, ele incrivelmente sorriu enquanto voltava a falar:

— Quero que nossos pais saibam que nós dois estamos bem, que estou cuidando de você. Mas, para isso, você precisaria colaborar um pouco.

— Você não entende? Eu não quero que nem você nem ninguém cuide de mim. — Baixei o rosto, fitando o nada. — Se eu não estivesse aqui naquele dia, tudo poderia ter sido diferente. Eles só morreram porque tentaram me proteger. — Tornei a encará-lo, fazendo um grande esforço para segurar o choro. Não desabaria na frente dele. — Eu não quero acabar com a vida de mais ninguém.

— Aquilo foi uma fatalidade, Kaori. Não foi culpa sua. E você não acaba com a minha vida, de onde tirou essa ideia?

Meu tom de voz se alterou e passei a falar mais alto:

— Quando eles morreram, você teve que largar a sua vida independente e a sua faculdade em Tsukuba[26] pra vir cuidar da *irmãzinha* em Tóquio. Você só sabe trabalhar o dia inteiro e ainda fica preocupado com o que eu como ou com quem eu ando... Não quero mais ser um peso pra você.

— Você não é e nunca será um peso para mim. É minha irmãzinha. Você é toda a minha família, Ka-chan.

Aquele apelido. De novo aquele estúpido apelido de infância.

Sentindo as primeiras lágrimas ameaçarem começar a cair, tentei me levantar, anunciando:

— Caiu um cisco no meu olho...

Porém, Hinoki me segurou.

— Desde que aquilo aconteceu, eu nunca mais te vi sorrir... Nem chorar. Até quando acha que vai suportar essa carga? Eu chorei a morte dos nossos pais, Ka-chan... Acho que já passou da hora de você fazer o mesmo.

Eu não queria chorar.

Que diabos, chorar era a última coisa que eu desejava nesse mundo.

Mas, naquele momento, isso tornou-se insuportável. Baixei novamente o rosto e mordi o lábio inferior, ainda lutando bravamente para tentar conter o primeiro soluço, que ainda assim escapou sem maiores dificuldades. Meus olhos rapidamente transbordaram, sem que eu fosse capaz de exercer qualquer controle sobre isso.

Quando Hinoki se levantou e me puxou para junto de si, eu também não pude exercer resistência. Apenas permiti que ele me abraçasse.

---

26 Cidade japonesa

Capítulo oito

八

Convites

UMI

Finalmente chegamos à última semana de aulas. Nossa escola, há alguns anos, adotara a tradição de realizar bailes para comemorar o final do primeiro semestre e a chegada das férias de verão, que duravam sempre entre trinta e quarenta dias, até setembro. A ideia do baile, pelo que contam, foi uma iniciativa do departamento de língua e cultura inglesa, que era administrado por uma professora norte-americana. Aliás, a professora favorita da Suu-chan, obviamente. Esses bailes não eram muito comuns nas escolas do Japão, por isso minha amiga contava que foi o motivo que a fizera vir estudar aqui.

Meio estranho alguém escolher onde estudar levando uma festa em consideração? Em se tratando da Natsu, decisões assim eram bem cotidianas.

Já estávamos quase em agosto. Parecia mentira que já tinha se passado quase um mês desde o dia de Tanabata, quando eu encontrei o Aki.

Ao mesmo tempo, acontecera tanta coisa que parecia ter se passado um ano desde então.

Eu chegava ao colégio quando ouvi uma empolgada voz a me cumprimentar:

— *Good morning, my friend*!

Quase não acreditei quando olhei e dei de cara com a Natsu.

— Suu-chan! — vibrei. — Vai voltar para a escola? Que bom!

— Pois é. É a última semana de aulas, né? Logo virão as férias de verão. Ai, o verão... A estação que leva o meu nome, é quando eu me sinto mais importante[27]!

Suu-chan estava de volta! Fiquei tão feliz!

E a minha felicidade ainda aumentou quando mais uma pessoa uniu-se a nós.

— Bom dia.

Natsu e eu paramos de andar e olhamos assombradas para Kaori. Ela parou pouco à frente e nos olhou, com cara de quem não entendia o motivo do nosso espanto.

27 'Natsu', em japonês, significa 'Verão'.

— Umi-chan... — disse Natsu. — Você ouviu o que eu ouvi?

— É. Desde que nos conhecemos, essa é a primeira vez que Kaori-chan nos cumprimenta.

— Não é possível. — Fazendo cena, Natsu apontou o dedo indicador para Kaori e gritou. — Você não nos engana. Diga, quem é você e o que fez com a nossa amiga?

— ...Idiotas! — resmungou Kaori, voltando a andar.

Nós duas rimos. Prendi meu braço ao de Natsu e corri, até alcançarmos a Kaori. Então, prendi meu outro braço ao dela e percebi que ela ficou surpresa com o contato, mas não me importei. Vibrei:

— Que bom que estão de volta. Senti tanto a falta de vocês!

— Sentiu nada! — retrucou Natsu, sorrindo. — Aproveitou para dar uns beijinhos no Aki, confessa!

Estava demorando para a Natsu me fazer ficar com a cara vermelha de vergonha.

— Isso não é verdade, Suu-chan! — choraminguei.

— O pior é que eu sei que não. Porque você é uma lerda. — Natsu se soltou do meu braço e começou a andar de costas, à nossa frente. — Essa semana é o baile do colegial. Aki já te convidou?

Ah! Até parece!

— Ele nem deve saber o que é um baile.

— Se é assim, é você que deve convidá-lo.

— Eu?

— Lógico. E você, Kaori-chan, já tem par?

A resposta foi bem previsível:

— Não gosto dessas coisas.

— Você não gosta de nada! — Suu-chan bronqueou. — Aff, Kaori, só se é adolescente uma vez na vida, tem que aproveitar!

E, por falar nisso, resolvi repassar a pergunta para a Natsu:

— E você, Suu? Tem par para o baile?

— Recebi alguns convites pelo telefone. Uns cinco ou seis.

— Tudo isso?

— Tá, foram só dois. Mas é porque eu passei quase duas semanas enfurnada em casa. Se tivesse vindo ao colégio, teria recebido mais.

— E aceitou algum?

— Ainda não. Fiquei de pensar. Mas você sabe que quem eu queria mesmo que me convidasse era o...

Por estar andando de costas, ela acabou esbarrando em alguém. Quando viu quem era, mal pôde disfarçar a sua surpresa, nem eu a minha chateação. Era aquele idiota do Ken.

— Bom dia, meninas! — ele nos cumprimentou, sorrindo.

Estranhei aquilo. Afinal, ele raramente falava com a gente.

— B... B... Bom dia! — Natsu gaguejou para responder.

Na verdade, ela foi a única que respondeu. Kaori-chan parecia também não simpatizar muito com o Ken. Mas qual seria a surpresa? Ela não simpatizava com ninguém.

— Eu queria mesmo falar com você, Gallagher — ele anunciou.

Natsu fez a maior cara de boba, na certa admirada por ele saber o nome dela.

— Você já tem convite para o baile? — quando ele disse isso, achei que ela fosse ter um treco.

Sério, ela ficou completamente estática, e eu precisei dar um tapa nas costas dela para resposta sair:

— Er... Tenho... alguns. Uns doze ou catorze, coisa pouca.

Como eu sempre enfatizava, Suu-chan não conhecia mesmo a palavra 'modéstia'. E também era levemente exagerada quando se tratava de jogar seu ego lá para cima.

— Ah, então deixa pra lá. — Ken mostrou intenção de ir embora.

Mas Natsu foi rápida em remediar a situação antes que ele se fosse:

— Ah, mas quanto mais convites melhor, né? São mais opções para analisar e decidir.

Ele sorriu. Até que o babaca era bonito, mas era tão idiota que a beleza dele, para mim, não fazia efeito algum.

Infelizmente, minha amiga não pensava o mesmo.

Após sorrir, ele falou:

— Vou te dar mais uma opção para a sua análise: quer ir ao baile comigo?

Novamente, Suu-chan ficou paralisada. Dessa vez foi a Kaori que bateu nas costas dela, para fazê-la reagir:

— Eu aceito!

Análise rápida, não?

— Ótimo. Me empresta o seu celular?

— Hã? — Ela não entendeu, mas também nem esperou que ele explicasse, pois logo pegou o celular e entregou pra ele.

Eu não confiaria tão fácil assim. Corria um boato na escola que o Ken se envolvia em alguns lances errados – embora ninguém dissesse exatamente que lances eram esses. Vai que ele roubava aparelhos de celular de meninas apaixonadas como a Natsu? Nunca se sabe!

Se bem que acho que ele não iria querer um telefone rosa, cheio de pingentes de bichinhos de pelúcia e com uma capa nada discreta com a estampa da bandeira dos Estados Unidos.

Pegando o aparelho, ele discou um número e apertou a tecla de discagem. Em menos de um segundo ouvimos um toque. Era o celular dele, tocando dentro da pasta.

— Agora eu tenho o seu número — ele informou, devolvendo o telefone a ela. Natsu o apanhou quase mecanicamente, com a maior cara de boba do mundo. — Te ligo na sexta para a gente marcar, ok? Até lá, então... Natsu-chan.

Ele foi embora. Natsu continuou paralisada. Kaori e eu demos um tapa em suas costas, ao mesmo tempo, o que foi o suficiente para derrubá-la no chão.

— SUU-CHAN! — Preocupada, a ajudei a se levantar.

Parecendo nem sentir a queda, Suu-chan tinha um sorriso enorme no rosto.

— Ele... me chamou de Natsu-*chan*... me convidou para ir ao baile com ele... Aaaah, tô tão feliz!

Explodindo de alegria, ela nos abraçou. Chegamos a nos assustar com aquela reação súbita.

— Eu preciso comprar um vestido bem bonito. Preciso ser a garota mais linda da festa! Bem, não que isso seja difícil para mim, né? E eu preciso começar a me arrumar!

— Suu, o baile é só sábado — lembrei.

— E tenho muito pouco tempo! Vejo vocês lá! — Ela deu meia-volta, começando a fazer o caminho inverso ao do colégio. Até que parou e voltou até nós, enfim se lembrando de um 'detalhe'. — Er... Mais tarde, né? Temos aula agora.

Nunca conheci criatura mais empolgada que a Suu-chan. O pior é que sabia que ela não deveria nutrir esperanças; o Ken era um safado de marca maior. Sempre desfilava com as garotas mais bonitas e mais populares do colégio. A Suu não era tão excluída quanto eu... A verdade é que seria bem mais popular se não andasse comigo e com a Kaori...

— É a sua oportunidade, Umi-chan! — animou-se Natsu, arrancando-me das minhas divagações.

Eu a olhei, sem entender. Ela me explicou apontando para o portão da escola. Lá estavam Aki e Shimada-sensei, conversando.

Era muito amor para uma cena só, ai, ai...

— Aaaaah... Shimada-sensei! — vibrei, encantada.

Natsu chamou a minha atenção:

— Não seja boba, eu tô falando do Aki! Vai lá e o convide para o baile! — Algumas meninas próximas ao muro da escola a chamaram. — Ah, elas estão no clube de Língua Inglesa comigo. Vou lá contar a elas sobre o convite do Ken. Vejo vocês na sala!

Dizendo isso, a Suu se distanciou, indo até as tais colegas.

Como eu mencionei, ela tinha lá a sua popularidade. Nada muito admirável, mas bem mais que Kaori e eu (o que, aliás, não era muito difícil).

Nós duas íamos continuar nosso caminho para entrar na escola, mas um garoto se aproximou de nós. Apesar de nunca termos conversado, eu já o conhecia, afinal, ele era bem famoso na escola; fama esta que havia aumentado nos últimos dias, embora não de forma muito positiva.

— Que bom que encontrei você — ele anunciou, encarando a Kaori de forma séria.

Quando ele me olhou, perguntei, só para confirmar:

— Você não é o Katsura, do segundo ano?

Ele fez pose para responder:

— Eu mesmo!

— O que era o melhor *bad boy* da escola, até perder o posto para uma menina? — As fofocas voavam rápido. Ainda mais quando se era amiga da Natsu; ela sempre sabia tudo que acontecia na escola, ainda que estivesse faltando durante tantos dias.

Não tive a intenção de chateá-lo, mas ele pareceu não gostar da minha observação. Tanto que retrucou:

— Eu não perdi posto nenhum! — Apontou para Kaori, determinado. — Quero uma revanche!

Olhei para a minha amiga, surpresa.

— Tá dizendo que... Foi pra Kaori-chan que você perdeu? Então é ela a nova *bad boy* do colégio? — Ou deveria ser *bad girl*?

— Ela é só uma garotinha bruxa metida a valente. Quero uma revanche, e agora! Está preparada? — Ele encarava a Kaori, mas olhou para mim, para pedir. — Você, loirinha, se não quiser levar um soco por acidente, é melhor se afastar.

Mas hein? Ele queria brigar com a Kaori, era isso?

A voz dela confirmou a minha suspeita:

— Matsuo, se afasta.

— Hein?

Ela me encarou com o canto dos olhos e repetiu:

— Se afasta! Saia de perto se não quiser que sobre para você.

Bem, eu é que não ia desobedecer, né? Mesmo sem entender muito bem o que rolava ali, eu saí de perto. E logo tudo começou: o Katsura foi com tudo para cima da Kaori. Foi muito rápido, porém, reparei em algo estranho: parecia que ele ia com muita força, mas reduzia já prestes a atingi-la, e, assim, ela conseguia se defender. Será que eu estava vendo coisas?

Só sei que não demorou muito até que ela o atingisse com um soco muito forte, que o jogou longe.

Uau, parecia até aqueles filmes de kung fu.

— Idiota — murmurou Kaori, assim que a luta terminou. Pegou a mochila, que tinha deixado no chão, e voltou a caminhar em direção à entrada da escola. Katsura ficou caído no chão, gemendo de dor.

Coitadinho! Deu pena!

Mas antes ele que a minha amiga, né?

— Kaori-chan, espera! — Corri até alcançá-la, passando a andar ao seu lado. — Que incrível, eu não sabia que você batia tanto. — Mas... juro que me pareceu que, se ele quisesse, teria batido nela. Por que será que não fez isso? Uma ideia me pareceu óbvia e sorri antes de expor. — Eu já sei! Você e o Katsura são... um casal apaixonado!

Tomada pelo susto, a Kaori tropeçou e quase caiu no chão. Olhou-me com os olhos arregalados.

— Do que é que você está falando?

— Apesar de que... eu jurava que você não gostasse de garotos.

— Repito: do que diabos você está falando?

Mas que mal havia nisso? Eu não ligaria se a Kaori-chan gostasse de meninas. Na verdade, eu ficaria feliz se ela gostasse de *qualquer um* e fosse feliz assim.

Tá, não 'qualquer um' no sentido de 'qualquer porcaria'. Mas 'qualquer um' no sentido de 'qualquer *ser humano*'.

— Mas agora acho que você gosta, sim, de garotos! E que você e o Katsura são um casal apaixonado! — declarei, empolgada.

— ...Hã? — Kaori ainda me fitava, parecendo um tanto confusa.

Certo, tinha sido mais um daqueles momentos em que eu começava a divagar e não pensava muito antes de falar, o que fazia com que minhas lógicas soassem um tanto confusas. Então, respirei fundo e expliquei com calma:

— Não é assim que acontece nos mangás? O casal que briga muito é porque, no fundo, nutre uma paixão contida... Por vezes impossível, mas sempre muito fofinha!

Agora sim fazia todo o sentido, né?

— Matsuo, você está usando drogas? — É, pelo visto ainda não fazia muito sentido, não.

Porém, eu continuei em um estado de pura empolgação.

— Mas isso nunca vai dar certo enquanto um dos dois não se declarar. Convide-o para o baile, Kaori-chan!

— Cala a boca! — Nitidamente irritada, ela voltou a andar.

— É sério, acho que fariam um casal fofo! O Katsura é um dos garotos mais bonitos do colégio, ele só anda com meninas lindas... muitas meninas, aliás... Mas mesmo assim parece ser um cara legal. Aposto que está à procura de uma namorada séria, e talvez você seja perfeita!

— Repito: que tipo de droga você anda usando?

— Você é inteligente, tem personalidade e tem estilo. E é bonita também.

— Unf... Tá legal! — Ela virou o rosto para o outro lado.

Eu insisti:

— É verdade, Kaori-chan! Só parece que você tem medo de se mostrar. — Mexi nos cabelos dela. — Podia usar os cabelos de jeitos diferentes, por exemplo.

— Unf... — Ela puxou a cabeça, tirando os cabelos das minhas mãos.

— E usar umas roupas menos largas, menos largadas... Até no uniforme sua saia é comprida demais, podia encurtar só um pouquinho. — Brincando, coloquei a mão na barra da saia dela, ameaçando levantá-la. Mas levei um susto quando ela, violentamente, segurou meu braço, apertando-o com força e me encarando. — Kaori-chan?

— Não faz mais isso, *gaijin* idiota!

O que foi que ela disse?

Ela largou o meu braço e saiu andando, mas eu continuei parada, ainda sentindo o peso da palavra que ela tinha usado.

Ela me chamou de... *gaijin*.

Já havia me acostumado a ser chamada desse jeito por conhecidos idiotas da escola ou por gente que nem me conhecia, mas... por uma amiga... doeu demais.

Porém, ela não foi muito longe. Parou alguns passos à minha frente e, sem olhar para trás, falou:

— Eu não quis te ofender. Mas você me irritou.

— Eu... não tive essa intenção, Kaori-chan. Eu juro que não! — Respirei fundo, tentando conter o choro. — Desculpe se fui uma *gaijin* idiota.

— Você não é uma idiota. — Vi que ela abaixou a cabeça. Parecia arrependida e sentida por ter dito aquilo. — Eu é que sou. Me perdoe.

Após dizer isso, Kaori entrou na escola, apressada. E eu pisquei, surpresa.

A Kaori-chan tinha me pedido desculpas? Eu NUNCA a ouvira pedir desculpas por nada, para ninguém. E isso me fez sorrir, aliviada com a certeza de que ela realmente não teve a intenção de me ofender.

Logo desviei a atenção quando vi que o Aki ainda estava no portão da escola, de costas pra mim, dessa vez sozinho porque o sensei já tinha entrado. Fui até ele e, alegremente, tampei os seus olhos com ambas as mãos:

— Advinha quem é!

Ele afastou as minhas mãos e virou-se, olhando para mim e respondendo:

— Matsuo-sama!

— Sem graça! — Fiz bico. — Não é assim que brinca!

— Você mandou eu adivinhar quem era.

— Adivinhar, não olhar. Assim perde a graça, poxa. E já pedi: para de me chamar de 'Matsuo-sama'. Nós somos amigos, né? Anda, vamos para a sala! — Segurei a mão dele e comecei a puxá-lo para dentro da escola.

Agora, perto dele novamente, eu me perguntava: por que é que naquele dia eu tinha ficado tão sem graça? Eu me sentia bem na companhia do Aki. Eu me sentia muito feliz.

Queria que fosse assim para sempre... e sempre!

YUUREI

Meu dia começara com duas prioridades muito claras na minha mente. Uma delas, a longo prazo, era a de recuperar o meu posto de *bad boy*, e isso começaria com meu desafio àquela garota metida a bruxa e invasora de lojas mal assombradas. Fiz isso logo que cheguei à escola, e infelizmente não fui bem sucedido. Mas era apenas um primeiro passo para toda uma empreitada. Afinal, uma reputação não se erguia – nem se reerguia – da noite para o dia. A segunda prioridade era a que eu resolveria ao final da minha primeira aula. Observei, da minha carteira, enquanto o professor Shimada Hinoki juntava seu material e aguardei até que todos os demais alunos saíssem da sala para me levantar e ir até a sua mesa.

E fui direto no que eu tinha a dizer:

— Foi mal.

Ele me olhou, parecendo confuso.

— Pelo quê?

— Sabe... por eu ter caído na porrada com a tua irmãzinha. Eu também tenho uma irmã caçula e sei que ficaria furioso se alguém batesse nela.

O professor me analisou em silêncio por alguns segundos e, ao focar os olhos em meu queixo ferido, riu.

— Na verdade, eu acho que ela é quem deve desculpas a você.

Passei a mão no queixo e retruquei:

— Isso não foi nada.

O professor voltou a ficar sério e, após respirar fundo, começou a dizer:

— Escute, Katsura, sei que sua fama ficou meio abalada desde que a Kaori acabou com você, mas...

— Ei, pera lá! Que papo é esse de que ela 'acabou comigo'?

— Professores também conversam. O assunto chegou a nós, e... a princípio, foi um pouco engraçado.

— Não vejo nenhuma graça nisso!

— Também não achei muita graça quando descobri que a garota em questão era a minha irmã. Eu sei que a Kaori passa uma imagem de pessoa forte e até um pouco dura, insensível...

— Uma bruxa — completei, ganhando um olhar nada amigável do professor. — Er... Isso é sobre um lugar que a vi entrar, que tem fama de mal assombrado, mas... não vem ao caso.

— Tudo isso é apenas uma fachada, uma espécie de autoproteção. Por dentro ela é frágil.

— Frágil? Acho que o senhor não a conhece muito bem.

— Eu a conheço melhor do que ninguém. Não sei como começou essa 'rivalidade' entre vocês dois, mas tenho certeza de que foi um mal-entendido. Posso garantir que ela não tem interesse algum em pegar o seu 'título de melhor *bad boy*', nem em acabar com a sua fama. Então, seria pedir demais para que você também esquecesse isso e parasse de querer brigar com ela?

Na verdade, eu nunca tive intenção de machucá-la, mas estava disposto a continuar os desafios até que fosse capaz de amedrontá-la para, assim, recuperar o meu posto. Eu não batia em garotas. E era por isso que sempre me ferrava nas lutas com ela.

Mas eu entendia a preocupação do professor. Como disse a ele, eu também tinha uma irmã, que, de certa forma, também era minha responsabilidade. Por isso eu era capaz de imaginar o desespero dele com tudo o que eu tinha presenciado da sua conversa com o assistente social na delegacia. Pensei se deveria tocar no assunto que, sabia, não era da minha conta. Mas, por fim, não resisti e perguntei:

— O senhor está com medo de perder a guarda dela, né?

Dessa vez, ele ficou momentaneamente sem resposta, na certa não imaginava que eu soubesse daquele fato. Passados alguns segundos, ele assumiu:

— Sim, estou. Mas, é claro, eu não posso exigir que você compreenda isso.

— Como eu disse: também tenho uma irmã. Fica frio que eu vou largar do pé da Shimada, tá bom assim? Não farei nada que possa complicar ainda mais todo esse rolo aí.

Hinoki sorriu, agradecido. Sorri de volta, embora por dentro pensasse que minha primeira prioridade, ao que tudo indicava, estava fadada ao fracasso.

AKI

Como fazíamos todos os dias, Umi-sama e eu saímos da escola e seguimos juntos pelas ruas, até chegarmos ao ponto onde nos separávamos, entrando eu em uma rua perpendicular, enquanto ela seguia reto pela principal.

Para mim, essa era a parte mais triste do caminho.

'Mais triste' não. Era a única triste. Porque eu de forma alguma conseguia me sentir triste perto da Umi-sama. Mas quando ela ia embora, tudo ficava... confuso. Como se nada mais fizesse muito sentido sem a presença dela. E, de fato, não fazia, já que até mesmo o nome com o qual me chamavam tinha sido dado por ela.

Estava quase chegando à casa dos Shimada quando fui obrigado a parar ao me deparar com a professora Hirano Mari, próxima ao portão. Ela me olhava como se estivesse me esperando.

Ela *estava* me esperando. Eu sabia disso. Porque algo naquela cena me era familiar. Parecia ser comum que eu a encontrasse me aguardando ao chegar em casa.

— Boa tarde — ela me cumprimentou.

Eu não respondi. Permaneci olhando-a, curioso, tentando me lembrar de onde a conhecia. Porém, por mais que me esforçasse, não conseguia ter qualquer recordação.

Ela sorriu e voltou a falar:

— Como pode ter mudado tanto? Está tão diferente.

— De quem? — perguntei, confuso.

— De quem você costumava ser. — A sensei riu. — Não que fosse um exemplo, mas eu gostava. Mas, me conta, como vai a sua namoradinha?

— Matsuo-sama... Digo, Umi e eu somos amigos.

Ela voltou a rir. Dessa vez, uma sonora gargalhada, demonstrando achar muita graça do que eu havia acabado de dizer. Não entendi muito bem o que era tão engraçado.

— E desde quando tem amigAs?

— Desde que conheci Umi-sama.

— Gosta dela, não é? — Ela fez uma pausa, aguardando a resposta. Movi a cabeça em uma sincera afirmação. Ela pareceu surpresa. — Quem diria... Você gosta mesmo dela. Achei que eu não viveria para ver algo assim. — Sorriu, de forma carinhosa. — Sábado é o tal baile do colégio. Convide-a para ir com você.

— Convidá-la... para o baile?

— Tenho certeza de que ela vai ficar muito feliz. Se ainda não percebeu, ela também gosta de você.

— Matsuo-sam... Digo, Umi... gosta de outra pessoa.

— Não sei, não, mas acho que ela andou mudando de opinião nesses últimos dias. Convide-a para o baile. Estou certa de que ela ficará muito feliz. Te vejo amanhã na aula.

Dito isso, ela virou-se e foi embora. Fiquei ali parado, observando-a se afastar e pensando sobre o que havia ouvido.

A ideia de fazer Umi-sama feliz parecia-me bastante agradável.

UMI

A semana passou voando, e finalmente chegou a véspera do dia do baile.

O tempo parecia estar passando absurdamente rápido desde que conheci o Aki. Por outro lado, às vezes eu sentia como se o conhecesse a vida inteira.

Mais um dia de aula tinha terminado, e, enquanto fazíamos juntos o caminho para casa, eu pensava no quanto iria sentir falta disso quando entrássemos de férias. Seria apenas um mês e dez dias, mas tanta coisa poderia acontecer nesse tempo... Afinal, muito ocorrera naquele último mês, em que um garoto sem memória aparecera na minha vida.

Tinha horas em que eu não queria que ele recobrasse a memória nunca, para ser sempre assim... Sempre o Aki.

De repente, ele parou de andar, obrigando-me a parar também. Estávamos em frente à igreja.

— O que foi? — perguntei, reparando a forma como ele olhava para o templo religioso. Adoraria entender o que aquele local tinha de tão especial para ele.

— Eu não sei — foi a resposta.

Sinceramente, eu é que não sabia porque ainda perdia o meu tempo fazendo perguntas a ele.

Sugeri que a gente entrasse na igreja, e ele aceitou, indo na frente. Eu o segui, observando-o ir em direção ao altar e, antes que chegasse lá, sair por uma porta lateral à direita. Curiosa, continuei a ir atrás dele e me surpreendi ao me deparar com um pequeno e adorável jardim.

— Uau... Que coisa mais linda! Como sabia que tinha um jardim aqui, Aki?

Ele não respondeu. Reparei que olhava fixamente para uma das flores: um girassol.

AKI

Olhando para aquela flor, senti minha cabeça sendo tomada por uma dor forte, que me fez fechar os olhos. Então, algumas imagens surgiram.

Era um velório. Debruçada sobre um caixão, vi uma menina adolescente, um pouco mais velha do que eu. Porque ali, eu não era como agora... estava bem mais novo — com uns treze ou catorze anos. Fui até ela, entregando-lhe uma flor amarela, como aquela que, agora, admirava no jardim da igreja.

— Era a flor preferida dela... — Vi-me dizendo para a garota. — Sei que é a sua também.

Ela se levantou e me abraçou forte, continuando a chorar.

A lembrança teve fim, sendo substituída pelo som da voz da Hirano-sensei, repetindo o que dissera para mim dias antes:

"Então, sábado é o baile do colégio. Convide-a para ir com você."

— Convidar... Umi-sama? — sussurrei, ainda olhando para o girassol.

— Falou alguma coisa? — perguntou Umi, trazendo-me de volta à situação atual.

UMI

O Aki sussurrou qualquer coisa que eu não entendi. Quando perguntei o que era, ele me olhou e, após um breve silêncio, teve uma atitude um tanto súbita e inusitada: arrancou o girassol da terra e o estendeu para mim.

Tal ato me encheu de confusão e surpresa.

— Para mim?

Ele afirmou com a cabeça, e eu sorri, emocionada, apanhando o inesperado presente. Era o gesto mais doce que o via ter desde que nos conhecemos. E aquela era a primeira vez que alguém me dava uma flor.

— Que linda! — exclamei, encantada.

— É da mesma cor do seu cabelo — ele disse.

Na verdade, o tom do loiro do meu cabelo era um pouco menos amarelo que o girassol, mas gostei muito da comparação.

Empolgada, nem pensei antes de tomar aquela atitude. Quando me dei conta, já tinha dado um beijo no rosto dele, como forma de agradecimento. Quando percebi o que fiz, fiquei ruborizada e me desculpei:

— Ai, me perdoe! Me repreendiam tanto no orfanato por causa dessa mania... Não posso ficar demonstrando minha afeição desse jeito, eu nunca vou aprender. Não aprendi muito bem a ser formal. Acho que nunca serei uma japonesa, no fim das contas.

Ele sorriu, e, com isso, senti que o rubor no meu rosto aumentou. Porém, fiquei ainda mais vermelha quando o ouvi dizer:

— Não tente ser o que você não é.

Ai, Deus, o que é que estava acontecendo ali? Meu coração batia tão forte que parecia que iria sair pela boca. Nunca havia me sentido assim com nenhuma outra pessoa, nunca! Nem mesmo com o Shimada-sensei. E o mais estranho: ao mesmo tempo em que toda a situação – a flor que ele me oferecera, o beijo que dei em seu rosto, sua presença ao meu lado naquele lugar tão lindo, seu sorriso tão bonito e tão raro – me deixava tímida e tensa, as palavras ditas por ele acalmavam a minha alma.

"Não tente ser o que você não é".

Enfim, senti como se não fosse errado ser a Umi. Desajeitada, tímida, medrosa... diferente de todas as outras garotas com quem convivia. Não era feio ou errado ser eu mesma.

Então também sorri, sentindo-me em paz.

Porém, lembrei-me de um pequeno 'detalhe':

— Mas eu não sei quem eu sou, Aki.

— Você é a Umi. Isso já é o bastante.

Sorri ainda mais e estendi o dedo mindinho[28] para ele, propondo:

— Vamos fazer uma promessa? Eu prometo ser apenas a Umi, e você também promete ser apenas o Aki... para sempre!

— Tá!

Como ele não sabia o que fazer, agarrei o dedo mindinho dele junto com o meu, apertando-o.

— Jura? — perguntei.

— Juro.

— Promete que jura?

— Prometo que juro! — A expressão dele estava séria, compenetrada na promessa.

— Então tá! — Soltei o dedo dele e voltei a olhar para o meu girassol. — Que linda a minha flor! Vou colocá-la na água assim que chegar em casa.

— Matsuo-sama?

Como nenhum encanto durava para sempre, o Aki tinha que quebrá-lo com aquela terrível mania de *sama*. Mas qual era o problema dele?

— É só Umi, Aki! — corrigi. — Diga.

— O baile, amanhã...

— O que é que tem?

— Vai comigo?

Minha boca se abriu, diante da surpresa daquele inesperado pedido.

28 Há um costume entre os japoneses, em especial entre crianças, de, quando se faz uma promessa entre duas pessoas, cruzar os dedos mindinhos.

KAORI

Sentada no chão do quarto, com as costas apoiadas na parede e fones nos ouvidos, ligados ao celular que eu segurava em mãos, eu conseguia, mesmo com o volume alto, ouvir passos se aproximando. Ainda assim, permaneci com os olhos fechados, fingindo ignorar a pessoa que adentrava o cômodo.

— Kaori? — a voz de Hinoki me chamou.

— Quié? — resmunguei em resposta.

— Tenho um presente pra você.

Abri os olhos, desconfiada.

— Presente?

— Olhe em sua cama.

Curiosa, arranquei os fones dos ouvidos e me levantei, olhando para a cama. Acima dela, estava um vestido longo e, aos pés, um par de sapatos. Não era algo exatamente novo, já que de imediato reconheci as peças:

— Isso era da nossa mãe.

— Acho que ela iria ficar feliz se você usasse no seu primeiro baile.

— Até parece. — Bufando, voltei a me sentar no chão.

Esperava que Hinoki desistisse daquela besteira, mas era claro que ele não faria isso tão facilmente.

— Tenho certeza de que vai ficar ótimo. Você tem o mesmo corpo que nossa mãe tinha.

— Eu não vou usar isso. E nem vou a esse baile idiota.

— Eu, como professor, sou obrigado a ir. E você não vai deixar seu irmão ir a um baile sem par, né?

— Tenho culpa de você ser um solteirão? Arrume uma namorada.

Ele riu.

— Eu vou tentar. Mas, enquanto isso, que tal ser o meu par no baile?

— Não. Vá sozinho.

— Mas e você? Vai ficar sozinha em casa, de noite?

— Grande coisa!

— E se, por uma triste coincidência, algum assistente social resolver nos visitar bem nessa noite e te encontrar sozinha?

Ele só podia estar de brincadeira! Que argumento estúpido tinha sido aquele?

— Quais as chances disso acontecer?

— Grandes!

O tom de voz dele foi tão sério e preocupado que, por um momento, eu cheguei a cogitar a possibilidade daquilo ocorrer. Levantei os olhos, fitando-o em silêncio por alguns segundos, até me dar conta de que era apenas uma estratégia barata para me convencer.

— Você tá me enrolando! — retruquei.

— Vamos relembrar seu histórico do último mês: 'visitas' à delegacia por agressão; uma quase suspensão na escola por ter batido em três alunas, e isso porque o

Yoshinari e o Katsura, por motivos óbvios de preservação à reputação, não fizeram queixa de você; uma semana inteira de faltas escolares não justificadas... Com tudo isso, não é surpresa que o assistente social esteja na nossa cola.

Droga, ele tinha razão. Nas últimas semanas eu havia extrapolado um pouco os limites de uma rebeldia socialmente aceitável para uma garota da minha idade. Ainda assim, não estava completamente convencida.

Hinoki prosseguiu:

— Seria muita irresponsabilidade minha sair à noite e te deixar sozinha. O que te custa me acompanhar, Kaori? Suas amigas estarão lá, você vai se divertir.

Eu duvidava muito que fosse. A começar pelas roupas que ele queria que eu usasse. Apontei para a cama, revoltada.

— Eu não vou usar aquilo!

— Pelo menos experimente, veja como fica... Ka-chan!

Aquela porcaria de apelido de novo. Qual era o problema do meu irmão?

Ele sabia! Sabia que me chamar assim era meu ponto fraco. Evocava lembranças da infância, dos nossos pais... e toda aquela baboseira de amor familiar.

Ele conseguia o que queria de mim quando fazia aquilo. Inferno! Mil vezes inferno!

Levantei-me e o encarei.

— Tá legal, dá para parar com isso?

— Isso o quê, Ka-chan?

— Isso de me chamar assim! Sabe que eu não gosto.

— Seria porque isso sempre te quebra? — Ele sorriu, zombeteiro.

— Não me 'quebra'. Só me irrita! Isso é apelido de criança!

— De qualquer maneira, a roupa está ali. Tem até amanhã para pensar. Vou fazer o jantar, Ka-chan.

Ele saiu do quarto. Vendo-me sozinha, não resisti a lançar um olhar sobre o vestido em cima da cama. Minha mãe ficava linda com ele, como uma verdadeira princesa. O que ela pensaria se me visse usando-o?

Talvez ficasse feliz.

E foi este pensamento que me fez cogitar atender ao pedido do babaca do meu irmão.

UMI

Voltar para casa e encontrar os sapatos do papai no hall era sempre uma alegria. Como ele geralmente chegava muito tarde, eu ficava feliz quando ele conseguia adiantar-se e vir para casa a tempo de jantar conosco.

— Cheguei! — avisei, tirando os sapatos e adentrando a casa.

Ao chegar à sala, avistei meus pais dividindo o sofá e folheando um monte de papéis.

Mamãe já entrava no terceiro mês de gestação, e sua barriga já começava a ficar visível. Com um panfleto na mão, ela comentou:

— O lugar parece bom, mas só tem dois quartos.

— Não é suficiente? — papai indagou. — O espaço da casa é bem maior do que o desta.

— É, mas eu não acho certo o bebê ficar no mesmo quarto que a Umi. Afinal, ela sempre teve um cantinho só dela.

Fiquei feliz em ver que eles ainda pensavam em mim, apesar de ninguém ter me contado que eles planejavam comprar uma nova casa.

Papai pegou outro panfleto e mostrou a ela:

— O que acha desse apartamento, então? Tem três quartos e playground. — Enfim, ele olhou para frente e me avistou ali. — Umi? Chegou cedo hoje, filha.

Pensei em dizer que estava chegando no mesmo horário de sempre, mas, em vez disso, expus a dúvida que aquela cena me causou:

— Estão planejando se mudar?

— Sim — meu pai respondeu. — Achamos que esta casa vai ficar pequena quando o bebê chegar.

— Nossa! Esse apartamento é perfeito! — exclamou a mamãe, achando outro panfleto. E ela nem olhou para mim! — Será que o bebê vai gostar?

Será que alguém se importava se EU ia gostar?

Não queria me mudar, gostava tanto da minha casa, do meu quarto...

Se bem que, no fim das contas, nada ali era tão *meu* assim.

Eles tinham certeza de que o bebê seria um menino, como sempre sonharam. Mamãe me contou certa vez que, quando foram na primeira vez ao orfanato, tinham a intenção de adotar um menino, bebê, que fosse parecido com eles... E acabaram, por qualquer razão aleatória, se apegando a uma menina *gaijin* de cinco anos. Nem eles deviam saber o que os levara a isso. Devem ter ficado com pena, sei lá...

— Umi-chan? — mamãe finalmente falou comigo.

— Eu?

— Vai ficar aí parada? O que foi, quer nos contar algo?

— Er... Sim! É que amanhã é o baile do colégio, e...

Não consegui terminar, pois a mamãe olhou para o papai, voltando ao assunto anterior:

— Querido, eu pensei em uma coisa agora: não acha que seria melhor vermos uma casa, ao invés de um apartamento? Sabe que eu gosto tanto de jardins...

— Podemos procurar alguma nessa região. — Ele voltou a olhar para os panfletos.

Minha mãe tornou a virar o rosto em minha direção.

— Desculpe, querida. O que dizia?

— Que eu vou ao baile amanhã. — Não que isso fosse importante, né?

— Oh, verdade? E vai com quem?

— Com o Aki. — Estendi o girassol para mostrá-lo, orgulhosa. — Ele me deu uma flor, olha!

— Ah, que encanto! — Ela sorriu, compreensiva. — Impressão minha, ou tem uma certa garotinha apaixonada por aqui?

— Bem... Eu...

— Achei! — meu pai disse, mostrando outro papel. — Olhe essa, querida.

Minha mãe olhou para o folheto nas mãos dele e franziu a testa.

— Hm... Quatro quartos? Essa eu achei grande demais.

— É sempre bom ter um quarto de hóspedes.

— Mas é tão raro recebermos hóspedes... — Eu já ia saindo da sala, mas mamãe voltou a me olhar e me chamou. — Querida, espere! O que estávamos dizendo? Ah, era sobre o baile, né? Você precisa de um vestido.

— É... — respondi, sem muita empolgação.

— Querido, a Umi-chan precisa de um vestido novo.

— Hein? — Papai sequer parou de olhar para aqueles papéis estúpidos. — Para quê?

— Para o baile.

— Que baile?

— É verdade! Que baile é esse, filha?

Suspirei. Tá que isso de bailes colegiais não eram comuns no Japão, mas sempre falei tanto do baile anual da minha escola, sempre torcendo para chegar logo ao primeiro ano do Ensino Médio para poder participar... Não era possível que a mamãe tivesse esquecido!

— O baile do colégio, mamãe.

— É verdade! É o primeiro baile de sua vida, tem que ir com um vestido bem bonito!

— Dá tempo de comprar amanhã? — meu pai perguntou. — Vou deixar meu cartão de crédito contigo, Umi. Escolha o vestido de que mais gostar, não se importe com o preço.

Comprar? Mas a mamãe sempre fazia as minhas roupas nessas ocasiões especiais...

Eu sabia que tudo fora muito repentino. Eu tinha decidido (ou melhor: sido convidada) em cima da hora, mas, ainda assim, esperava que ela ao menos quisesse tentar... E, no final, percebendo que não daria tempo, saísse comigo para comprarmos juntas.

— Então, mamãe, vai comigo para ajudar a escolher? — ainda insisti.

E a resposta não poderia me entristecer mais:

— Ah, querida, eu adoraria, mas não posso. Amanhã seu pai e eu vamos buscar o exame que fiz para saber o sexo do bebê. Por que não chama uma amiga?

— Tá. Vou ligar para a Suu-chan, ver se ela pode ir comigo.

Mas eu não queria ir com uma amiga. Queria ir com a minha mãe, como nós sempre fazíamos. Mas não insisti. Eles tinham coisas mais importantes para resolver.

Subi para o meu quarto, deixando-os sozinhos na sala, vendo os panfletos e decidindo sobre a nova casa.

Capítulo nove

九

Baile – Parte um

UMI

A imagem que o espelho refletia, de certa forma, me agradava. Nunca havia me visto daquele jeito: maquiada, com os cabelos escovados (que assim ficavam ainda mais longos do que geralmente eram), sandália de salto alto e um vestido lindíssimo: batia pouco acima dos joelhos, com a saia em *evasê*, todo em azul escuro com brilhos prateados, combinando com os brincos de prata em formato de borboleta, decorado com pedras transparentes. No pescoço, eu usava o mesmo colar de sempre, só que, agora, ele ficava bem visível com o decote do vestido sobre o busto.

Não saberia dizer se estava verdadeiramente bonita, mas estava diferente, de uma forma que me agradava.

Porém, mesmo diante da mudança, o meu desânimo não tinha ido embora.

De repente, meu celular tocou. Após ver o número no visor, atendi:

— Oi, Suu-chan.

— Aff, melhora essa voz! — Natsu brigou comigo. — Não largou esse desânimo? Anime-se, hoje é o nosso baile! Ainda mais com o vestido que EU te ajudei a escolher... É quase tão lindo quanto o meu!

Sorri, enfim.

— Estou curiosa para ver o seu.

— Verá no baile, é maravilhoso! Tenho certeza de que vou arrasar! Vão todas morrer de inveja da minha beleza e, claro, da minha companhia. Sabe no que eu pensei? Acho que o Ken vai me pedir em namoro.

Não pude evitar contrair o rosto. Fiquei pensando no que teria levado a Natsu a cogitar tal hipótese. Mesmo com aquele ego do tamanho do mundo, será que não conhecia nadinha da fama do Ken?

— Eu não contaria com isso, Suu.

Nem um pouco, aliás!

— Por que não? Eu sou bonita, inteligente, elegante, descolada, tenho um bom papo... Acho que combino bem com ele.

— Mas ele é um galinha. Sabe disso.

— Porque ainda não tinha se apaixonado de verdade, Umi. Escuta só, hoje ele me ligou, ficamos horas no telefone, e ele foi tão carinhoso... Ah, a campainha tocou, é o Ken! Te vejo no baile, *bye bye!*

Ela desligou. Guardei o celular numa pequena bolsa prateada que levaria e voltei a me olhar no espelho, passando as mãos pelos cabelos agora lisos, sentindo o desconforto que sempre tinha todas as vezes que tentava melhorar a aparência.

Percebi que, mesmo estando tão mais produzida do que eu era no dia a dia, ainda assim eu era tão diferente que estava longe de me enquadrar ao padrão de beleza das pessoas ao meu redor.

Você é a Umi. Isso já é o bastante.

A voz ecoou na minha mente, e a lembrança das palavras de Aki me fez sorrir.

Eu era a Umi, e era só o que importava. E nada mais me importaria enquanto ele também fosse apenas o Aki.

A campainha tocou e eu, empolgada, dei uma rápida retocada no *gloss*, peguei a bolsa e saí do quarto, descendo as escadas o mais rápido que conseguia (com saltos, não era tão simples assim). Parei na metade dos degraus quando vi que meu pai estava na porta, falando com Aki.

Papai era supercalado. Nem tanto assim em família, mas não era de puxar assunto com pessoas que ele pouco conhecia. Foi estranho vê-lo falando com o Aki, que também não era o maior exemplo de pessoa com assunto.

Mas o que será que eles conversavam?

Percebendo a minha presença, meu pai virou-se para a escada e sorriu ao me ver.

— Ah, aí está ela.

Sem perder tempo, terminei de descer, enquanto dizia:

— Vamos, Aki, ou iremos nos atrasar. Tchau, papai!

E saí, puxando Aki, antes que meu pai pudesse ao menos pensar em me responder. Apenas quando chegamos à rua foi que notei como meu par estava elegante, usando um terno preto bem ajustado ao corpo.

Elegante e lindo!

— Nossa... — pronunciei, sem me dar conta.

Ele me olhou, sem entender.

— O que foi?

— Ah, é que... — Agradeci à maquiagem que estava usando, que na certa deve ter escondido um pouco o rubor da minha face. — Onde arrumou essa roupa?

— Shimada-sensei me emprestou. Mandou para uma costureira ajustar, para não ficar muito grande em mim.

— Ele é sempre muito elegante, né?

— É. Por isso que você gosta dele?

Fiquei ainda mais sem graça. Mas respondi:

— Também. Gosto de tudo nele, ele é perfeito. Gosto do jeito protetor. Você não é tão perfeito assim, mas... eu também gosto do seu jeito.

Sem parar de andar, o Aki me olhou e piscou algumas vezes, parecendo surpreso. Pois é, acho que eu tinha falado demais!

— Mais do que do sensei? — ele perguntou.

— É diferente.

— Como o jeito que eu gosto de você e da Hirano-sensei?

Touché!

— Talvez.

— Eu não entendi.

Nem eu estava entendendo, Aki!

— Relaxa! — Olhei para frente e fiquei em silêncio por dois ou três minutos. Então suspirei desanimada e contei as novidades. — Meus pais vão ter um menino.

Notei que ele continuava a me olhar, mas não desviei meus olhos da rua à nossa frente. E continuei a contar:

— Pegaram hoje o resultado de um exame de sangue que a mamãe fez, onde dá para saber o sexo do bebê antes mesmo de uma ultrassonografia. Aí confirmaram o que já suspeitavam. Estão numa felicidade só! Sabe, o primeiro filho, depois de tantos anos de tentativas...

— E você não está feliz?

— Em parte. Por um lado, me alegro com a felicidade deles, mas... por outro, sinto um vazio muito grande. Sinto que perdi a minha utilidade na vida deles. Agora, não sirvo mais para nada, porque eles vão ter um filho... Um filho deles mesmo, de verdade.

— E você não pensa em achar seus pais de verdade?

A pergunta me pegou de surpresa.

Não, eu não pensava nisso! Ou, ao menos, me recusava a confessar que pensava.

— Meus pais de verdade? É claro que não! Não sei nem se estão mortos ou se me abandonaram... e também não tenho vontade de saber.

— Tem raiva deles?

— Não tenho nada deles. É que, para mim, os Matsuo sempre foram meus pais de verdade. Eu os amo muito, mas... sei que eles têm que seguir a vida deles e merecem ser felizes, com seus filhos de verdade.

— Mas se eles são de verdade para você, você também não deve ser de verdade para eles?

Touché! ...De novo!

O Aki estava ficando bem espertinho, não?

— Aki, para de fazer perguntas complexas que eu não sei responder! Vamos parar de falar sobre isso e nos divertir no baile! Você sabe dançar?

— Não sei.

— Não sabe dançar ou não sabe se sabe?

— Não sei — ele afirmou com uma convicção que não durou muito. — Ou só não sei se sei.

Achei graça, e comecei a rir.

— Você é confuso, mas é engraçado. Escuta, Aki... sabe se o Shimada-sensei vai ao baile?

Ele moveu os ombros, indicando que não sabia a resposta.

Para variar, né?

KAORI

Já era noite quando eu, depois de algumas horas no quarto, decidi sair para comer alguma coisa. Imaginava que, como sempre, Hinoki deveria ter deixado alguma comida preparada. Odiava dar mais esse trabalho, mas já tinha desistido de insistir para que ele deixasse de fazer isso. No entanto, ao passar pela sala, parei ao me deparar com meu irmão, vestindo roupas velhas e deitado no sofá, assistindo a um programa na TV.

— O que está fazendo? — indaguei, achando a cena um tanto incompreensível. Não era o dia do tal baile? Ele definitivamente não deveria estar ali.

— Já que não vou ao baile, estou aproveitando a folga para descansar e assistir à televisão — ele respondeu simplesmente.

— Por que não foi?

— Já expliquei, não posso te deixar sozinha. Como você não quer ir, eu também não vou.

Idiota! Mil vezes idiota! Eu o xinguei mentalmente tantas vezes, que manter isso apenas na minha cabeça tornou-se impossível e precisei esbravejar com palavras:

— Seu grande idiota! Vai correr o risco de perder o emprego?

Ele, em compensação, manteve a calma.

— Se eu te deixar sozinha, corro o risco de perder a sua guarda.

— Se perder o emprego, vão me tirar de você da mesma maneira.

— Eu arrumo outro, dou o meu jeito.

— Mas você gosta dessa escola.

— Gosto. Mas gosto muito mais de você.

Certo, ele tinha me deixado sem resposta. Estava ficando cada dia melhor naquilo.

Cruzei os braços e abaixei a cabeça, pensativa. Sabia que iria me odiar por tal decisão, mas deixaria o arrependimento para o dia seguinte (ou para dali a poucas horas).

— Se eu colocar aquela roupa idiota e for, você vai também?

Calmamente, ele trocou o canal da TV, fingindo não dar muita atenção àquilo. Apenas questionou:

— Colocaria os sapatos também?

— Não posso usar meus tênis?

— O que acha?

— Inferno! Mas não vou usar maquiagem.

Ele enfim me olhou, nitidamente tentando conter o riso.

— Tudo bem, sem maquiagem. Mas terá que soltar os cabelos.

— Para quê?

— Oras, para todos verem como a minha irmã é bonita.

Bufei. Eu disse *'Dali a algumas horas?'* Nesse momento eu *já* estava completamente arrependida. Mas não ia voltar atrás.

Meu irmão poderia ser um idiota, mas nunca tive qualquer dúvida de que faria qualquer coisa pelo meu bem-estar. Agora era a minha vez de fazer um pequeno (enorme) esforço por ele.

— Mas vou ficar numa sala, não gosto dessa besteira de baile — completei.

Ele se levantou, simplesmente seguindo para o quarto dele, possivelmente na intenção de se arrumar. No caminho, anunciou:

— Lá decidimos isso, tá bom? E é melhor se apressar, já estamos atrasados.

Respondi lançando um olhar nada amigável.

NATSU

Nada poderia ser mais perfeito naquela noite. Parecia que eu estava vivendo o mais belo dos meus sonhos, em um baile estilo americano, caminhando de braços entrelaçados com o garoto mais maravilhoso do mundo. Achava o máximo o olhar de ódio que algumas das garotas – as mais nojentas do colégio – lançavam em minha direção. Aquela era a prova do tamanho de minha conquista: eu era uma garota que passava longe de ser uma das mais populares, e agora participava do maior evento da escola ao lado do garoto mais cobiçado. Aquele por quem eu era apaixonada.

Era o momento mais feliz da minha vida!

Sem contar que também me sentia linda, com um vestido rosa-claro: um modelo tomara que caia, com um belíssimo broche com *strass* na parte do busto e a saia evasê plissada. Tanto os brincos quanto o colar eram de pérolas, pegos emprestados com a minha mãe. Nos pés, um *scarpin* de bico fino e na cor roxa – combinando a minha bolsa de mão – dava um tom mais ousado ao visual. Um *look* completamente inspirado em uma das várias *influencers* norte-americanas que eu seguia na internet. Ah, e meus cabelos também estavam diferentes, levemente ondulados e presos para trás por grampos.

— Notou que estão todos olhando para a gente? — Ken indagou, arrancando-me dos meus devaneios.

— Ah, você acha? — fiz-me de distraída. — Não reparei. Deve ser impressão sua!

— Não é impressão, não. Tenho certeza de que estão todos nos olhando, porque eu estou com a garota mais linda da festa.

Ai...

Meu...

Deus!

Ele estava mesmo falando aquilo para mim? Se eu morresse naquele momento, seria a pessoa mais feliz da face da terra! Mas tal felicidade foi substituída pela apreensão quando ele me guiou para um canto do salão e, quando paramos, tocou gentilmente o meu queixo, erguendo meu rosto, e então começou a aproximar lentamente os seus lábios dos meus. Não sei o que me deu nessa hora, mas fiquei incrivelmente tímida e tive a reação de me afastar, pedindo:

— Vai um pouco mais devagar, tá?

Tive medo de que ele ficasse zangado, mas, em vez disso, Ken sorriu como um verdadeiro cavalheiro.

— Claro. — Chegou mais perto, sussurrando próximo ao meu ouvido. — Vamos deixar isso para depois do baile, tudo bem?

— Eu disse para a minha mãe que voltaria para casa até a meia-noite. — Que droga! Isso lá era momento de eu bancar a certinha?

— Ela não vai chiar tanto se atrasar um pouquinho e chegar meia-noite e meia.

Sorri, embora ainda tímida.

— É, eu acho que não...

— Vou pegar algo para você beber.

Dito isso, ele se afastou. Fiquei ali parada, seguindo-o com os olhos, pensando no quanto era feliz por viver aquele momento. Nisso, acabei avistando Umi-chan entrando no salão, acompanhada pelo Aki. Os dois em uma elegância só! Faziam um casal fofo, no fim das contas! Acenei para eles.

UMI

Mal chegamos ao salão, e eu já fiquei encantada com tudo o que eu vi. Inúmeros alunos (não fazia ideia de que eram tantos) e professores vestidos tão elegantemente e dançando felizes ao som de uma música bem animada. E a decoração estava linda, toda nas cores preto e branco.

Logo que chegamos lá, avistei Natsu que, empolgada, acenava para nós. Como sempre, puxei Aki pelo braço (juro, sem nenhuma segunda intenção, apenas para não correr o risco de ele se perder de mim no meio de todas aquelas pessoas), e fomos até ela.

— Suu-chan! — exclamei, logo que nos aproximamos dela. — Como está linda!

— Você também, Umi-chan! Claro, não tanto quanto eu, mas muito bonita também! — Ela olhou para o Aki. — Aki, seja cavalheiro e vá pegar um suco para a Umi-chan.

Ele ainda piscou, com aquela cara de bobo, antes de fazer que sim com a cabeça e se afastar, notoriamente perdido. Será que ele sabia onde ficavam as bebidas?

— E aí, Umi-chan? — Natsu indagou, logo que ficamos sozinhas. — Rolou alguma coisa?

Pensei por alguns segundos, ainda demorando para entender o que ela queria dizer com aquilo. Quando entendi, praticamente gritei a resposta, constrangida:

— Não! É claro que não!

Ela pareceu desapontada:

— Nadinha mesmo? Mas como vocês são lerdos!

— Eu não sei o que fazer.

— E qual seria a dúvida? É só beijá-lo!

Como ela poderia sugerir aquilo como se fosse algo extremamente fácil?

Ok, talvez fosse fácil para algumas pessoas, ou mesmo para quase todas as pessoas. Mas não pra mim.

— Concordo que a iniciativa devia vir dele — Natsu prosseguiu —, mas como ele é mais lerdo que você...

— Como eu vou saber tomar a iniciativa? — indaguei. — Eu nunca beijei ninguém.

— Bah, você é muito garotinha ainda.

Engraçado justo a Natsu fazer um comentário como aquele. Principalmente pelo motivo que eu expus em resposta:

— Mas você também nunca beijou ninguém.

Eu disse isso no exato momento em que a música parou. Não estava gritando, mas falei alto o suficiente para que as pessoas mais próximas ouvissem e, olhando para nós, começassem a rir.

— Umi! — Suu-chan apertou o meu braço, irritada e constrangida. Para o alívio dela, logo outra música começou, e as pessoas ao redor pareceram não dar mais importância à situação.

— Desculpa! — pedi, envergonhada.

— Essa situação vai mudar ainda hoje! — Ela olhou para algo além de mim e, parecendo esquecer o assunto, apontou, animada. — Umi-chan, olha aquilo!

Virei-me para ver o motivo de tanta empolgação e também sorri com o que avistei: em um canto do salão, havia uma máquina de fotos[29].

Praticamente corremos até lá. Parecíamos duas crianças se divertindo, apertando os botões, escolhendo os efeitos e a molduras. Saímos na foto fazendo sinal de 'paz e amor'. Em alguns segundos, saiu do aparelho uma cartela com pequenas fotografias adesivas. Suu-chan começou a destacá-la no meio.

— Vamos guardar de lembrança do nosso primeiro baile! — ela disse, entregando-me a metade da cartela.

---

29 Populares no Japão, as 'Purikura' são cabines de fotos instantâneas. Contém uma infinidade de filtros e ferramentas de edição e imprimem as fotografias em miniaturas adesivas.

Dei uma boa olhada na foto e sorri ainda mais. De fato, fiquei feliz por ter aquela recordação para guardar do meu primeiro baile. Nisso, pensei em duas coisas: a primeira era que, logo que o Aki voltasse, tiraria uma foto com ele também. E a segunda era que gostaria que a Kaori-chan também estivesse ali. Dessa forma, teríamos uma foto de nós três juntas.

Como uma incrível coincidência, mal tive este último pensamento e avistei o irmão da Kaori-chan entrando no salão do baile. Ah... Ele estava lindo demais! É, ainda mais lindo que o habitual. Usava um terno ultraelegante, o que tornava ainda mais bonitos os seus ombros largos e seu porte de mocinho dos mais românticos doramas.

Não resisti e acabei soltando um gritinho de alegria:

— Ai... O Shimada-sensei veio!

Natsu soltou um assobio, comentando:

— Nossa, ele tá um gato!

— Ele é *sempre* um gato! Ai, ai...

— Alôou... Não se esqueça do seu par!

— Ai, ai... Shimada-sensei — suspirei

Natsu bufou e me repreendeu:

— Você não sabe o que quer da vida, não é? — Que absurdo! É claro que eu sabia. Já tinha assumido minha paixão pelo Aki. Mas ela não achava que eu iria, de uma hora para outra, passar a ignorar toda a perfeição do Shimada-sensei, né? — Ei, olha só isso, ele veio acompanhado!

Só então reparei: de fato, ele não estava sozinho. Chegou ao baile junto com uma moça.

Choraminguei:

— Quem é aquela?

— Não sei... Nunca vi.

Não pude deixar de reparar que ela era bem bonita. Só não era muito simpática. Tinha uma cara emburrada, de quem não parecia nem um pouco feliz por estar ali. Uma cara bem parecida com a da...

Ah, não pode ser! Era a...

— KAORI-CHAN!!! — gritamos, eu e Natsu, ao mesmo tempo.

E pareceu que o baile inteiro nos ouviu, pois dezenas de pessoas nos olharam, assustadas com o grito. Inclusive a mencionada, que, nada empolgada, se aproximou de nós.

— Quié? — Kaori resmungou, parando diante da gente.

E o seu mau humor pareceu piorar quando Natsu e eu começamos a cutucá-la, tentando ter certeza de que era mesmo a nossa amiga ali, vestida de forma tão chique.

— O que diabos estão fazendo?

— É ela mesma! — assombrou-se a Natsu.

E eu, enfim, sorri, encantada com aquela visão. A Kaori-chan estava simplesmente linda! Usava um vestido com a parte do busto na cor preta e o restante, que ia até os pés, em um tom claro de verde. No lado direito da barra, havia uma fenda que subia quase até o joelho.

Anunciando que precisávamos registrar aquele momento, Suu-chan nos puxou para a máquina de fotos. Novamente, nós duas sorrimos e fizemos sinal de paz e amor com os dedos, enquanto a Kaori apenas continuou com sua costumeira cara de emburrada.

Logo uma cartela de fotos adesivas foi impressa pela máquina. Natsu a pegou e partiu em três.

— Pronto! — Suu vibrou. — Uma lembrança inesquecível do dia em que a Kaori-chan se vestiu como uma menina, enfim!

Olhei para a foto e vibrei:

— Acho que é a primeira foto que nós três tiramos juntas.

— Sim. — Natsu também olhou para a cartela em suas mãos. — E, por ela, eu posso confirmar: meu Deus, eu sou perfeita! Consigo ficar linda até ao lado da cara emburrada da Kaori!

— Suu-chan! — repreendi.

— Ah, qual é? Tô falando a verdade. A menina tá com o maior vestido bonito e mesmo assim fica com essa cara amarrada.

Eu ia comentar alguma coisa, mas, nesse momento, para acabar com a minha alegria, o Ken chegou. Trouxe dois copos de bebida e entregou um deles à Natsu, que, empolgada, disse:

— Obrigada, Ken-kun! — 'Ken-KUN'? Já estavam nesse nível? — Já conhece as minhas amigas? Essa é a Umi-chan. Digo, Matsuo Umi.

Ele me olhou e sorriu, com aquele sorriso bonito e falso.

— Olá, Umi.

Como assim 'Umi'? Quem tinha dado essa liberdade a ele?

Além de tudo, era sonso!

Ele continuou a me olhar e a sorrir, e isso me agoniou profundamente. Não era só o Aki, eu também tinha medo dele. Porém, ao contrário do meu amigo desmemoriado, eu possuía motivos reais para isso.

Recuei um passo e o corrigi:

— É 'Matsuo' pra você.

Natsu não gostou muito da minha falta de simpatia, tanto que me repreendeu:

— Ai, Umi, que indelicadeza! Não liga para ela, Ken-kun!

Ainda mais incomodada com aquilo, pedi licença e me afastei, saindo para procurar o Aki.

Onde será que aquele bobão tinha se enfiado?

NATSU

— Acho que ela não gosta muito de mim — comentou Ken, logo que Umi se afastou.

Minha raiva aumentou. O que tinha dado na Umi-chan para ser tão mal educada?

Tentei contornar a situação:

— Ela é só um pouco... formal. Não repara. Então, essa daqui é a Kaori-chan. Shimada Kaori.

Ken olhou atentamente para Kaori, mostrando que o sobrenome dela tinha chamado a sua atenção.

— Shimada? É parente do professor de Biologia?

Kaori apenas o encarou em silêncio. Sério, qual era mesmo o problema daquelas minhas amigas?

Decidi responder por ela:

— É irmã dele. Estuda na minha turma.

— Nunca tinha reparado... — Ele sorriu. — Prazer em conhecê-la.

Sem qualquer cerimônia, Kaori nos deu as costas e se afastou. Minha cara quase caiu no chão de tanta vergonha. Tentando disfarçar, decidi puxar o Ken para a máquina de fotos. Enquanto mexia nos botões, virei o rosto por um instante para olhá-lo e reparei que ele seguia Kaori com os olhos, vendo-a subir as escadas em direção às salas de aula. Ele devia estar pensando na total falta de educação dela e da Umi. Torci para que não achasse que eu também fosse assim.

Voltando a me olhar, ele sorriu.

— Deve ser difícil para você lidar com isso.

Entendi que ele estava se referindo às meninas e tentei amenizar.

— Hoje elas não parecem estar em um bom dia. Normalmente são bem mais agradáveis, eu garanto. — Bem, ao menos a Umi-chan eu garantia. Kaori era desagradável sempre. Mas era de uma forma que a gente entendia e até gostava.

— Entendo. É complicado quando tem inveja no meio.

Quase ri daquela suposição.

— Minhas amigas não têm inveja de mim. Sem chance, não rola isso entre a gente.

— Você é muito bonita, Natsu-chan... e também muito inocente. É preciso ficar mais atenta nas intenções das pessoas que te cercam. Aliás, tem uma coisa sobre sua amiga Matsuo que eu acho que preciso te contar.

YUUREI

Aquela coisa de baile era mais chata do que eu tinha imaginado que seria. Estava meio entediado, parado próximo à mesa de comidas – que para mim eram a única coisa boa da festa –, quando senti alguém me chamar com um tapa no ombro. Minha primeira reação foi dar um pequeno sobressalto, achando que se tratava de algum rival querendo briga, e já ia me colocar em posição defensiva. Enfim, teria um pouco de diversão naquela noite!

Mas daí me virei e vi que era apenas o mala do Yoshinari.

— Ah, é você? — Bufei, voltando a me entediar. — E aê, beleza?

— A festa tá bombando, hein? — comentou Yoshinari, que, ao contrário de mim, parecia empolgado.

— É, tá mais ou menos. Veio sozinho?

— Claro, que graça tem vir a um lugar cheio de gatas estando acompanhado?

Em resumo: ele não tinha conseguido companhia. Era de se esperar.

Mas ele estava certo, no fim das contas. Eu tinha levado uma companhia: Aikawa Manami, do primeiro ano. Ela era uma verdadeira beldade. Mas, por Deus, como era chata! Reclamava por tudo, criticou a minha roupa, chorou quando uma unha dela quebrou ao tentar abrir uma lata de refrigerante... Isso sem contar que a gente simplesmente não tinha assuntos em comum. Agradeci aos céus por terem chegado duas amigas dela sem par e ela ter ido dançar com elas.

— Você é muito sortudo de ter vindo com a Aikawa! — Yoshinari comentou. Só então reparei que ele a olhava enquanto ela dançava na pista.

— E ela ainda está querendo que eu saia com ela amanhã — comentei, relembrando da insistência dela no trajeto até ali.

— Uau, você já tem um novo encontro com ela?

— Não. Disse que não posso ir, porque vou ao campeonato de luta livre.

— Eu não sabia que estava tendo campeonato de luta livre na cidade.

— Não está, idiota! Tenho outro compromisso, que não é da sua conta.

— Aposto que é com mulher. E deve ser muito gata, para você dispensar a Aikawa.

Não era o tipo de compromisso que Yoshinari imaginava, mas para mim não fazia diferença. Dispensaria a Aikawa mesmo que não existisse compromisso algum.

A verdade era que eu já estava meio cansado de encontros sem fundamento. Pensei que seria interessante, só para variar, sair com alguém com quem pudesse ter alguma conversa interessante, que não fizesse cena por causa de uma unha quebrada...

Talvez uma garota forte, como a irmã do professor.

— Mas no que é que eu estou pensando? — resmunguei ao me dar conta da incoerência dos meus pensamentos.

Yoshinari franziu a testa, intrigado.

— O que disse?

— Nada que seja da sua conta.

Passei a percorrer os olhos pelo ambiente, tentando distrair a mente para que o tempo passasse mais rápido. Acabei, nisso, notando uma garota de vestido verde, que se dirigia apressada para as escadas. Não era nenhuma modelo de tirar o fôlego, mas era bonita. Bem bonita, aliás. Olhando atentamente, aliás, tive a impressão de que já a conhecia de algum lugar. Não era da minha turma, disso eu tinha certeza. Acompanhei-a com os olhos, forçando a mente a me recordar de onde a conhecia. Quando, enfim, me lembrei, arregalei as pálpebras e sacudi a cabeça de forma negativa.

Não poderia acreditar que era a...

— É a Shimada! — praticamente gritei, apontando para a garota.

Yoshinari olhou na mesma direção e mal pôde acreditar no que via.

— Shimadaaaaaa? Não acredito, Katsura! O que será que deu nela, que resolveu se vestir como uma garota?

Eu não sabia, mas também não perderia tempo pensando a respeito. Desviando a atenção um pouco adiante, percebi que nós não éramos os únicos a prestarmos atenção na irmã do professor. O tal do Ken, que eu sabia que passava longe de ser boa coisa, também não tirava os olhos dela, embora estivesse acompanhado por outra garota.

Por algum motivo, eu não gostei nadinha disso.

AKI

A Natsu tinha falado para eu pegar bebidas, mas não me explicou onde. Fiquei rodando a escola para procurar, até que acabei indo parar no pátio. Encontrei lá um garoto da minha turma, completamente envolvido por uma densa nuvem de fumaça. Ele primeiramente pareceu assustado em me ver, como se eu o estivesse flagrado fazendo algo muito errado (eu acho que era exatamente isso). Depois, enfiou a mão no bolso e tirou de lá uma carteira de cigarros, oferecendo a mim. De forma mecânica, acabei aceitando e o garoto sorriu, como se aquilo fosse um sinal de que eu guardaria o seu segredo. Ele usou um isqueiro para acender o meu cigarro, antes de apagar o dele e voltar para o salão da escola.

Ficando sozinho, dei uma boa olhada naquele objeto em minha mão. Não sabia por que aceitara, afinal, não me lembrava de ser um fumante.

Porém, eu não me lembrava de nada. Dessa forma, que diferença fazia?

O cheiro da fumaça me parecia estranhamente agradável. Quando dei por mim, já estava com o cigarro entre os lábios, dando uma longa e prazerosa tragada. Soltei a fumaça lentamente enquanto dizia:

— Isso é tão bom...

— Ah, não acredito nisso!

Sobressaltei ao ouvir aquela voz. Virei-me, constatando que era a professora de História.

Com um ar ao mesmo tempo sério e divertido, ela comentou:

— E eu achando que você tinha largado essa porcaria. Mas um viciado é sempre um viciado!

— Hirano-sensei?

Ela bufou:

— Me chame de Mari, garoto. Como você fez a vida inteira.

— ...Mari-sensei?

A professora riu. Uma sincera e gostosa gargalhada. Por alguma razão, eu gostava muito do som do riso dela.

— Sua namoradinha tem razão: você é formal demais! Aliás, essa pessoa em quem você se transformou é formal demais. — Ela estendeu a mão. — Anda, me dá essa porcaria!

Hesitante, eu lhe entreguei o cigarro, que foi prontamente apagado contra a parede, sendo em seguida jogado em uma lixeira. Enquanto a professora fazia isso, eu observava o quanto ela estava bonita vestida daquela forma: com um vestido de uma única alça, vermelho, bem justo ao corpo e com o comprimento pouco abaixo dos joelhos.

Apoiando as costas e um dos pés calçados com sapato de salto alto e fino sobre a parede, Mari ficou séria e, após um momento reflexivo, contou:

— Escuta, estou de olho no tal Ken. Andei investigando o cara, e ele não é boa coisa. Percebi que você está sempre fugindo dele. Meu palpite é que ele tenha algo, ou tudo, a ver com o que aconteceu com você.

— Ken não gosta de estrangeiros — lembrei do que Umi-sama sempre me dizia. — Mari-sensei é estrangeira?

Novamente, ela riu.

— Na China, sim. Aqui, não.

— China... — repeti, pensativo. O nome daquele lugar me soava muito familiar.

A sensei apoiou a cabeça na parede e fechou os olhos, soltando um profundo suspiro. Parecia cansada.

— É, *Aki*... China. A nossa casa. Como eu queria que você lembrasse logo. Não gosto de mentiras, e tudo isso está indo longe demais. Que inferno, eu nem professora sou!

Ela não era professora? Como isso era possível?

Sem me dar conta, outro questionamento me veio à mente e eu o pronunciei:

— Onde eu aprendi a falar japonês?

Ela sorriu de forma carinhosa.

— É engraçado perceber que, embora não entenda exatamente como, você sabe que nos conhecemos, não é? E que eu, portanto, sou capaz de responder todas as suas dúvidas com relação a sua identidade. Apenas não imaginava que a primeira fosse justamente esta. Mas, vamos lá... como você aprendeu a falar japonês? Bem, eu te ensinei.

— Acho que eu já sabia disso.

— E do que mais acha que já sabia?

— Sabe, às vezes vêm algumas coisas na minha cabeça.

— Tipo o quê?

— Às vezes me lembro de uma casa grande e de uma mulher de olhos verdes.

— Da sua mãe.

Senti um baque em meu peito ao ouvir aquela palavra. Mãe? Eu tinha uma mãe? De repente, aquilo pareceu tão distante. E, ao mesmo tempo, doloroso.

Parecendo perceber aquilo, a sensei perguntou:

— E do que mais se lembra?

Fechei os olhos, apertando as pálpebras com força. Muitas imagens surgiam em minha mente, de forma acelerada e desorganizada, como uma sequência de *flashes* de momentos aleatórios.

Voltando a abrir os olhos, declarei a mais forte dessas lembranças:

— Eu me lembro de você.

Ficamos calados, apenas nos olhando, durante um tempo que eu não soube precisar. Essa troca de olhares só foi cortada quando ouvi uma outra voz chegando aos meus ouvidos.

A voz de Umi-sama.

— Aki! O que faz aqui? Estou te procurando há um temp... — Ela vinha de dentro do prédio, e se calou ao reparar na presença da professora ali comigo.

UMI

O que a Hirano-sensei fazia ali?

Aliás, o que aqueles dois faziam ali, juntos e sozinhos?

— Oi, Matsuo! — ela me cumprimentou, sorrindo. Notei que os olhos dela pareciam marejados, o que me deixou ainda mais intrigada. — Como você está bonita!

Ela só podia estar fazendo uma piada. Justo ela, elogiando a minha beleza? Ela já era linda no dia a dia, mas agora se superava.

Se o Aki gostava mesmo dela, acho que eu tinha perdido toda e qualquer chance naquele momento.

— Obrigada, sensei — agradeci, por fim.

— Imagina, eu só falei a verdade. O Aki comentou isso agora mesmo, que você veio com um vestido lindíssimo.

— Ele comentou? — eu me surpreendi.

— Eu comentei? — ele pareceu se surpreender também.

— Comentou, sim — ela confirmou. — Saí um pouco do baile para tomar um ar e encontrei com o Aki. Parece que ele se perdeu. — Essa parte não me surpreendeu nadinha. — Eu ia guiá-lo de volta para dentro e ajudá-lo a te encontrar, mas agora não precisa mais, não é? Bem, vou voltar para a festa.

Sorrindo, ela virou-se e voltou para o salão. Percebi que o Aki a seguiu com os olhos, e isso tornou a me desanimar. Então ele me olhou de novo, parecendo surpreso, e disse:

— É a sua música.

Fiquei confusa, mas em instantes entendi ao que ele se referia. Só naquele instante reparei que na festa tocava a música do meu cantor favorito, o Akira. Justamente a música que eu mais amava dele.

Gostei do Aki ter reparado nisso.

— É verdade, é minha música preferida. Fala de um garoto sem família, que se sente sozinho, até que um dia...

— Encontra uma garota por quem se apaixona — ele completou.

Dei-me conta de que já havia contado aquilo pra ele. Não sei se dava para perceber, mas tinha o chato hábito de ser um pouco repetitiva.

Olhei para dentro do salão, onde o pessoal dançava. Novamente pensei no quanto devia ser bom dançar aquela música com alguém de quem se goste.

Só que eu não sabia dançar, e o Aki não sabia se sabia. E, de qualquer forma, eu não teria coragem pra convidá-lo.

Tornei a olhá-lo e percebi que estava meio distante, como se perdido em seus pensamentos.

Perdi-me nos meus também.

AKI

Mais uma vez, aquilo acontecia. De novo, minha cabeça era subitamente invadida por um amontoado de imagens.

De repente, vi-me quatro ou cinco anos mais jovem, sentado no banco de uma igreja, como a que eu tinha ido algumas vezes com Umi-sama. Estava diante de um altar. Uma mulher se aproximou, sentando-se ao meu lado. Dela, pude ver apenas os longos cabelos lisos e bem loiros.

— Este é o último lugar onde eu iria te procurar — ela disse.

Sua voz era doce, carregada de carinho, preocupação e sofrimento.

— Você não passa de uma vendida — ouvi minha própria voz a acusá-la e não compreendi porque fui tão rude com alguém que eu, sabia, amava demais. — Se está infeliz aqui, por que não larga tudo e volta para o seu país? É claro que não, né? Não pode deixar a vida boa que tem por aqui.

— Não passa pela sua cabeça que talvez exista algo que me prenda aqui?

— Além do dinheiro e da boa vida? Eu duvido muito.

Ela me olhou e eu enfim pude ver o seu rosto. Seus olhos verdes brilhavam como duas esmeraldas. Porém, quando moveu os lábios, não foi a voz dela que saiu, mas sim a de Umi:

— Ele tinha tudo... mas não era o suficiente.

Assustei-me ao me sentir arrancado abruptamente daquela lembrança e trazido de volta ao momento atual. Enfim olhei para Umi-sama, que agora estava apoiada na mesma parede onde a Hirano-sensei se apoiara minutos antes.

— Hã? — perguntei, confuso.

Umi-sama explicou:

— É o que diz na música. Antes eu não entendia a letra muito bem, só fui entender quando vi um vídeo de uma entrevista com o Akira. Ele explicou que, no caso do garoto da música, apesar de ter aparentemente tudo, faltava o amor. Apesar de bonito, é muito triste. Como alguém consegue viver sem ser amado por ninguém?

Ela virou o rosto, evitando olhar para mim. Ainda assim, consegui ver a primeira lágrima rolando pela face dela. Quis perguntar o motivo daquilo, mas ela se adiantou em explicar:

— Sei que a letra não tem nada a ver comigo, mas é como eu me sinto, sabe? Eu te disse que não pensava nisso, mas às vezes eu penso, sim. Penso em qual razão minha mãe biológica tinha para me abandonar. Eu era só um bebê, que mal posso ter feito a ela?

Ela passou as mãos pelo rosto, enxugando as lágrimas que continuavam a cair. Diante daquilo, eu não sabia o que fazer. Sentia uma vontade quase incontrolável de dizer alguma coisa. Mas o quê? Pensei que deveria começar garantindo que encontraria a tal mãe, para que Umi-sama pudesse conhecê-la, afinal, eu entendia o quanto era angustiante aquela sensação de não saber sobre suas origens. Porém, não estava certo de que Umi-sama realmente quisesse aquilo, e nem se eu seria capaz de cumprir tal promessa.

Pensei, então, que deveria abraçá-la. Mais do que isso, quis abraçá-la. Quis demais, com uma força que quase me movia a tomar tal atitude. Mas detive-me, pois sabia que isso não seria certo.

Afinal, Umi-sama gostava do Shimada-sensei. Não era o que ela sempre falava? E, por isso, eu sabia que seria errado abraçá-la, elogiá-la... ou mesmo gostar dela.

Embora essa última parte eu não estivesse conseguindo controlar.

Ela continuou a desabafar:

— Não importam os motivos, o fato é que ela me abandonou em um orfanato. Com os meus pais adotivos, achava que tinha uma família de verdade, mas, agora que não faço mais parte da vida deles, eu... me sinto sozinha, como o garoto da música. Não tenho família, nem nome, nem nacionalidade... Nada em mim é de verdade.

As palavras ditas ecoaram com força nos meus ouvidos, trazendo-me uma súbita dor de cabeça. Fechei abruptamente os olhos, sendo tomado por outra recordação.

Novamente, pude ouvir a doce voz daquela mulher:

— Eu me sinto sozinha. Nada aqui me diz nada... apenas você. Mas de que adianta se isso não é recíproco?

A lembrança da mulher deu lugar à de um homem chinês. Logo percebi que ele, assim como a mulher dos olhos verdes, parecia vinte ou trinta anos mais velho que eu.

Ambos absurdamente familiares, embora meus sentimentos pelos dois fossem bem opostos.

— Vai pro inferno, coroa! — ouvi minha própria voz gritando com o homem. — Isso é tudo culpa sua!

Aquelas lembranças me machucavam, embora eu soubesse serem necessárias. Queria muito compreender mais sobre aquelas pessoas, mas esse não era o momento ideal. Sacudi a cabeça, forçando-me a voltar à situação atual. Umi precisava de mim.

Ainda com os olhos fechados, falei:

— Você é de verdade.

Ao abrir as pálpebras, eu a vi fitando-me de forma confusa, com aqueles olhões lindos dela mais expressivos do que nunca.

Mordendo o lábio inferior, ela indagou:

— Para quem?

— Para mim.

Ela piscou, pega de surpresa pela declaração tão súbita. Sorri, enquanto pedia:

— Não chora mais.

Umi-sama também sorriu. As lágrimas continuavam a cair, mas ela passava as mãos compulsivamente pelo rosto, secando-o, ao mesmo tempo em que respirava profundamente, nitidamente tentando parar o choro.

— Desculpe, pareci uma boba chorona. Vou ao banheiro lavar o rosto, e aí nós vamos aproveitar o baile, tá? Você me espera aqui?

Movi a cabeça, fazendo que sim. Umi-sama sorriu mais uma vez antes de se virar e seguir andando em direção aos banheiros.

Continuei olhando-a, até que sumisse de minhas vistas.

Capítulo dez

Baile — Parte dois

UMI

Toda a minha maquiagem havia sido arruinada com as lágrimas. Por isso, não tive pena de jogar água no rosto, retirando todo aquele borrado. Tinha levado apenas um *gloss* na bolsa, então o retoquei. Dei uma rápida checada na roupa e saí do banheiro, ansiosa para reencontrar o Aki e, enfim, começarmos a nos divertir no baile. Porém, logo que voltei ao salão me deparei com Natsu, andando de um lado para o outro. Parecia aflita.

Fui até ela, perguntando:

— O que aconteceu, Suu-chan?

— Ah, Umi-chan, viu o Ken-kun por aí?

Ah, era isso? Se eu soubesse, nem teria perguntado.

— Graças a Deus, não — respondi.

Natsu não pareceu gostar muito do meu tom de voz.

— Arg, Umi-chan! Para de falar assim dele!

Suspirei, desanimada, e optei por não sustentar o assunto. Esperava que logo a Suu-chan descobrisse quem aquele idiota do Ken realmente era, e, mais do que isso, esperava que acontecesse de forma bem menos traumática do que comigo.

Como amiga, eu deveria contar a ela, sei disso. Mas me faltava coragem. Primeiro, pela vergonha. E segundo, pela certeza de que ela não acreditaria em mim. A única pessoa que sabia daquilo era o Shimada-sensei e, desconfio, a Kaori-chan.

E por falar nela... onde estaria?

— Cadê a Kaori-chan? — perguntei.

Natsu respondeu, ainda olhando ao redor, na certa procurando pelo Ken.

— Ela subiu, acho que foi para a sala.

Era só o que faltava! Kaori-chan tinha se produzido tanto para o baile (se é que apenas colocar um vestido chique bastava pra ser considerado 'produção') para ficar escondida sozinha em uma sala de aula? Eu não podia deixar algo assim acontecer.

Decidindo que o Aki poderia esperar um pouquinho mais, virei-me em direção às escadas para ir atrás da Kaori. Mas fui detida pela mão de Natsu segurando o meu braço.

Quando me voltei para ela, percebi que me encarava de forma séria.

— Fala a verdade para mim, Umi — ela ordenou.

Pisquei, preocupada com o que ela estaria querendo dizer com aquilo. Será que eu teria exposto meus pensamentos em voz alta?

Suu-chan completou:

— Eu vou entender e prometo que vamos continuar sendo amigas.

— Que verdade, Suu? — perguntei com a voz trêmula.

O que ela disse a seguir me chocou:

— Você... sente inveja de mim?

KAORI

Sozinha em uma das salas de aula do segundo andar, eu estava sentada sobre a mesa do professor, olhando através do vidro da janela, perdida em meus pensamentos. Se arrependimento matasse, estaria já enterrada por ter ido àquele baile estúpido. Além do tédio que me consumia, sentia-me péssima por usar o vestido da minha mãe. Lembrava-me do tanto que ela era vaidosa e como sentia ciúmes de suas coisas. Na certa, não estaria nada feliz vendo a filha – que não herdara nem um pouco de sua elegância e delicadeza – usando um de seus vestidos mais estimados.

— Só podia ser ideia do Hinoki... — resmunguei.

E soltei um logo suspiro de desânimo.

Pior do que a sensação de roubar algo da minha mãe era o simples fato de estar lembrando dela. As lembranças eram sempre ruins e dolorosas, pois, fossem quais fossem, sempre acabavam convergindo para a mesma: o dia da tragédia.

Lutava para afastar tais pensamentos quando ouvi a porta sendo aberta. Ao olhar para lá, encontrei quem menos esperava e menos gostaria de que estivesse ali.

— Fugindo da festa? — perguntou Ken, com um tom zombeteiro — Mas ainda nem é meia-noite, Cinderela.

Bufando e resmungando qualquer coisa nada educada, desci da mesa e comecei a caminhar em direção à porta, na intenção de ir embora. Entretanto, não consegui passar por ela, pois a mão daquele imbecil me deteve, segurando-me fortemente pelo braço.

Encarei-o, ordenando:

— Me solta.

A voz dele sussurrada próxima ao meu ouvido fez o meu estômago revirar.

— Está com medo?

— Me solta, ou eu...

— Ou o quê? — ele me interrompeu, ainda em um sussurro. — Vai gritar pelo irmãozinho? Com a música alta lá de baixo ele não vai conseguir te ouvir.

— Estou mandando me soltar — repeti, enérgica.

— Vejo que gosta de mandar. — Ele riu. — Adoro garotas mandonas.

Furiosa, tentei me soltar, mas fui pega de surpresa por um forte empurrão, que jogou-me contra o chão. Olhei para a frente e, com meus músculos estranhamente paralisados, vi Ken se aproximar.

Percebi que, depois de muitos anos, voltava a sentir medo de alguém.

UMI

Eu realmente não havia entendido o propósito da pergunta. Fiquei pensando qual atitude ou palavra minha poderia ter levado a Suu-chan a achar que eu sentia por ela algo tão ruim como inveja.

— Por que está falando isso? — perguntei, enfim.

A resposta foi imediata e inesperada:

— Pelo jeito com que você desfaz das minhas coisas.

Continuou não fazendo qualquer sentido.

— Desfaço de quê?

— Do Ken, por exemplo.

Então era isso. Só não entendi o 'por exemplo', já que essa era a única coisa 'dela' da qual eu me desfazia.

Tentei soltar meu braço, mas ela o segurou com ainda mais força.

— O que deu em você, Suu? Me solta! — Dei um puxão no braço, enfim me soltando. Mas ela continuou a me encarar.

— Não vai fugir da conversa, Umi. Somos amigas e temos que resolver isso. Confessa... você se sente atraída pelo Ken, né?

Ok, agora ela tinha extrapolado todos os limites do raciocínio aceitável.

Senti vontade de vomitar diante daquela hipótese.

— De onde tirou esse absurdo? — indaguei. Minha voz mal saiu devido à incredulidade.

— Ele me disse que, quando entramos na escola, você tinha uma queda por ele.

Sabe quando a gente solta um riso, mesmo não achando graça alguma da situação, mas por puro nervosismo? Foi o que aconteceu comigo naquele momento. Ri, enquanto abaixava o rosto e balançava a cabeça de um lado para o outro, em um movimento de negação.

Aquele babaca do Ken devia ter contado uma versão mentirosa dos fatos e, claro, ela acreditara nele.

Tornando a olhá-la nos olhos, defendi-me:

— Não sei o que ao certo ele te contou, mas é mentira!

— Então fala, olhando nos meus olhos, que você nunca teve nada com ele.

Voltei a desviar os olhos, constrangida. Eu não podia fazer aquela afirmação. 'Nada' não era exatamente a palavra que definia o que havia acontecido entre o Ken e eu. E eu sentia vergonha demais para explicar o que de fato ocorrera.

Ela voltou a pegar o meu braço e o sacudiu, insistindo:

— Umi-chan, olha pra mim. Você não sabe mentir, sei que está me escondendo alguma coisa. O Ken me disse que... que você gosta dele e que agora está com inveja de mim, por isso saiu de perto da gente daquele jeito.

Tornei a olhá-la. Isso, sim, eu poderia contestar sem qualquer possibilidade de dúvida:

— É mentira! Eu nunca gostei daquele idiota, nunca!

Suu-chan suspirou, parecendo triste.

— Entenda, Umi-chan, eu não quero que você saia magoada disso. Não é nada errado com você, é só que... Você não faz o tipo dele, por isso levou um fora.

Como é? Eu tinha levado um fora? Do Ken? Fora isso que aquele estúpido havia contado a ela?

— Ah, é claro! — ironizei. — Eu não sou tão perfeita assim para ele.

Não compreendendo a ironia, Natsu sorriu e concordou:

— Que bom que entendeu!

E lá estava novamente o ego dela indo às alturas.

Ainda tentei esclarecer a situação:

— Acredite, Suu-chan, eu nunca quis e nunca vou querer nada com ele. Ele não passa de um grande idiota. E eu, se fosse você, me afastaria dele.

O olhar dela voltou a expressar tristeza. E, na primeira demonstração de amizade que ela tinha desde que iniciou aquele assunto, segurou a minha mão e, após respirar fundo, pediu:

— Por que não me conta a verdade sobre o que está sentindo?

Balancei a cabeça negativamente. E já percebendo minhas vistas úmidas, desabafei:

— Você é minha melhor amiga, Suu. E está me tratando mal por causa daquele idiota.

— Umi-chan, para de repetir isso. O Ken-kun não é um idiota. E eu não estou te tratando mal, só quero que não haja mentiras entre a gente. Me deixa muito triste essas atitudes de inveja vindas de você.

Puxei a mão e recuei um passo, dizendo:

— O Ken é, sim, um idiota. E, agindo assim, você não é diferente dele.

Virei-me e saí correndo, em direção às escadas. No caminho, senti as primeiras lágrimas molhando o meu rosto, ao mesmo tempo em que o meu peito doía ao pensar que, talvez, eu estivesse perdendo uma amiga naquele momento. O pior era a sensação de saber que a culpa daquilo não era apenas da Suu-chan. Ela devia ter acreditado em mim, não podia ter falado comigo daquele jeito, eu sei, mas... eu também devia ter sido totalmente sincera com ela e contado toda a verdade. Mas eu não conseguia. Sentia vergonha, medo de ela me julgar, ou mesmo de não acreditar em mim mesmo depois de me ouvir. Afinal, por que acreditaria? Eu era apenas a *gaijin* desengonçada, de quem todos ou judiavam ou ignoravam. Já o Ken era um dos garotos mais cobiçados pelas meninas da escola, que se gabava de desfilar com as mais bonitas e populares e, principalmente, de não gostar de estrangeiras. Por que ELE iria tentar algo comigo, e não o contrário?

Para se divertir, é claro. Mas eu sabia que este era o verdadeiro caráter dele. A Natsu, não. Para ela, ele era o cara perfeito.

Mais do que nunca, enquanto subia as escadas (quase tropeçando no salto), eu queria chegar logo ao local onde a Kaori-chan estava. Queria conversar com ela, desabafar sobre tudo aquilo, embora soubesse que isso acabaria sendo um monólogo, e não um diálogo. Mas sei que ela não me julgaria. Ela era minha amiga, mesmo que do jeito dela. E eu precisava demais de uma amiga naquele momento.

Virando no corredor do segundo andar, ao final das escadas, eu ouvi um grito. Um pouco abafado por causa do som alto da música do salão, mas, ainda assim, senti algo de familiar naquela voz.

Parei por um momento, paralisada pelo susto. Teria mesmo ouvido aquilo?

Mais um som. Dessa vez, o de passos atrás de mim. Virei-me e me deparei com a Suu-chan que, ao que tudo indicava, tinha me seguido até ali. Na nossa troca de olhares, já não existia qualquer tensão pela briga de instantes atrás, apenas o questionamento sobre aquele grito.

— Você ouviu isso? — perguntou Natsu, preocupada.

Antes que eu pudesse responder, ouvimos outro grito. Dessa vez, reconheci a voz e, sem pensar duas vezes, corri na direção de onde ela vinha.

Quando eu parei, diante da porta da nossa sala de aula, a Natsu esbarrou em mim, também parando. A cena que encontramos me deixou chocada.

A Kaori estava ali, com o tronco prensado sobre a mesa do professor. Por cima dela, segurando-a pelos punhos e beijando-lhe o pescoço, estava o nojento do Ken. Kaori-chan se debateu e, nesse movimento, virou o rosto em nossa direção, enfim nos avistando ali. A tristeza e a vergonha que vi no rosto dela me fizeram ter ainda mais vontade de chorar.

O pior foi perceber que a vergonha dela não era apenas pela situação que passava. Os olhos dela se fixaram na Natsu e, na certa, sentiu-se péssima por ela presenciar aquilo.

Em menos de dois segundos, o Ken também percebeu a nossa presença. E só provando a sua grande cara de pau, ele apenas soltou a Kaori e, como se nada estivesse acontecendo, ajeitou as próprias roupas e começou a caminhar devagar, vindo até a gente, enquanto explicava:

— Natsu-chan, você precisa rever seus conceitos de amizade. Essa garota fez de tudo para me atiçar. Eu tentei resistir, mas sou homem, sabe como é, né? A carne é fraca. — Ele parou bem do meu lado, de frente para Natsu. E, mostrando que ainda podia ser mais falso, abriu seu melhor sorriso. — Mas acho que você deveria perdoá--la. Afinal, tem gente que não consegue controlar a inveja. Se bem que... uma amiga de verdade não faria isso com você.

Olhei para Natsu e percebi que a respiração dela estava pesada, alternando seu olhar confuso entre Ken e Kaori. Quando parou os olhos em nossa amiga, seu semblante passou a expressar apenas ódio.

Olhei também para Kaori, e meu coração doeu com a cena que via. O rosto dela mostrava uma expressão que eu nunca imaginei ver ali: assustada, com os olhos vermelhos e marejados, e tentava compulsivamente ajeitar o vestido. E percebi que, mais do que susto pelo que passara, mostrava medo da reação que a Natsu teria.

E, na verdade, diante de tudo o que ouvira minutos antes, eu também compartilhava deste mesmo medo.

Quem não sentia medo, pelo visto, era o Ken. E, por isso, foi pego de surpresa pelo tapa que a Natsu deu em seu rosto, reunindo toda a sua raiva. Em seguida, furiosa, ela adentrou a sala, indo até Kaori, agarrando-a pela mão e saindo puxando-a para fora. Eu ia segui-las, mas me detive e, criando coragem, encarei o Ken, perguntando:

— Por quê? Por que fez isso com a Kaori-chan?

Ele sorriu. Mas, dessa vez, não era o sorriso simpático e conquistador de sempre, e sim um meio-sorriso sarcástico. E respondeu:

— Porque você e sua outra amiguinha perderam a graça.

Eu não sabia qual teria sido o motivo dele comigo ou com a Suu-chan. Mas com a Kaori eu sabia muito bem:

— Quis se vingar do Shimada-sensei, não é? Naquela ocasião, foi ele quem me defendeu e, por conta disso, você ficou suspenso por um tempão e só não perdeu a vaga na escola porque tem dinheiro e um nome importante.

— O que entende de nome, *gaijin*? Nem um de verdade você tem.

— Mas eu tenho caráter de verdade, coisa que você não tem.

Dizendo isso, eu o deixei para trás. Saí correndo, tentando alcançar as minhas amigas.

Cheguei ao corredor a tempo de vê-las entrarem em outra sala. Segui as duas até lá e, quando cheguei, vi Natsu soltar rispidamente o braço da Kaori e encará-la ainda com ódio. Entrei no meio das duas, pedindo:

— Suu-chan, para com isso!

Ela nem me olhou para responder, me empurrou para o lado e manteve os olhos fixos na Kaori, ordenando:

— Cala a boca, Umi!

Mas eu insisti:

— A Kaori não tem culpa de nada! Ela foi uma vítima do Ken, você não percebe? Ele é um idiota, acredite em mim...

— Umi, cala a boca! — ela repetiu, dessa vez gritando.

Envergonhada, Kaori abaixou o rosto e começou a falar:

— Gallagher... Eu...

Mas Natsu a interrompeu, cerrando os olhos e perguntando, num fôlego só:

— Ele te machucou?

Fomos pegas de surpresa pela pergunta. A Kaori limitou-se a, ainda nervosa, balançar a cabeça em negação. Após obter a resposta, Suu-chan também abaixou o rosto e deixou-se cair sentada sobre uma das mesas, começando a chorar.

— Como ele pôde fazer isso com você? — ela dizia, entre soluços. — Ele é um monstro, bem que a Umi tentou me avisar. Eu sinto muito, Kaori-chan. — Ela olhou para mim. — Sinto muito, Umi-chan. Muito mesmo. Eu fui mesmo tão idiota quanto ele. Como pude achar que você estava com inveja de mim?

Diante da situação, percebi o quanto fui egoísta em não contar à minha amiga o que havia acontecido entre o Ken e eu. Minha vergonha já não parecia nada diante do que a Kaori poderia ter passado e deveria estar sentindo naquele momento. E eu poderia ter evitado aquilo, se tivesse contado tudo, ao invés de sentir tanta vergonha pelo que não foi culpa minha.

Pensando assim, eu respirei fundo e contei:

— Isso que ele fez com a Kaori-chan... Ele tentou fazer comigo também, ano passado. Segurou minhas mãos, me empurrou contra a parede e tentou me beijar. Mas aí... o Shimada-sensei chegou e o impediu.

As duas ficaram surpresas com o relato. Sim, as duas. Até mesmo a Kaori-chan, que deduziu, enquanto também se sentava em outra mesa:

— Foi por isso que ele falou do Hinoki.

— Você não sabia, Kaori-chan? — indaguei.

— Por que eu saberia?

— Achei que seu irmão tivesse te contado.

— Hinoki não contaria algo assim para ninguém, nem para mim.

Mais um ponto para eu amar o Shimada-sensei! Mesmo gostando do Aki.

Aff, mas isso não vinha ao caso no momento!

— É que eu já tinha percebido que você não gosta do Ken — argumentei. — Sempre achei que fosse por você saber disso.

— Não. É porque ele não presta. — Ela apontou para Natsu. — Só a boba da Gallagher que não tinha percebido isso.

Natsu, então, choramingou:

— Eu sou uma boba! — E seu choro ficou ainda mais forte.

Kaori-chan ficou visivelmente aflita. Eu ia tentar dizer algo, mas Suu-chan se adiantou, me questionando:

— Por que você não me contou nada, Umi?

Fui sincera na resposta:

— Porque tive vergonha. E também porque eu não queria te magoar. Você era apaixonada por ele e ficava triste por ele não te dar bola... Como iria se sentir sabendo que ele tentou alguma coisa justo comigo?

— Idiota. Acha que sou tão egocêntrica assim?

Na verdade, eu achava, sim. Mas preferi não concordar.

— Sei que iria se sentir menosprezada.

— Eu ia ficar triste pela coisa horrível que ele fez contigo, Umi. Em uma situação normal, se ele apenas gostasse de você, eu não me sentiria menosprezada. Porque, para mim... — ela hesitou, incrivelmente tímida — ...vocês duas são as garotas mais lindas de todo o mundo. Porque são minhas melhores amigas.

E, sem que desse tempo para a gente responder alguma coisa ou mesmo ter qualquer reação diante daquela declaração tão inusitada, o choro da Natsu se intensificou. A Kaori abaixou a cabeça; na certa não sabia o que fazer em um momento daqueles. Eu também não sabia, e, como sempre, me desesperei.

— Não, Suu-chan! Não fica assim... Não chora, por favor! Eu vou... vou pegar um copo de água para você, tá bom? Kaori-chan, cuida dela!

De súbito, a Kaori levantou o rosto e me olhou, como se eu tivesse pedido para ela fazer algo absurdamente perigoso ou ilegal.

— Eu? Ficar sozinha com ela? — ela indagou.

— Eu já volto! — garanti. — Juro que prometo!

E, sem dar tempo para que ela dissesse qualquer coisa, saí correndo. Enquanto descia as escadas, passei pelo Katsura, mas sequer parei para cumprimentá-lo.

HINOKI SHIMADA

— Posso?

A voz de minha colega de trabalho me arrancou de meu olhar vigilante sobre os alunos. Olhei para ela e sorri, levantando-me e puxando a cadeira para que ela se sentasse.

Hirano Mari correspondeu ao sorriso, agradecida, e sentou-se, pondo-se a dividir comigo a pequena mesa de dois lugares.

Enquanto eu voltava a me sentar, pensei que, apesar de já trabalharmos juntos há algumas semanas, nós mal havíamos trocado uma ou outra palavra nas raras vezes em que nos esbarramos pelos corredores da escola ou na sala dos professores. No entanto, ainda assim existia certa simpatia mútua entre nós, o que muito provavelmente ocorria pelo fato de sermos os únicos docentes do colégio com menos de trinta anos de idade.

— Se perdeu do par? — brinquei, em uma forma de puxar assunto.

— Digamos que... não tenho par para me perder.

— Não me diga que veio sozinha ao baile?

— Digo. E o senhor?

— Não, vim com uma garota.

Ela mostrou-se levemente constrangida com a resposta. Ameaçou levantar-se, enquanto dizia:

— Ah, me desculpe. É melhor eu sair antes que ela nos pegue num flagra. Vai que é do tipo ciumenta e não compreende que somos apenas colegas de trabalho.

Rindo, pousei a mão sobre o punho dela, impedindo que se levantasse.

— Não se preocupe, ela não é nada ciumenta. Vim acompanhando minha irmãzinha.

Ela também riu.

— Shimada Kaori, não é? É minha aluna também.

— Não das melhores, posso supor.

— Não é das piores também. É apenas calada, mas não é de atrapalhar a aula. Isso, claro, quando tenho o prazer de desfrutar de sua presença.

— Já conversei com ela sobre isso. Ela me prometeu que irá frequentar mais as aulas. Só me resta acreditar e torcer para que cumpra a promessa.

— Parece ser um irmão bastante zeloso. Seus pais devem se orgulhar muito.

— Acho que se orgulhariam. Eles faleceram há quatro anos. — Percebendo que não era a resposta que ela esperava, eu a tranquilizei — Não se preocupe. Não vejo problemas em falar sobre isso.

— Cria Kaori sozinho?

— Faço o que posso. Não é tarefa fácil educar uma adolescente.

— Ainda mais levando-se em conta que não faz muito tempo que o senhor deixou de ser um. Perdoe a indiscrição, mas é que devemos ter a mesma idade.

— A gente aprende a amadurecer rápido quando precisa.

— É, eu entendo. Não conheci o meu pai, e perdi minha mãe também na adolescência. Aprendi a me virar sozinha desde muito cedo. No meu caso, ao contrário da Kaori, eu infelizmente não tive um irmão para cuidar de mim.

Sorri ao perceber naquela mulher alguém bem interessante para se conversar. Obviamente, já havia percebido o quanto ela era bonita, e agora, conversando com ela, notava que tinha personalidade e carisma. Porém, sabia que talvez tal observação fosse apenas pelo fato de há muito tempo eu não conviver com pessoas da minha idade, praticamente desde que terminara os estudos. Agora, minha rotina era trabalhar com adolescentes e com colegas no mínimo dez anos mais velhos do que eu. Era interessante voltar a interagir com pessoas da minha faixa etária, ainda mais com alguém com uma história de vida semelhante à minha.

Percebi que ela desviou sua atenção para a porta que dava para o pátio, e olhei rapidamente para lá, avistando Aki andando de um lado para o outro. Ele parecia tenso com alguma coisa e pensei em ir até ele, mas logo percebi que minha companhia teve a mesma preocupação, pois me lançou um sorriso antes de se levantar, anunciando:

— Eu preciso ir. Não posso ficar parada, preciso vistoriar os alunos.

Afinal de contas, aquela era justamente a nossa real função naquele baile.

— É, eu farei o mesmo. Não podemos deixar brechas para esse monte de adolescentes, senão eles aprontam.

— É verdade. Então, Shimada-sensei, se não nos esbarrarmos mais durante a festa, te vejo semestre que vem.

Ela curvou-se em uma leve reverência, e antes que começasse a se afastar, agi por impulso também me levantando e pedindo:

— Podemos nos ver antes disso?

Talvez eu estivesse meio enferrujado na arte do flerte, mas não quis deixar passar a oportunidade de poder revê-la, para conversarmos melhor e eu ter a chance de conhecê-la um pouco mais.

— Bem, eu te ligaria... Se tivesse o seu telefone — ela provocou, ao mesmo tempo em que pegava o celular na bolsa, já a postos para anotar o meu número.

Então, resolvemos aquele pequeno problema antes de ela, enfim, se afastar, indo, como eu imaginei, até onde Aki estava. Já eu, olhei ao redor, perguntando-me para onde minha irmã teria ido.

AKI

— Se perdeu da namoradinha de novo? — Sobressaltei com a voz que subitamente chegou aos meus ouvidos. Fiquei feliz em ver que era a sensei, embora ao mesmo tempo chateado por ainda não ser a Umi-sama. Ela estava demorando muito!

— Ela foi ao banheiro — expliquei.

— Me diz uma coisa... — ela falou. — Gosta de ser chamado de Aki?

Sequer pensei antes de responder:

— Gosto. É o nome que Matsuo-sama escolheu pra mim.

— Entendo. — Ela ficou séria e pensativa por alguns instantes. Então respirou fundo, começando a dizer — *Aki*... sei que ficou transtornado com... o que aconteceu na China. Quando resolveu vir ao Japão, nem imaginava o que estaria por acontecer aqui. Sei que sofreu muito e, talvez, essa sua perda de memória esteja associada a isso. Você não se lembra de nada porque não quer se lembrar. Está, de algum modo, confortável no papel de 'Aki'

Balancei a cabeça de forma negativa e argumentei:

— Eu quero lembrar.

— Quer mesmo? Sabe que já nos conhecíamos e que sei tudo sobre você. E, ainda assim, nunca me perguntou a sua real identidade.

Só então dei-me conta daquele fato. Já poderia ter simplesmente perguntado à sensei quem eu era, o meu nome, o que eu fazia antes de ir parar caído na rua na noite em que Umi-sama me encontrara. Mas, ainda que de forma inconsciente, sentia que isso não seria certo. Queria descobrir sozinho. E sabia que isso não estava longe de acontecer, pois as lembranças continuavam a surgir em minha mente com cada vez mais frequência. E nem todas eram agradáveis. Na verdade, a maioria definitivamente não era.

— Tem horas em que quero me lembrar, mas... — confessei — em outras, eu não sei se quero mesmo.

— Você precisa. Não pode viver em uma mentira a vida inteira. Por favor... faça um esforço... por mim.

Aquele pedido sincero e suplicante me fez perceber que eu deveria parar de lutar contra aquilo. Precisava deixar as lembranças fluírem e lembrar minha verdadeira identidade. Era a Hirano-sensei que me pedia isso... e sentia que não existia nada no mundo que eu não faria por ela.

Tal sensação apenas aumentou quando percebi que os olhos dela começavam a transbordar. Sentia que não era a primeira vez que a via chorar, e também que, na ocasião, jurara para mim mesmo fazer de tudo para evitar que ela voltasse a sofrer.

Parecendo não pensar sobre seus atos, a sensei me puxou para junto de si, acolhendo-me em um caloroso abraço.

Não entendi porque, mas retribui o abraço, com força.

UMI

Antes de pegar água para a Suu-chan, resolvi passar pelo pátio para encontrar o Aki, afinal, eu havia me esquecido completamente dele. Coitado, já devia pensar que eu tinha fugido. Aproveitaria e pediria para ele me acompanhar novamente até onde as meninas estavam. Não que o Aki fosse do tipo que brigava, mas ele era um garoto alto e forte, então colocaria um pouco de respeito; com o isso, o Ken não voltaria a se meter a besta com a gente.

A noite já se encontrava tumultuada demais. Por isso, jamais imaginaria que ainda pudesse ficar pior. Mas ficou.

Quando cheguei ao pátio, encontrei uma cena que me fez sentir como se o chão tivesse desmoronado sob os meus pés.

O Aki e a Hirano-sensei estavam... abraçados.

AKI

Nenhum ruído foi ouvido. Eu apenas senti que ela estava ali. Quando levantei o rosto, ainda abraçado à professora, tive a confirmação. Avistei Umi, parada, nos olhando com os olhos arregalados, a face vermelha e com uma das mãos sobre a boca. Em poucos instantes, ela simplesmente se virou e voltou correndo pelo caminho por onde havia vindo.

— Umi, espera! — gritei.

Eu a tinha chamado apenas pelo nome, sem o *sama*. Mas não perderia tempo tentando compreender os motivos daquilo.

Desfazendo o abraço que nos unia, Mari-sensei apenas ordenou:

— Anda, vá atrás dela. E para de enrolar a menina, diga logo tudo o que você sente.

— Mas eu... não sei o que sinto.

Ela riu.

— Sabe, sim. Diga o que o seu coração mandar. Anda, vá atrás dela! Garotas com o coração partido são meio doidas, não a deixe sozinha!

Pensando que não queria que Umi tivesse seu coração partido, tampouco ficasse 'meio doida', dei meia-volta e saí apressado, seguindo-a escadaria acima.

YUUREI

Minutos antes...

Quando Matsuo passou por mim nas escadas, logo percebi que algo grave tinha acontecido. A aflição dela era visível.

Quanto mais eu caminhava pelo corredor, mais distante a música do salão ficava e, com isso, mais alto era o choro que ouvia. Quando identifiquei de onde exatamente vinha o som, parei, ao lado da porta de uma das salas de aula. Não querendo ser visto, fiquei ali, escondido, pondo-me a ouvir a conversa, e posicionei-me de modo com que conseguia espiar algo através da fresta das dobradiças da porta.

Lá dentro, a amiga mestiça da Shimada... acho que era 'Gallagher' o sobrenome dela... andava de um lado para o outro, diante da Shimada, e alternava o choro com um discurso revoltado:

— Ele não tinha esse direito de brincar dessa maneira com os meus sentimentos, nem de fazer o que fez com você, nem de tentar me jogar contra a Umi-chan.

Calada, Shimada limitava-se a passar as mãos pelos braços que tive a impressão de estarem meio arroxeados. Ela estava machucada? Esperava que não fosse do dia em que nós nos enfrentamos.

Certo, a quem eu queria enganar? Eu tinha sido o único a sair com algum hematoma daquela briga.

Gallagher parou de andar, reparando no gesto da amiga.

— Ele te machucou muito?

— Já disse que não foi nada — Shimada resmungou em resposta.

Mas Gallagher não parecia convencida:

— Você é muito forte. Se fosse comigo, eu estaria chorando.

— Não foi com você, mas está chorando do mesmo jeito.

A ruiva respirou profundamente, tentando reduzir o choro.

— Mas você é tão forte, Kaori-chan. Não entendo como ele conseguiu te machucar desse jeito.

Ele...

Quem diabos seria esse *ele*?

Quem teria machucado Shimada Kaori?

Como se para responder à minha pergunta, avistei o tal Ken sair de outra sala mais adiante e vir caminhando, determinado, até aquela onde as duas garotas estavam. Passou direto por mim, ignorando completamente a minha presença, e simplesmente entrou no local, já anunciando com a voz alta, quase gritando:

— Vamos tentar resolver isso.

Gallagher o encarou, furiosa:

— Não temos nada para resolver. Sai já daqui! Quer levar outro tapa, quer?

— Não acredito que vai deixar de sair comigo por causa dessazinha aí. — Ele apontou para a Shimada.

A fúria de Gallagher apenas aumentou.

— 'Essazinha' é minha amiga. Vê lá como fala com ela.

— Tínhamos um acordo. Depois do baile, eu ia te levar para um lugar legal.

— Para me agarrar à força, como tentou fazer com a Kaori-chan? Não, muito obrigada!

— Agarrar à força? — repeti, em choque.

Devia haver algum engano. Não era possível que eu tivesse entendido certo.

O tom de voz de Ken aumentou:

— Não seja exagerada! — Passou seus olhos da Gallagher para a Shimada. — E você, tá se fazendo de coitadinha por quê? Confesse que estava gostando.

Em um impulso, Shimada avançou nele, na clara intenção de agredi-lo. No entanto, ele a segurou sem muita dificuldade, gritando:

— O que foi? Acha que sou como o fracote do Katsura, que todos estão dizendo que perdeu pra você? — Ele a empurrou para longe dele, quase derrubando-a. — Eu não tenho pena de *coisas* como você.

Ele provavelmente levou um susto, pois eu mesmo nem percebi como em um momento eu estava no corredor espiando através da porta e, no instante seguinte, já me vi dentro da sala, puxando aquele lixo pelo ombro. Antes que ele tivesse tempo de descobrir quem era, eu o atingi com um soco, que o fez cambalear alguns passos para trás, quase caindo.

Ainda com o punho na posição em que o havia socado, indaguei:

— Quem é o fracote agora?

Ken tentou revidar, mas avancei novamente contra ele, alternando as mãos, socando-o mais três vezes. No terceiro soco, ele caiu no chão, ainda consciente, mas sem forças para se levantar.

Eu teria continuado a atacá-lo, se Gallagher não tivesse se colocado entre nós, impedindo-me de prosseguir.

— Para, por favor — ela pediu. — Eu sei que ele é um imbecil, mas... já teve o castigo que merecia.

Aproveitei a interrupção para, enfim, olhar para Shimada. Mal pude reconhecer a menina assustada que encontrei.

— Ele fez alguma coisa com você?

Ela virou o rosto para o lado, evitando me olhar. Parecia machucada mais do que apenas fisicamente.

— Não. Ela e Matsuo chegaram a tempo — ela respondeu com a voz baixa.

Tornei a olhar para o verme do Ken, certo de que jamais o perdoaria pelo que fizera a Shimada. Mas, naquele momento, o deixaria livre, pelo motivo que anunciei:

— Vou atender ao pedido da ruivinha e parar. Acho bom não chegar perto da Shimada novamente, ouviu bem? E, para o seu próprio bem, é bom andar bem longe de mim também, porque se te encontro novamente, corro o risco de acabar com a sua raça, seu verme!

Nervoso, dei meia-volta e saí do local, antes que acabasse por voltar atrás naquela decisão.

NATSU

Katsura Yuurei era bem famosinho na escola. Primeiro, pela beleza meio descompromissada, já que, apesar de ser muito gato, ele não se gabava muito dessa fama. Seu orgulho real era pelo (idiota, na minha opinião) título de '*Bad Boy* número 1'. Ele tinha virado alvo das últimas fofocas por conta de ter supostamente sido derrotado por uma garota. Kaori-chan agora era oficialmente 'A maior *Bad girl* do colégio', apesar de não se importar a mínima pra isso.

O boato que rolava a partir de então era que Katsura buscava por uma revanche para recuperar seu posto. E isso só aumentava a minha surpresa do fato de justamente ele defender Kaori daquele jeito. Não que defender uma pessoa em perigo fosse algo extraordinário, mas havia uma certa emoção a mais naquela defesa.

Olhando para Kaori, percebi que ela também parecia surpresa com a atitude do Katsura. Aproximei-me dela e indaguei:

— Não vai atrás dele?

Kaori me olhou, estranhando tal questionamento.

— Por que eu iria?

— Ele te defendeu.

Kaori deu de ombros, argumentando:

— Porque ele quis. Eu não o obriguei a nada e nem preciso de que ninguém me defenda.

Segurei o riso, achando a situação bem curiosa. Apesar do vestido bonito e dos sapatos elegantes, aquela ainda era a minha velha amiga Kaori. Fosse de tênis ou de salto, o gênio difícil daquela garota se mantinha intacto, inabalável.

Era desse jeitinho que Umi-chan e eu aprendemos a gostar dela.

Porém, era notório que ela estava balançada com a atitude de proteção do Katsura, embora não admitisse isso.

— É claro que precisa — retruquei. — Para de bancar a autossuficiente, Kaori-chan. Isso não vai te levar a lugar algum. — Sorri. — Não reparou que ele gosta de você?

Os olhos de Kaori se alargaram, pega de surpresa pela pergunta. Insisti:

— Vai, Kaori-chan! Vá atrás dele. Converse com ele.

— E eu vou falar o quê? — a pergunta soou insegura, algo que não era comum na voz da Kaori-chan.

— Fale o que o seu coração mandar.

Kaori olhou para a porta por onde ele tinha saído, parecendo pensativa. Sabia que, no fundo, ela sabia que eu estava com a razão. Seria de bom tom que ela fosse falar com ele, ao menos para agradecer pelo que fizera por ela.

Decidida, ela me olhou e pediu:

— Me espera na saída?

Mais uma vez eu me controlei para não rir. Era meio raro ver Kaori-chan querendo companhia para ir embora.

— Espero, sim — respondi. Aquele baile, para mim, já estava mais do que arruinado. Não via a hora de voltar para casa. — Boa sorte, Kaori-chan.

Respirando fundo, Kaori saiu da sala.

Logo que fiquei sozinha, voltei a me aproximar do Ken, que permanecia caído no chão, e, suspirando tristemente, lamentei:

— E pensar que... eu gostava de você.

Capítulo onze

十一

Memórias

AKI

Pelos dois andares por onde passei, eu a procurei em cada uma das salas de aula e, até mesmo, nos banheiros. Não a encontrando, pensei que só havia um lugar onde ela poderia estar. Então, subi ainda mais e confirmei minhas suspeitas ao chegar ao terraço e, enfim, avistá-la. Meu sangue gelou ao deparar-me com ela sentada sobre o corrimão de alumínio do guarda-corpo, com os pés pendendo para o lado de fora. Meu corpo inteiro paralisou por alguns instantes, enquanto minha mente voltava a exibir uma lembrança nítida.

Vi a mesma mulher loira das outras recordações. Dessa vez, seu rosto estava visível. Ela não era chinesa, tampouco japonesa. Tinha as feições europeias e aparentava ter algo em torno de quarenta anos de idade, talvez um pouco menos. Os olhos verdes eram emoldurados por grandes cílios. A cena onde ela se encontrava, dessa vez, lembrava a que eu presenciava com Umi naquele momento. Porém, em vez de sentada como a adolescente, a mulher estava em pé, do lado de fora da grade de proteção da sacada de um apartamento que, pela vista, se localizava em um andar bem alto de uma metrópole.

A imagem se desfez, trazendo-me de volta à situação atual. Temendo o que poderia acontecer, voltei a andar em direção a Umi, gritando pelo nome dela.

UMI

Estava tão compenetrada em meus pensamentos que o grito me fez sobressaltar. Se eu não segurasse tão firme na barra onde estava sentada, correria o risco de cair. Olhei para trás e o vi se aproximar.

— Aki? — minha interrogação foi mais motivada por estranhar o fato de ele ter me chamado pelo primeiro nome. O que teria acontecido com aquele costumeiro e irritante 'sama'?

Ele parecia uma criança assustada quando me disse:

— Não faz isso, por favor.

Não compreendi o pedido. Com uma das mãos, afastei uma mecha de cabelo que o vento jogou contra o meu rosto, e aí voltei a olhar para frente, indagando:

— Isso o quê? Eu só estou olhando a vista.

— Não vai se jogar?

Como é? Que espécie de pergunta era aquela?

— Por que eu me jogaria?

A resposta fez menos sentido ainda:

— Porque está triste.

— É, mas não sou louca.

— Hirano-sensei falou que garotas com o coração partido são meio loucas.

E quem tinha dito a ele – ou a ela – que eu era uma garota com o coração partido?

Bah, a quem eu queria enganar? Eu era, sim. Por isso, não tentei negar. Apenas fiz uma observação:

— Se eu quisesse me matar ou coisa do tipo, me jogar de um prédio seria minha última opção. Tenho medo de altura, esqueceu?

— E não está com medo aí?

Incrivelmente eu não estava. E expliquei o motivo disso a ele:

— Não enquanto eu só olhar para frente, onde eu posso ver as luzes da cidade. É tão bonito, né? Só não posso olhar para baixo, senão fico com medo de cair.

Ele não disse mais nada, e eu também mantive o silêncio. Ficamos assim por mais de um minuto, até que ele finalmente se pronunciou. Algo que eu não esperava ouvir:

— Desculpe.

Voltei a olhá-lo, confusa.

— Pelo quê?

— Por ter te deixado triste.

Tanto o pedido quanto o motivo foram tão inusitados que eu não pude evitar, mesmo que ainda triste, sorrir levemente.

— Você não fez nada de errado, Aki. Nós somos só amigos, você tem o direito de gostar da garota que quiser. E fez uma ótima escolha, Hirano-sensei é linda. E é inteligente, elegante, simpática e linda... E acho que já citei isso, né? — Olhei para a frente de novo, respirando fundo para impedir que mais lágrimas caíssem. Que coisa, eu já não aguentava mais chorar naquela noite! — Você também é bonito, então, acho que formam um casal perfeito. Qualquer um no seu lugar escolheria ela a uma *gaijin* sem-graça.

Voltei a ouvir a voz dele, dessa vez com uma convicção que não lhe era comum:

— Mas eu gosto de você.

É, ele já tinha me dito aquilo antes.

— Eu sei. Como amiga, né?

— Você também é inteligente.

Mesmo com um nó na garganta, eu ri. Poxa, foi engraçado!

— Inteligente? Aki, eu tirei quatro na prova de Matemática.

— Eu tirei zero. — É, olhando por esse ângulo... — E você sabe ler e escrever em japonês.

— Se você fosse japonês, também saberia.

— Você não é e sabe.

— Mas eu vivo aqui desde que nasci.

— E você é elegante também. Fica bem de kimono, de uniforme ou de roupa de festa.

Eu também acreditei que estivesse bem quando saí de casa. Agora me achava ridícula.

— Só você acha isso — respondi.

E ele continuou:

— E é simpática, está sempre sorrindo, mesmo quando tá triste.

Eu me sentia realmente triste naquele momento, mas não pude deixar de, mais uma vez, sorrir. Não chamaria aquilo de simpatia. Talvez eu fosse apenas uma grande boba.

— Como amiga, eu gosto é da Hirano-sensei.

A confissão me assustou. Quando voltei a olhá-lo, vi algo diferente em seus olhos verdes. Tinha convicção, segurança, certeza... tudo o que eu não estava acostumada a ver nos olhos dele. Meu coração acelerou. Ele não se mostrava confuso, muito menos estava mentindo. Dizia a verdade.

Eu não consegui pronunciar nada. Ele, percebendo isso, continuou:

— Não entendo por que se sente tão insegura. Para mim, você é a garota mais bonita dessa escola.

Após dizer isso, ele sorriu. Um sorriso tão lindo que, paradoxalmente, fez o meu sangue gelar e meu rosto queimar, de timidez, surpresa e... sei lá mais o quê. Sequer conseguia descrever o que era aquilo tudo o que eu sentia.

O turbilhão de sentimentos tornou-se mais intenso quando Aki deixou de sorrir e, olhando-me nos olhos, tocou o meu rosto com uma das mãos, puxando-o lentamente para mais próximo do seu.

— Aki... — eu sussurrei.

Ele se aproximou mais, fechou os olhos e colou os lábios dele aos meus. Senti meus olhos se abrirem ainda mais, junto com a sensação de que meu coração iria, a qualquer momento, subir pela garganta e sair pela boca.

O que ele estava fazendo comigo? Minhas pernas tremiam. Meu coração batia no ritmo mais acelerado que já batera. Minhas mãos suavam frio. Meus olhos, enfim, se fecharam, ao mesmo tempo em que uma lágrima corria pelo meu rosto.

Aki, eu... eu acho que...

Eu acho que eu amo você...

YUUREI

Sentado em um banco, com a cabeça abaixada, eu ainda pensava sobre o ocorrido. Ouvia muitas coisas a respeito do tal Ken. Que ele se envolvia com esquemas ilegais, que a família tinha ligações com a máfia e outras paradas meio pesadas, que ninguém poderia ter certeza se eram verdades ou mentiras. De qualquer forma, chocou o quanto ele podia ser tão baixo a ponto de se aproveitar de garotas daquele jeito.

Se havia em mim um arrependimento pela minha reação violenta, era apenas a de não ter batido um pouco mais naquele traste.

Senti alguém se aproximando e levantei a cabeça. Cheguei a pensar que fosse Ken, em busca de uma revanche, o Yoshinari, para me encher o saco, ou algum outro conhecido qualquer. Mas não esperava que fosse justamente ela.

Ficamos em total silêncio por algum tempo, até que ela pareceu tomar coragem para a pergunta que queria fazer:

— Por que me defendeu?

Bufando, desviei o olhar para um ponto qualquer. Sério que ela tinha que questionar justamente aquilo?

— Eu não te defendi. Só bati naquele imbecil porque ele *me* ofendeu.

— Só por isso?

— Tá, e também porque não suporto ver um covarde atacando uma mulher. — Eu me levantei, um tanto alterado, finalmente voltando a olhá-la. — É o que eu queria que você entendesse: você pode ser forte, mas é uma garota. Eu bato no Ken brincando, mas não tenho coragem de bater em uma garota. É por isso que você sempre me derrotou tão fácil. Mas nem todos os caras são como eu.

Ela moveu a cabeça, demonstrando que compreendia as minhas palavras. Eu sabia que, em seu estado normal, ela jamais concordaria com aquilo, mas mostrava-se cansada demais para continuar bancando a orgulhosa. Até porque, no fim das contas, sabia que eu dizia a verdade. Ela era realmente forte (senti bem o peso de seu punho, algumas vezes!) e tinha força suficiente para derrubar caras medianos em força, como o Yoshinari. Mas não era uma lutadora extraordinária. Me vencer até que fora bem fácil. Na primeira vez, ela me pegou desprevenido, e, nas seguintes, não vou dizer que me deixei ser atingido por ela, mas também não fui capaz de atacá-la de verdade, como faria com qualquer outro oponente. Mas com Ken isso não funcionara, porque ele era um covarde que não tinha qualquer problema em agredir uma mulher.

— Eu... nem sei o que dizer — ela falou, tímida.

— Tá, de nada! — retruquei, com sarcasmo.

Shimada abaixou a cabeça e, com a voz baixa, disse o que eu menos esperava ouvir:

— Obrigada.

Fiquei realmente surpreso. Conhecia pouco aquela garota, mas o suficiente para saber que palavras como 'obrigada' não deviam ser comuns em seu vocabulário.

— Não foi nada, sério — eu disse, tentando quebrar o clima pesado. Mas minha surpresa apenas aumentou quando a vi passar as mãos ao redor dos olhos, visivelmente limpando um princípio de lágrimas que ameaçavam cair.

Voltando a bancar a durona, Shimada explicou:

— Eu ando muito idiota ultimamente. Não sei se é pela convivência com aquelas duas idiotas da Gallagher e da Matsuo, ou de tanto ouvir discursos do meu irmão idiota.

— Talvez o problema esteja em você achar que tudo seja 'idiota'.

— ...Você, definitivamente, *é* um idiota.

Não pude evitar rir, achando graça do jeito daquela garota. Porém, logo tornei a ficar sério, quando uma preocupação voltou a passar pela minha mente:

— Tá tudo bem com você? Aquele cara não chegou mesmo a fazer nada?

— Não. Minhas... elas chegaram a tempo.

— Suas 'amigas'?

— É, aquelas duas.

— É bom mesmo que você esteja bem, porque... sabe, seu irmão se preocupa muito com você.

Percebi que meu argumento a deixou balançada. Era notório que, no fundo, ela não queria dar preocupações ao irmão. Contudo, isso era inevitável. Como eu tinha lhe dito dias antes, ela era um grande ímã para problemas.

E disso eu entendia muito bem.

Ela baixou os olhos e só então eu percebi o que a preocupava. O vestido que ela usava estava com a fenda rasgada, indo agora até pouco acima de seu joelho. Foi curioso vê-la abalada por causa de uma roupa.

Um tanto atordoada, virou-se na intenção de ir embora, mas deteve-se quando eu falei:

— Se quiser, posso te levar em casa.

— Não precisa — ela respondeu, parecendo nem ao menos pensar na opção. — A Gallagher vai comigo.

E, antes de virar-se para ir embora, ela se curvou levemente diante de mim, em outro tímido e formal agradecimento.

Eu a segui com os olhos enquanto ela se afastava e comentei comigo mesmo:

— Vestida desse jeito, ela realmente parece a menina frágil e delicada que o professor disse que era.

No entanto, mudei drasticamente de opinião quando, enquanto passava pelo portão da escola, ela tirou os sapatos ao mesmo tempo em que resmungava um palavrão, praguejando pela dor nos pés, e continuou o caminho descalça.

— Er... mais ou menos... — corrigi-me.

E sem me dar conta, acabei sorrindo.

O jeito dela já não me desagradava tanto assim.

UMI

Eu não saberia dizer quanto tempo durou aquele beijo. Pareceu ter durado uma eternidade, ao mesmo tempo em que, quando acabou, era como se tivesse sido breve demais. Quando ele se afastou, eu ainda permaneci com aquela sensação boa, do calor dos lábios macios dele sobre os meus. Mas já havia acabado. E eu queria que tivesse durado para sempre.

Quando abri os olhos, vi que Aki me olhava e sorria para mim. Como ele podia ser tão perfeito? Tão encantadoramente perfeito. Tudo naquele momento parecia tão irreal, tão mágico... como um sonho bom, daqueles que nos dão medo de acordar. Eu não estava acostumada a me sentir assim tão feliz.

Passados alguns segundos, ele estendeu a mão e pediu:

— Vem, saia daí. Está me deixando aflito.

Só então me dei conta de que ainda me encontrava sentada sobre a barra do guarda-corpo. Sorrindo, dei uma das mãos a ele, enquanto a outra apoiava sobre a barra para pular para o lado de dentro. Ao mesmo tempo, senti algo estranho passando na mão sobre o metal. Era algo... *gelado*. Quando olhei para ver o que era, me desesperei por completo ao avistar uma lagartixa.

Toda a sensação boa que vivia passou na mesma hora. Inconscientemente, soltei o apoio para enxotar aquele bicho asqueroso. Nesta movimentação aflita, acabei tombando para a frente, ficando suspensa pelo braço de Aki, que contornou a minha cintura.

Olhei para baixo e meu medo de altura entrou em ação, me fazendo soltar um grito desesperado e descontrolado.

AKI

Mais uma vez, a minha mente foi abarrotada de recordações. E, novamente, tal lembrança era de uma situação similar à que eu vivia no momento.

Porém, ao contrário do que acontecia com Umi, em minha lembrança eu não conseguia chegar a tempo. Correra o máximo que pude, mas não consegui segurá-la. Cheguei à sacada a tempo de ver o corpo despencando em meio à escuridão da noite. De minha garganta, saiu um grito desesperado:

"*MÃE!*"

A palavra ecoava em minha cabeça.

E o grito apavorado de Umi fez com que meu corpo tivesse alguma reação. Apressadamente, puxei-a, trazendo-a em segurança de volta ao terraço.

Assustada, Umi me abraçou forte, chorando. Já eu, permaneci parado, estático, com os músculos tensos e os olhos fixos no nada.

Minha mente entrara em um caminho sem volta. As lembranças voltavam com uma força que eu, ainda que quisesse, não conseguiria controlar. De repente, tudo parecia claro. Meu nome, idade, amigos, família... todo o desenrolar de fatos que me levaram até o Japão... e como Hirano Mari tinha ido até lá comigo.

— Japão? — ouvi Mari me perguntar. Ela estava sentada em uma cama, em um grande e luxuoso quarto, e usava uma calça social preta, com um blazer da mesma cor sobre uma blusa branca, e os cabelos, mais compridos do que atualmente, presos em um alto e impecável rabo de cavalo.

De pé diante dela, respondi:

— É. Não gostaria de ir para lá?

— Lógico que gostaria, sabe que é o meu sonho conhecer a terra da minha mãe — ela confessou, intrigada — Mas por que a pergunta?

— Já que é o seu sonho, eu vou realizá-lo. Vamos para lá.

Sorri e ela sorriu de volta, embora se mostrasse desconfiada.

— Quando?

— Mês que vem, semana que vem, amanhã... o mais rápido possível.

— Para ficar quanto tempo?

— Até enjoarmos. Depois podemos ir para a Grécia, o que acha? Passamos uma temporada lá e, depois, quem sabe a França? Já fui lá três vezes, mas nunca me canso... já ouviu falar que as francesas são as mulheres mais bonitas do mundo?

— Sei. E acha que, depois de tudo, o seu pai vai querer bancar essa brincadeira?

Senti-me irritado com a menção ao meu pai.

— O coroa que vá para o inferno. Estou falando, Mari, de ir embora daqui, de vez!

— E como pretende se bancar?

— Tenho a herança da minha mãe. Vai dar para vivermos muito bem por um bom tempo.

— Vivendo muito bem, em poucos anos esse dinheiro acaba.

— Quando acabar, damos um jeito. Arrumamos um emprego.

— EU arrumo um emprego. Você não sabe fazer nada.

Eu deveria me irritar com a sinceridade dela. Mas, além de já estar acostumado, sabia que não teria argumentos para contestá-la. De fato, eu não sabia fazer nada. Mas estava disposto a aprender, se fosse necessário. E disse isso a ela:

— Eu aprendo. A gente vai se virar, vamos ficar bem. O que me diz?

Ela revirou os olhos, e não precisou pensar muito para responder:

— É a minha função, não é? Te acompanhar para onde você for.

— Não será mais. Se for comigo, vai perder o seu emprego.

— Que se dane!

Rimos juntos, em um clima de total cumplicidade.

A imagem desapareceu da minha mente quando meus ouvidos foram invadidos pela voz de Umi:

— Aki?

Eu a olhei, só então percebendo que a havia colocado sentada no chão e abaixado-me diante dela. A mão dela mantinha-se em meu ombro, apertando-o como quem ainda teme cair.

— Aki? — ela repetiu — Está tudo bem?

UMI

Ele ficou me olhando em silêncio, sem dizer uma única palavra. E não existia mais nada de romântico no olhar dele. Parecia atordoado, assustado, confuso... mas uma confusão bem diferente daquela inocente que ele sempre mostrava em seu rosto. Aliás, tudo nas feições dele tinha mudado.

Quando ele enfim teve alguma reação, foi a que eu menos esperava que tivesse: levantou-se de súbito, me puxando pela mão para que eu levantasse também. Nisso anunciou, um tanto aflito:

— Vamos sair daqui.

— Hein? — Firmei os pés no chão, obrigando-o a parar. — Mas... para onde vamos?

— Depois eu te explico, mas precisamos sair daqui.

— Por que, Aki?

Ele me olhou e sorriu, de um jeito diferente. Não era mais aquele sorriso inocente. Na verdade, tinha um toque meio sarcástico que me assustou.

Seu tom de voz também estava diferente. Firme, seguro e até um tanto autoritário.

— Ei, eu disse que depois eu te explico, gatinha. Fica tranquila.

'Gatinha'? Certo, aquilo, sim, me assustou bastante.

Ele voltou a tentar me puxar, mas permaneci parada.

— Por que está falando desse jeito diferente?

— Diferente? — Ele voltou a sorrir. E, dessa vez, embora ainda fosse o sorriso sarcástico diferente do padrão do Aki, eu consegui ver um pouco de carinho ali. — Umi, confie em mim.

Não sei se tinha de fato confiado, mas deixei que ele me puxasse em direção à saída do terraço.

Eu não saberia explicar, mas... de repente, pareceu que o Aki se foi e deu lugar a outra pessoa que eu... que eu simplesmente não conhecia.

KAORI

Assim que passei pelo portão do colégio, vi meu caminho interrompido por um pé que surgiu em minha frente, saído de trás de uma árvore, e que fez com que eu tropeçasse e quase caísse no chão. Quando levantei o rosto pra ver quem havia feito aquilo, deparei-me com a Gallagher.

— 'Idiota' — foi tudo o que ela disse, em um tom provocador.

Irritada, aproximei-me, questionando:

— Tá bêbada ou o quê? Por que fez isso?

Gallagher também se aproximou um passo e pôs-se a falar, em uma tentativa ridícula de imitar a minha voz:

— "Eu ando muito idiota ultimamente. Acho que é pela convivência com aquelas duas idiotas da Gallagher e da Matsuo... bla bla bla..."

— Mas qual é o seu problema?

— Eu é que pergunto! Acha que nós duas é que somos idiotas, hã? Pois eu, no seu lugar, ao invés de ficar falando esse monte de idiotices, teria roubado um beijo daquele gato do segundo ano.

Finalmente entendendo aonde ela queria chegar – e inclusive não gostando nada de saber que ela tinha ouvido a minha conversa –, cruzei os braços, retrucando:

— Se gostou, fica com ele para você. — E voltei a andar, deixando-a para trás.

Ela se apressou em me seguir.

— Eu não o quero para mim, ele é seu.

— Cadê a Matsuo? — tentei mudar o assunto.

— Não encontrei nem ela, nem o Aki. Devem estar aproveitando bem o baile, coisa que certas pessoas deveriam fazer também!

— Odeio essa besteira de baile.

— Arg! Você é irritante, sabia, Kaori-chan? Tem que se abrir ao amor! "O amor, que é infinito... o amor, que é tão bonito... vamos viver o que há pra viver, viver o amooor!"[30] — enquanto falava, ela gesticulava uma espécie de coreografia ridícula com as mãos.

Suspirei, desanimada.

— Unf, você devia parar de ver animê e voltar para a vida real.

— Aff, Kaori-chan, pensa só comigo: o Katsura, além de hiperpopular, é bonito, é legal e te defendeu. Vamos combinar: não é todo dia que se acha um cara lindo, popular, legal e protetor... as chances de se encontrar um desses que se apaixone pela gente é mínima, ainda mais por alguém como você. — Ela me analisou com os olhos, naquela sinceridade indelicada que apenas ela era capaz de ter. — Não vai encontrar outro cara como aquele, não mesmo.

— E quem disse que eu quero?

30 Esse trecho faz parte da versão brasileira do tema de encerramento do anime 'Tenchi Muyo', exibido no Brasil no início dos anos 2000.

— Qual é, Kaori-chan? O que, afinal de contas, você tem contra o amor?

— Amor é coisa de gente fraca.

— De onde tirou isso?

De repente, parei de andar, baixando a cabeça, pensativa. Gallagher também parou alguns passos à frente, na certa intrigada com o que se passava pela minha cabeça. Não esperei que ela perguntasse para contar:

— Foi por me amar que meus pais morreram. Por me amar, o bobo do Hinoki jogou a vida dele pro espaço para cuidar de mim. Eu estou cansada das pessoas me amarem.

Após despejar as palavras, saí correndo. Ainda ouvi Gallagher chamar pelo meu nome, mas não olhei para trás.

NATSU

— Kaori-chan, volta aqui! — gritei mais uma vez, embora soubesse ser em vão.

Ela desapareceu do meu campo de visão ao virar em uma rua bem à frente.

Jamais poderia imaginar que a Kaori-chan se sentisse dessa forma. Como ela poderia carregar um sentimento de culpa por as pessoas apenas a amarem? Eu precisava buscar uma forma de ela não se sentir mais assim. Falaria com a Umi, para ver se ela teria alguma ideia do que fazer.

Na verdade, apenas falaria pelo apoio moral. As ideias da Umi-chan eram péssimas. Eu mesma pensaria em algo.

Eu estava ainda próxima à escola, e decidi retornar para fazer mais uma busca pela Umi (ela não podia ter sumido daquela maneira! Eu é que não devia ter procurado direito). Caminhei de volta até o colégio, vindo pela rua lateral até a esquina onde eu deveria virar para o acesso ao portão. Parei ali e recuei, ao me deparar com o Ken.

Enquanto me escondia atrás do muro, pensei que, há até algumas horas, eu teria aquela mesma reação ao encontrá-lo, mas por um motivo completamente diferente. Ele tinha feito uma paixão platônica se transformar em medo.

Pensei em simplesmente retornar e ir embora dali, mas detive-me ao ouvir o que ele falava, furioso, ao celular:

— É claro que estou nervoso, vocês não querem que eu esteja? Vocês só me ligam para dizer que ainda não encontraram aquele maldito chinês que escapou, que inferno!

Chinês?

Não por acaso, eu conhecia um chinês que parecia ter escapado de algo.

Poderia ser coisa da minha cabeça, mas senti que precisava continuar ouvindo.

— Eu não quero falar sobre isso agora. Onde vocês estão? ... Ótimo, então venham me buscar. Meu baile acabou mais cedo do que eu esperava.

Ele desligou a ligação, guardando o celular no bolso e começando a andar de um lado para outro na calçada em frente à escola. Eu sabia que o Ken morava a poucas quadras dali, mas provavelmente não queria ir embora a pé na situação em que estava, com o rosto inchado e sangrando devido à (merecida) surra que levara do Katsura. Mas isso, realmente, não era o que importava no momento, e sim aquela coisa do tal chinês. Senti que, se continuasse ali espionando, talvez viesse a ter alguma resposta com relação a isso.

Mas não poderia imaginar que viesse exatamente daquela forma. Do portão da escola, nesse momento, saiu a Umi-chan, acompanhada justamente do protagonista das minhas suspeitas.

Eu não sabia se deveria chamar aquilo de *timming* perfeito ou infeliz coincidência.

— Vo... você? — Ken falou, alto o suficiente para ser ouvido pelo casal, que passava distraído por ele naquele momento.

Ele parecia em choque ao olhar para o Aki. Se eu antes tinha a suspeita que o chinês dele fosse mesmo o Aki, ali estava a minha confirmação.

Umi olhou assustada para Ken por alguns instantes, em seguida passando seus olhos para Aki e perguntando:

— Ele te conhece?

O chinês não respondeu. Achei que ele demonstraria um comportamento confuso e assustado, como era o seu padrão, mas, para a minha total surpresa, ele teve uma atitude que não combinava muito com ele: puxou Umi pelo braço, jogando-a para trás de si.

Ken sorriu, mostrando que de fato andara procurando muito pelo Aki.

— Agora você não escapa.

Aki encarou-o com uma firmeza que não lhe era nem um pouco comum.

— Eu sabia — ele disse, convicto. — Sabia que já te conhecia.

— Quem diria. Então você é o tal chinês, aluno novo da escola. — Ken riu. Um riso ao mesmo tempo nervoso e raivoso. — Como eu pude não ligar os fatos logo que ouvi os comentários a respeito? Um aluno novo, estrangeiro, chegando à escola poucos dias depois de todo o ocorrido. Jamais imaginei que você fosse ter a ousadia de se infiltrar justo na minha escola.

Hein? Infiltrado? Será que o Aki estava há aquele tempo todo nos enganando com aquele papo de falta de memória? Olhei para a minha amiga, assustada e indefesa ao lado dele, e pensei em correr até ela, agarrá-la pela mão e sairmos juntas correndo dali. Porque se o Aki tivesse mesmo qualquer tipo de envolvimento com o Ken, aquilo era um sinal claro de perigo.

Cheguei a tomar impulso para fazer isso, mas logo que ameacei arrancar em um primeiro passo, uma mão me segurou firmemente pelo ombro, detendo-me. Olhei para o alto, deparando-me com a estranha professora de História.

Ok, agora sim tudo aquilo ficava surreal demais.

— O que você... — comecei a perguntar, mas ela apressou-se em levar os dedos aos meus lábios, calando-me.

— Fique quieta — ela sussurrou. Puxou-me para trás dela, assumindo a posição em que eu estava antes, espionando a cena por trás do muro. Ela falou mais alguma coisa em voz baixa e só então percebi que estava com um celular junto ao ouvido.

Ouvi a voz da Umi a pedir, aflita:

— Aki, vamos embora?

Voltei a olhar e vi que Aki ignorou o pedido e, em mais uma atitude estranha, provocou o Ken:

— Sabe que, sozinho e desarmado, você não parece tão assustador assim?

Desarmado? Como assim? Tinha armas envolvidas naquela confusão?

Ken olhou Umi de baixo a cima, voltando a olhar para o chinês e devolvendo a provocação:

— Vejo que está se enturmando bem na nova escola. Já até encontrou uma companhia da sua categoria.

Aki empurrou Umi para trás, voltando a afastá-la dele. Encarando Ken desafiadoramente, questionou:

— O que quer dizer com 'categoria'?

Ken voltou a sorrir para responder:

— Um lixo de *gaijin*, tão nojenta quanto você.

Ah, não! Depois de tudo, aquele imbecil não poderia ter a canalhice de ainda ofender a minha amiga daquele jeito! Fiquei furiosa e, pelo visto, não fui a única. Aki partiu para cima dele. Umi gritou, assustada, quando os dois se embolaram, socando um ao outro. Apesar do susto, preciso confessar que achei muito bem feito quando Aki, visivelmente levando a melhor, acertou-o com um soco bem no meio da cara, derrubando-o no chão. O rosto já ferido de Ken passou a sangrar ainda mais.

BEM FEITO!

Aki cuspiu no chão, expulsando, junto à saliva, um pouco de sangue. E, então, rosnou:

— Dobre a língua para falar dela, seu rato!

Isso aí! O Aki poderia ser um impostor e tudo mais, mas ele estava defendendo a minha amiga, então isso ainda contava uns pontinhos a favor dele.

Tudo parecia sob controle. No entanto, nesse momento, um carro preto chegou ao local, freando ruidosamente bem diante da calçada. As duas portas da frente e uma de trás se abriram quase que simultaneamente e por elas saíram três homens.

Parecendo entender a situação melhor do que qualquer um de nós (ao menos melhor do que eu), Aki foi até Umi, a segurou pela mão e, puxando-a, saiu correndo.

Os três homens foram até Ken, ajudando-o a se levantar.

— Me deixem, idiotas — ele gritou. — Peguem aquele chinês. Se der para ser vivo, melhor ainda... mas, se não for possível, que seja morto.

Os quatro entraram no carro. Estreitei os olhos para enxergar melhor e vi que Ken, no banco do carona, abria o porta-luvas e de lá tirava algo que se parecia com um revólver. E o veículo saiu em alta velocidade.

Novamente, tomei o impulso de correr atrás da Umi e do Aki, mas a professora mais uma vez me segurou. Quando a olhei, ela falava as últimas palavras ao celular antes de desligar.

— Vá para casa, garota. Deixa que eu cuido disso.

Mas o quê? Ela só podia estar de brincadeira!

— Você viu o que aconteceu? Minha amiga está correndo perigo e você me diz que vai cuidar disso? Diga, por que eu deveria confiar em você?

Não sei se a intenção era me responder, mas ela levantou a barra do vestido até a canela e se abaixou para pegar o pequeno revólver preso ali.

Certo, aquele era um bom argumento.

— A polícia já está a caminho. Vá para casa! — ela repetiu a ordem e virou-se, seguindo, também correndo, os passos de Umi e Aki.

Fiquei parada por alguns instantes, pensando que deveria fazer o que ela ordenara.

Mas... Ah, pro inferno! A minha noite já estava muito no estilo filme de ação de Hollywood para eu conseguir simplesmente ir para casa e dormir.

Quando dei por mim, também já estava correndo, pelo mesmo caminho que tinha feito a professora – ou agente do FBI, vai saber! Não me surpreenderia!

UMI

Acho que já disse isso, mas em uma situação como aquela, precisava reforçar mentalmente: minhas pernas não foram MESMO feitas para correr. De salto alto, a situação era ainda pior. Sentia que iria cair a qualquer momento, mas, ao mesmo tempo, seja lá o que nos estivesse obrigando a fugir parecia ser tão grave que resistir a cada tropeço era uma obrigação vital.

Mas, do que é que a gente fugia? O que estava acontecendo? Afinal de contas, o que tinha dado no Aki?

Não levou muito tempo até o carro nos alcançar. Aki me puxou por uma rua estreita, de forma que o Ken e os outros caras não pudessem continuar nos seguindo com o veículo.

Só então, sentindo-me um pouco menos em perigo, tomei fôlego e, sem parar de correr, consegui perguntar:

— Por que nós estamos fugindo?

Tive como resposta um estalo ensurdecedor. Desesperei-me ainda mais quando me dei conta do que era: um tiro.

— Isso responde a sua pergunta? — Aki indagou.

Na verdade, não respondia, não.

— Mas por que o Ken tá atrás da gente? — insisti, agora, de fato, apavorada. — Ele é do departamento de imigrantes ilegais ou coisa do tipo?

— Ele é um maldito bandido, isso sim.

Bandido? Era estranho pensar na imagem de um bandido e associá-la a alguém com pouco mais do que a minha idade, a um colega de escola, ainda que esse colega fosse o Ken. Eu sabia que ele não valia muita coisa, e até rolava pela escola um boato de que ele se envolvia em 'paradas erradas'. Mas sempre achei que fosse algo muito mais leve, como os alunos que iam para o terraço para fumarem escondidos. Ou, ao menos, que não envolvesse perseguições e armas de fogo.

Só conseguia me perguntar quando é que aquela noite teria fim.

Sem parar de correr, olhei para trás e vi que o Ken saíra do carro e agora nos seguia a pé, com um revólver nas mãos. E torci para que ele não voltasse a atirar, ao mesmo tempo em que me perguntava para onde tinham ido aqueles outros três caras que eu avistara saindo do mesmo carro.

Atravessávamos a ponte sobre o lago quando, infelizmente, tive a resposta para a minha pergunta. Os três sujeitos vieram pelo caminho inverso, em nossa direção, obrigando-nos a parar. Cada um deles trazia uma arma em mãos. Do outro lado, vinha o Ken. Então, nos vimos cercados, bem no meio da ponte, com armas de fogo apontadas para nós.

É sério, eram quatro revólveres, apontados para mim e para o Aki. Qual era o nível de surrealismo disso? Parecia que eu tinha, sei lá... morrido e ido parar em uma realidade paralela. Na qual, aliás, tentavam me matar mais uma vez.

Dando um passo à frente, Ken disse:

— Achou que fosse fugir de mim para sempre, chinês?

— Miserável... — Ouvi a voz de Aki respondendo. Aquela realmente só poderia ser uma realidade paralela. O Aki estava furioso e xingava alguém.

Ken continuou:

— Eu ainda não desisti de fazer fortuna com você. E, já que é amiguinho da *gaijin*, vamos levá-la junto. Sabe, eu e meus homens precisamos de uma distração de vez em quando, enquanto a grana do seu resgate não sair. — Um calafrio subiu pela minha espinha.

Resgate? Mas do que é que ele estava falando?

A cada instante que passava, menos eu entendia a situação. E mais medo eu sentia.

Levei um susto com um contato inesperado. Aki me abraçou por trás. Quando o olhei, vi que ele encarava Ken, ao mesmo tempo em que respondia:

— Vão ter que nos pegar antes disso.

— E por onde você acha que pode fugir? — Essa dúvida de Ken também era a minha.

A resposta de Aki veio em um sorriso debochado. Em seguida, ele subiu no guarda-corpo da ponte, me levando junto. Minha bolsa escapou da minha mão, indo cair no chão.

— Aki? — pronunciei, ainda mais assustada com aquela atitude. — O que vai fazer?

Olhei para o lago que tinha as águas iluminadas pelas luzes dos postes da rua. Ainda assim, estava escuro e aterrorizante.

Meu sangue gelou ao ouvir a voz baixa de Aki:

— Vamos pular.

Acho que talvez – só talvez – o Aki não tivesse reparado que aqueles caras estavam armados.

— Eles vão nos matar — informei, para o caso de ele não ter percebido que essa parecia ser a intenção deles. — Ou vamos morrer afogados. — No fim, o resultado morte parecia inevitável.

— Não vamos, não — Ele encostou a boca em minha orelha e disse, ainda mais baixo. — Acho que suas asas vão surgir, e você vai planar sobre as águas e subir aos céus.

Engoli em seco, aterrorizada com aquela ideia maluca.

— Mas eu não sou um anjo.

— Ah, você é, sim. — Ele fez uma pausa e moveu a cabeça. Parecia olhar para Ken e para os outros caras. E então voltou a sussurrar em meu ouvido. — Respira fundo e confie em mim.

— Nós vamos morrer — informei o óbvio.

A resposta dele fez o meu desespero aumentar:

— Se for para morrer, prefiro morrer com você.

Não sei se aquilo era para soar romântico. Para mim, soou aterrorizante. Eu queria estar com ele, mas vivos e felizes. Não era justo, nosso primeiro beijo tinha ocorrido há menos de uma hora e já iríamos morrer, daquele jeito?

— É sua última chance, chinês — anunciou Ken. — Se entregue e os dois virão comigo, vivos. Acha que vai conseguir fugir nadando? Meus homens vão acabar com a sua raça.

Os braços de Aki apertaram a minha cintura com mais força, antes que ele fizesse o que eu tanto temia: deixou que o corpo tombasse. E caímos, juntos, em direção ao lago.

Fechei os olhos, prendi a respiração e senti o impacto dos nossos corpos se chocando contra a água e afundando em seguida. Quando voltei a abrir os olhos, não vi nada além da total escuridão. No meu peito, o desespero de sentir que o ar dos meus pulmões não me manteria viva por muito tempo. Por um instante, tive a breve ilusão de que um grande par de asas iria mesmo surgir das costas de Aki, e que ele nos salvaria. Mas logo depois, a fantasia foi substituída pela certeza da realidade: nós iríamos morrer.

NATSU

Correr pelas ruas no meio da noite usando sapatos de salto não era, definitivamente, uma tarefa das mais glamurosas da minha vida. A adrenalina da sensação de me sentir em um filme hollywoodiano começava a ser superada pela dor nos pés. Senti-me perdida em um momento, mas logo um som nada agradável voltou a me dar a direção para onde eu deveria seguir. Um tiro ecoara pela noite silenciosa.

E eu corria em direção a ele ao invés de correr dele. Cara, a Umi precisava admitir que eu era simplesmente a melhor amiga de todo o universo.

Logo que cheguei ao lago, avistei a cena que acontecia no alto da ponte. Ken estava debruçado sobre o parapeito, olhando para a água e gritando, em fúria:

— Chinês maldito!

Ok... eu esperava honestamente que aquilo não quisesse significar que o Aki tinha caído na água. Especialmente pelo grito que Ken deu a seguir:

— Atirem!

Os capangas dele se posicionaram sobre o guarda-corpo, apontando suas armas para a água. Porém, nenhum tiro foi disparado. Um deles indagou:

— O senhor disse que o queria vivo.

— Mudei de ideia. Matem esses *gaijins* malditos.

Levei as duas mãos à boca, em choque com o que ocorreu a seguir. Imediatamente, os três descarregam suas armas sobre a água do lago.

Aki não podia estar ali.

Umi-chan não podia estar ali. Não mesmo!

Eu só sabia repetir isso mentalmente, como em uma prece para que nada de ruim acontecesse à minha amiga.

Ken se afastou alguns passos e, sorrindo, pôs-se a observar a ação de seus homens. No entanto, mesmo à distância pude ver o sorriso em seu rosto desaparecer quando, logo que os disparos pararam, um cano de arma encostou-se em sua nuca. Era Hirano-sensei, que falou:

— Já que você gosta tanto de dar ordens, mande seus homens se renderem. Caso contrário, alguém sai daqui direto para o necrotério.

Ken olhou, assustado, para o outro lado da ponte e eu segui os olhos na mesma direção, vendo que alguns policiais armados se aproximavam. Então, ele tornou a olhar para seus subordinados e ordenou:

— Larguem as armas. Sujou!

Os policiais rapidamente algemaram os três homens. Apenas quando um dos agentes puxou Ken para também prendê-lo, foi que ele se virou e finalmente pôde ver o rosto daquela que o rendera. A surpresa foi grande.

A suposta professora apressou-se em correr até o apoio da ponte. Contudo, enquanto se afastava de Ken, informou:

— A propósito, está reprovado em História.

Eu quase era capaz de ouvir um *Turn down for what* ao fundo.

Ele gritou algum xingamento e/ou ameaça, que a sensei não fez questão alguma de ouvir. Ela percorreu os olhos pelas águas calmas do lago, procurando desesperadamente por alguém. E eu ainda tinha esperanças de que não fosse o que eu imaginava.

— Huang? — ela gritou. Pensei se aquele seria o nome de verdade do Aki, mas esperava sinceramente que não. Que não fosse ele e Umi dentro daquele lago! — Cadê você, sem vergonha? Não pode estar aí embaixo, sem respirar, há tanto tempo. Aparece, está tudo bem agora. Huang? — Ela fez uma pausa, como se aguardando por alguma resposta que não veio. As águas estavam tranquilas e silenciosas. Então ela voltou a gritar, agora já aos prantos — HUANG!

Capítulo doze

十二

A escolha de Umi

NATSU

Eu ainda tremia, custando a acreditar que aquilo estivesse acontecendo. Ouvia o choro aflito da professora Hirano lá no alto da ponte, enquanto mantinha meus olhos fixos no lago, em busca de qualquer sinal de vida vindo dali. Se Umi e Aki estivessem mesmo ali desde antes de eu chegar, já estavam há minutos demais. Ninguém sobreviveria tanto tempo sem ar. Mas eu não podia acreditar, tampouco aceitar, que minha amiga estivesse...

Os primeiros soluços vieram à tona, mas foram interrompidos por um barulho na água. Olhei imediatamente para o ponto em que o som vinha, no mesmo instante em que Aki subia à superfície, trazendo Umi consigo.

— Huang? — Hirano-sensei gritou, ao mesmo tempo em que soltava um suspiro de alívio. — Seu filho da mãe, está vivo? Eu vou te matar!

Embora respirasse pesadamente, Aki riu da ameaça da professora, que logo correu, saindo da ponte e contornando o lago, indo para a margem para onde os dois também se dirigiram. Eu fiz o mesmo, chegando quase junto com ela. Ambas ajudamos a puxar Umi, tirando-a da água.

— Umi-chan? — Ela me olhou e percebi que tentou falar o meu nome, mas não conseguiu, continuando a tossir. Tanto, que me assustava. — Umi-chan, você tá bem?

Sentado no chão ao lado dela, Aki afastou os cabelos loiros que caíam sobre o seu rosto.

— Vai ficar tudo bem agora. Viu só, gatinha? Estamos vivos. Eu disse que você era um anjo.

Apesar do jeito carinhoso e preocupado com o qual ele falava com ela, eu percebi, ali, que Aki realmente não era mais o mesmo.

Eu ainda não conseguia me acostumar com aquilo de 'gatinha', nem com o tom de voz tão diferente do que estava habituada a ouvir de Aki. Queria perguntar a respeito daquela mudança, mas não conseguia. Tudo o que eu fazia era respirar, e respirar, e respirar, o máximo que fosse possível, numa forma de aliviar a dor insuportável que sentia em meus pulmões. E tossia demais também, o que tornava tudo ainda pior. Porque a cada tosse, mais agonia eu sentia, voltando a me sufocar com a quantidade de água que saía pela minha boca e nariz. Meu corpo inteiro tremia, e não era de frio, mas, sim, de medo. Eu forçava cada vez mais o meu cérebro a repetir 'está tudo bem', tentando ao máximo compreender que eu já estava a salvo. Mas o pavor da morte continuava ali, pulsando em cada célula do meu corpo.

De repente, eu me arrependi profundamente por nunca ter feito parte da equipe de natação da escola. Estava comprovado: coisas como saber nadar podem algum dia ser muito úteis ou mesmo indispensáveis à sobrevivência de alguém. Eu bem que sabia boiar e era profissional no 'nado cachorrinho', mas, se eu estivesse sozinha, na certa teria morrido naquele lago. Foi o Aki que pensou em tudo, que fez tudo, que me guiou... e que me salvou.

Porém, levando-se em consideração que tinha sido ele a nos meter naquela situação de risco, não sei se deveria ser grata por ele ter nos salvado. Definitivamente, ele não era um anjo. Anjos não fazem esse tipo de coisa.

Para começar, anjos não deveriam chamar uma menina de 'gatinha'.

— Tudo bem com vocês? — perguntou Hirano-sensei, abaixada diante de nós. O que ela e Natsu estariam fazendo ali? — Como foi que conseguiram sair ilesos?

— Aqui em baixo — Aki bateu a mão no chão onde estávamos sentados — tem uma gruta. Eu vi isso no dia em que... que eu tentei andar sobre a água.

— Tentou o quê? — indagaram as duas, em uníssono.

Com naturalidade, Aki completou:

— Andar sobre a água, voar para o céu... Enfim, eu só não sabia se existia algum espaço com ar para conseguirmos sobreviver por minutos, mas não tive outra saída senão arriscar. Demos sorte: entre a superfície e o teto da gruta tem um espaço de um palmo, foi o que nos salvou.

O que nos salvou, ou o que quase nos matou. Manter a cabeça levantada com apenas o nariz e a boca na superfície e tentar respirar um ar ralo quando se está mergulhado em um lago com sei lá quantos metros de profundidade não era nada, nadinha, confortável.

— Que bom que... — a sensei começou a dizer, mas, sem querer, eu a interrompi, quando voltei a tossir. Ela me olhou e sorriu de forma carinhosa e preocupada. — Acho que a loirinha engoliu muita água. Vamos, melhor irmos para o meu apartamento. Vou arrumar roupas secas para vocês. No caminho deixamos a ruivinha em casa.

Foi quando pensei nos meus pais. Sabia que eles não andam me dando muita atenção, mas não iam deixar de reparar se eu chegasse em casa tão cedo e naquele estado. Na certa, fariam perguntas que eu sinceramente não saberia nem como começar a responder. Eu mesma ainda não conseguia entender nada do que acontecia ali.

Um trovão foi ouvido, anunciando que uma forte chuva estava prestes a cair, para encerrar 'bem' aquela noite.

Ao menos, eu esperava que encerrasse.

KAORI

Parando em frente à porta de casa, levei instintivamente uma das mãos ao local onde normalmente estaria o bolso do casaco do meu uniforme. Lógico, não encontrei nada ali. Olhei para baixo, só então me lembrando do 'detalhe' de não estar com minhas roupas costumeiras. Passei as mãos pelo corpo, para confirmar que não havia nada comigo. Apenas, do lado de dentro do vestido, na região do busto, encontrei o pedaço da cartela da foto que tirara com Matsuo e Gallagher. Nada mais. As chaves de casa estavam com Hinoki, afinal, saímos de casa juntos e era assim, também, que pretendíamos voltar, e eu não queria ter que carregar uma bolsa idiota.

— Que merda... — resmunguei, irritada.

Sem chaves e presa do lado de fora de casa. Aquela, definitivamente, não estava sendo uma noite nada divertida.

E eu tinha dito tanto que não queria ter ido àquele baile idiota...

Resignada, sentei-me na calçada. Não tinha o que fazer, a não ser esperar. Meu irmão era esperto, em algum momento sentiria a minha falta; após me procurar pelas salas de aula e não me encontrar, iria deduzir que eu tinha ido para casa e também iria para lá. Seria apenas uma questão de esperar um pouco.

Abracei os próprios joelhos e olhei para o chão, enquanto minha mente se perdia em pensamentos, recapitulando os acontecimentos da noite. Até que vi um par de sapatos masculinos pararem diante de mim. Por um rápido momento, cogitei ser meu irmão, mas logo descartei tal hipótese ao recordar que os calçados de Hinoki eram marrons, ao contrário daqueles, na cor preta. Subi os olhos e fiquei intrigada ao deparar-me – mais uma vez – com o *bad boy* que me defendera.

— Não me diga que a garota esperta esqueceu as chaves de casa? — ele indagou, em um tom provocador.

Franzi a testa, muito mais intrigada com outra questão:

— Me seguiu até aqui?

— Não. Eu moro a três ruas daqui. Passo por essa área todo dia; não fazia ideia que você morava aqui.

Eu também não imaginava que ele morava tão próximo. Porém, como poderia, se até poucos dias atrás eu sequer sabia da existência daquele garoto?

Ele prosseguiu:

— Bom, pelo menos valeu por te encontrar, porque assim fico tranquilo sabendo que chegou bem em casa.

— Por que eu não estaria bem?

— Está com o vestido rasgado, os braços roxos e andando descalça... Não tem uma aparência de quem esteja bem.

Ponto para ele. Eu, no entanto, mudei o assunto:

— Não deveria estar no baile com a sua garota?

— Mas que garot... AI, MEU DEUS! EU ESQUECI A AIKAWA!

Senti minha testa se franzir mais uma vez. Ele não poderia estar falando sério.

Os primeiros pingos de chuva começaram a cair, e ele se apressou em correr até a marquise de uma pequena loja de conveniência que ficava bem ao lado da minha casa, onde se encostou ao muro, protegendo-se da água. Como eu permaneci parada no mesmo lugar, ele estranhou.

— Vai ficar aí pegando chuva?

— Estou bem aqui — respondi secamente.

Porém, logo mudei de ideia quando o som de um trovão foi ouvido. Levantando-me em um pulo, corri como uma criança assustada, indo me refugiar ao lado dele, como se aquela cobertura pudesse me proteger do barulho dos trovões.

Sem querer, acabei encostando meu ombro ao dele, e logo que percebi isso me afastei um passo para o lado, comunicando:

— Não chega perto!

Ele bufou:

— Tá achando o quê? Que sou um tarado que nem o Ken?

— Pelo que me contaram, a sua fama não é muito melhor do que a dele.

— Mas eu nunca tive que agarrar garotas para conseguir algo com elas — ele falou, convencido. — Meu charme natural é mais do que suficiente.

— Idiot... — calei-me repentinamente, assustada, quando mais um trovão foi ouvido.

Ele pareceu achar graça.

— Quem diria que a *bad girl* da escola tem medo de chuva.

— Não tenho medo.

— Tá, sei que não.

Apesar da ironia evidente na voz dele, optei por não prolongar a discussão. O silêncio instalou-se sobre nós por quase dois minutos, até que ele voltou a falar:

— Olha, eu imagino que você, talvez, esteja constrangida por estar na minha presença, afinal, modéstia à parte, sei bem da minha fama, não só a de *bad boy* temido, mas também entre as garotas, com as quais sou bem popular. Amado, odiado, mas nunca ignorado. Sei que estar sozinha comigo pode ser um tanto...

Sem necessariamente prestar atenção ao discursinho, eu o interrompi com uma pergunta que julguei importante:

— Como é mesmo o seu nome?

Ele abriu a boca e, por alguns instantes, nenhum som saiu. Parecia meio incrédulo.

— Você não sabe o meu nome? — ele indagou.

Minha resposta foi curta, direta e sincera:

— Não.

— Como não?

— A Gallagher me disse, acho que a Matsuo já mencionou também. Mas não gravei.

— Você não... sabe o meu nome? — ele repetiu. — Todo mundo no colégio sabe o meu nome.

— Eu não sou 'todo mundo'.

Parecendo vencido, ele enfim respondeu:

— Katsura Yuurei.

— Certo. Então, Katsura, por que tá fazendo isso?

— Isso o quê?

— Por que, depois de tudo o que já fez por mim hoje, está aqui comigo?

— Seu irmão vai ficar chateado se chegar aqui e te encontrar sozinha nessa rua escura.

— Ah, entendi. — Tornei a olhar para o chão, onde os pingos de uma ainda tímida chuva caíam. E deduzi, com naturalidade. — Você gosta de garotos e tem sentimentos pelo meu irmão.

— COMO É? — ele gritou, parecendo assustado com a minha dedução.

— Não me assombro. Até eu tenho que reconhecer que meu irmão é mesmo bem bonito.

— Não é nada dis...

— Mas não acredito que você tenha chances. Tem tempo que ele não sai com alguém, mas sempre gostou de garotas.

— Né nada disso, garota! O lance é que... — Ele suspirou, reestabelecendo a calma. E, então, explicou. — Sabe, eu me identifiquei com o seu irmão. Também tenho uma irmã caçula e sou praticamente eu que cuido dela. Meu pai é um bêbado que quase nunca para em casa e nem liga para nada. Ele sempre foi assim, mas ficou muito pior depois que a minha mãe se foi. Não sei como ela o aguentava. Ah, minha mãe era tão linda...

Ele sorriu. Um sorriso triste, saudoso. Identificando-me com a situação, perguntei:

— Ela morreu há muito tempo?

— Hã? — Katsura piscou algumas vezes. — Ah, não. Minha mãe não morreu. Ela só fugiu com um cara rico.

No fim, não nos identificávamos tanto assim. Não que a situação dele fosse muito melhor que a minha.

Katsura completou:

— Bem, agora é a sua vez.

— De quê?

— De desabafar. Vai, eu te contei um pouco da minha vida.

— Porque você é um idiota sentimental.

— Talvez eu seja mesmo. Só que, de repente, me deu vontade de te conhecer melhor.

Não respondi. Apenas apoiei a cabeça no muro e fechei os olhos, ouvindo o som da chuva e tentando não me assustar a cada trovão que ocorria.

Tentativas em vão.

UMI

Depois de deixar Natsu em casa, fomos para o apartamento da Hirano-sensei. Direto para lá, sem passagens em delegacias nem nada do tipo, o que me soou ainda mais estranho quando descobri que policiais haviam levado o Ken e os outros caras. Acho que não era padrão a polícia agir assim, a não ser que já soubessem exatamente qual era o caso.

Bem, talvez eles soubessem. Quem não sabia ainda de nada, na verdade, era eu. E a Suu-chan, que me repetiu diversas vezes o pedido para que eu ligasse para ela no dia seguinte bem cedo, para contar tudo, nos mínimos detalhes.

O Aki e a Hirano-sensei dividiam um sofá de dois lugares e riam, conversando descontraídos sobre qualquer assunto que eu não compreendia, alternando a fala em palavras e frases em japonês com outras em um idioma que eu não conhecia – na certa, mandarim. Eu acabava de voltar do quarto, onde tinha ido trocar de roupa. Hirano-sensei me emprestou algumas peças dela: uma calça legging cinza e uma camisa branca comprida. E aí parei, ao final do corredor, olhando para os dois e tentando decifrar sobre o que conversavam, que tipo de relacionamento teriam e, o mais importante, o que estava de fato acontecendo ali. Ah, o Aki também havia trocado de roupas e agora usava uma calça jeans e uma camiseta preta, que pareciam coincidentemente serem do número dele. Aliás, pareciam ser roupas dele.

Tudo estava estranho demais. O Aki e a sensei, de um momento para o outro, pareciam amigos hiperíntimos. Não entendia por que o Ken tentara matar a gente, nem por que a sensei nos salvou. De repente, tudo pareceu ter saído completamente dos eixos.

— Ah, aí está você — disse Aki, quando virou o rosto e me avistou parada ali. — Vem, gatinha, senta aqui com a gente.

Aproximei-me, sentando em uma poltrona, ainda estranhando aquele novo jeito de ser chamada. Definitivamente, o Aki parecia ser outra pessoa.

Hirano-sensei olhou para mim e sorriu, dizendo:

— Ela é uma gracinha. Que diferença das garotas que você arrumava em Xangai.

Ele apenas riu.

Xangai? Era de lá que o Aki tinha vindo? Que os dois tinham vindo, ao que tudo indicava.

— Você recobrou a memória, Aki? — perguntei o óbvio. — É isso?

Os dois se entreolharam e riram. Aki tornou a me olhar e confirmou:

— É sim, Anjinha. — 'Anjinha'. Taí outro apelido bem inusitado. Bem, ao menos era melhor do que 'gatinha' — E não precisa mais me chamar de Aki, sou Yuen Huang.

— Isso é complicado de falar — informei.

— Tudo bem... pode continuar chamando de 'Aki', se preferir.

Eu realmente preferia!

Continuei com as perguntas:

— E... Vocês dois já se conheciam bem, então?

Hirano-sensei apressou-se em falar:

— É melhor explicar para ela. Não quero ser o pivô de uma separação.

Achando graça, Aki concordou. E iniciou as explicações:

— A Mari é... Como posso explicar sem te chocar?

Achei que nada mais me chocaria naquele momento. Nem que ele dissesse que eles eram casados ou coisa do tipo. Porém, eu estava enganada. A explicação foi bem... digamos... incomum:

— Filha da amante do meu pai.

Achei que aquilo pudesse ser alguma piada estranha, do tipo que só tem graça no país de origem, sei lá. Mas, pelo visto, não era. Uma nova dúvida surgiu em minha mente:

— Vocês são irmãos?

— Não que a gente saiba — Hirano-sensei respondeu.

E os dois riram mais uma vez, cúmplices de uma história familiar bem estranha.

Aki explicou:

— Mari já era nascida quando a mãe dela começou a se relacionar com o meu velho, era secretária particular dele. Por mais imundo que pareça, morava na mesma casa onde ele vivia com a minha mãe. Bem, para encurtar a história: Mari e eu crescemos juntos. Quando a mãe dela faleceu, pedi para que meu pai mantivesse Mari no quadro de funcionários. Ela era adolescente, mas já praticava artes marciais, então, foi treinada e incorporada à minha equipe de seguranças.

— Segurança? — repeti, incrédula. Mari-sensei não era uma sensei, no fim das contas. Era segurança particular. Quem poderia imaginar uma coisa desse tipo?

Ela acrescentou:

— Apesar da situação familiar um tanto estranha, nós dois somos como irmãos, no fim das contas. Crescemos juntos.

— Mari é minha irmã mais velha, que vive me dando bronca. — Nessa hora, Hirano-sensei passou a mão pela cabeça dele, bagunçando o seu cabelo, em um gesto bem fraternal.

A sinceridade com que o Aki disse aquilo e do gesto dela me fizeram, enfim, entender a relação dos dois. De repente, senti-me uma boba pelo ciúme que sempre tive deles.

E ela retrucou:

— Porque você merece! Eu sabia que essa sua ideia de vir para o Japão não daria em boa coisa. Você foi sequestrado e ainda perdeu a memória!

— Mas bem que você gostou de vir para cá, né? — Aki rebateu. — Sempre foi o seu sonho conhecer o país da sua mãe. — Ele voltou a olhar para mim. — Umi, sabia que foi ela que me ensinou a falar japonês? Só esqueceu de me ensinar a escrita. — Seu tom era irônico e implicante.

— Você é que não quis. Teimou que, se precisasse ler alguma coisa, passaria para mim.

— Eu não contava em ser sequestrado e perder a memória enquanto tentava fugir do cativeiro.

Acho que o papo entre os dois ainda teria rendido bastante se a Hirano-sensei não tivesse olhado pra mim e, enfim, percebido que eu ainda estava perdida naquela situação. Em uma visível atitude para nos deixar a sós, ela levantou-se e anunciou que iria para a cozinha fazer um chá e, assim, se retirou.

Logo que ficamos sozinhos, o Aki segurou a minha mão. Sem nenhum constrangimento, nenhum sinal da timidez que sempre foi característica dele. E, olhando-me nos olhos, começou a falar:

— Anjinha, desculpe se te meti nessa loucura toda.

— Não, tudo bem. — Não estava nada bem, na verdade. E ele percebeu isso pelo meu rosto.

— Então por que está com essa carinha assustada? Você não queria que eu recobrasse a memória? Deveria estar feliz.

É verdade, eu deveria.

— É que... agora que você se lembra de tudo, é como se fosse outra pessoa.

Suspirando, ele soltou a minha mão e jogou a cabeça para trás, apoiando-a no encosto do sofá. Agora era a expressão dele que, por um instante, pareceu-me um tanto entristecida.

— É, eu sei. É estranho para mim também. É como se eu tivesse passado uma temporada sendo um cara totalmente diferente de mim.

'Totalmente diferente'. Tal frase fez com que eu sentisse meu coração sendo apertado. Eu já tinha percebido que o tal 'Yuen Huang' parecia ser bem diferente de Aki, mas ouvi-lo dizer que essa diferença era total matou boa parte da esperança que eu nutria de ainda haver um pouquinho do Aki ali.

Só uma parte. Outra, eu ainda lutava para manter viva. O que não foi muito fácil quando ele voltou a me olhar e fez uma declaração um tanto inusitada:

— Eu, em meu estado 'natural', jamais prestaria qualquer atenção em uma garota como você.

Precisava ofender?

— Sabia! — afirmei, choramingando. — Eu disse isso pra Suu-chan uma vez, que quando recobrasse a memória você iria descobrir que não gosta de *gaijins*.

Ele riu e tentou melhorar a situação, embora só tenha piorado:

— Não é nada com você ser estrangeira, Umi. — E eu pude até visualizar ele começando a listar os meus defeitos. Mas para o meu alívio, ele não fez nada disso. — Eu nunca tive relacionamentos sérios, tudo era muito casual. Então era sempre com garotas mais extrovertidas, decididas, mais maduras. Uma donzelinha romântica como você me passaria despercebida. 'Aki' foi mais esperto que eu nesse aspecto. Você é uma gracinha. Tenho que concordar com ele que você é a garota mais linda do colégio.

Seria algum tipo de piada cruel?

— Unf... Tá legal...

— É verdade — ele garantiu, voltando a ficar sério. — Porque você é linda por inteiro... Quero dizer, por dentro e por fora. Gosto demais desse seu jeito e de como cuidou de mim nessas últimas semanas.

Baixei os olhos, envergonhada. E ele riu, na certa achando graça da forma como meu rosto tinha ficado todo vermelho.

Ele tocou levemente o meu queixo, levantando-o e fazendo com que eu voltasse a olhá-lo. E aí, contou:

— Deixa eu te explicar algumas coisas: eu não sou católico. Minha mãe era, fervorosa! Ela que me deu esse crucifixo e me ensinou aquela oração do anjo da guarda.

— Segundo o Shimada-sensei, chineses católicos não são muito comuns.

— Não mesmo. Minha mãe era italiana. Filha de família importante. Casou com meu pai por pura conveniência. Nunca foi feliz ao lado dele.

Fiquei chocada com a história.

— Que coisa horrível!

— Pois é. Meu pai sempre foi um estúpido. Para ele, se eu morrer por aqui não fará a mínima diferença.

— Não fale assim!

— Mas é verdade! Ele é um boçal. Ao contrário da minha mãe, que era uma boa pessoa. Parecia com você, sabia? Loira, de olhos claros... Mas os dela eram verdes, como os meus. Eu a vi morrer... Mas isso já tem quase um ano.

Dessa vez, fui eu que pareci perder toda a timidez e segurei a mão dele junto à minha. Toda a história dele era triste demais, e não apenas pela morte da mãe. A forma rancorosa como falava do pai, toda aquela confusão familiar... E o fato de ter tanto dinheiro e ainda assim não parecer ser feliz. Como o garoto da música do Akira.

Ele apertou a minha mão com a dele e ficamos em silêncio por alguns instantes, até que eu enfim me dei conta de que já deveria ser bem tarde e informei:

— Preciso ir embora. Já está tarde, meus pais vão ficar preocupados.

— Eu te levo — ele comunicou.

E eu aceitei.

Já fazia um longo tempo que nós dois nos mantínhamos em total silêncio. Olhei para o rosto da Shimada, reparando que ela continuava a olhar para a chuva com uma expressão um tanto assustada, ainda que tentasse disfarçar. Perguntei-me que motivos ela teria para temer algo tão banal assim.

Distraído, baixei os olhos e, sem querer, acabei focando na parte rasgada do vestido dela. Não queria que ela interpretasse aquilo de forma errônea, por isso quis desviar a visão, mas não consegui, pois algo ali acabou puxando a minha atenção. Ela tinha uma cicatriz pouco acima do joelho. Apenas me dei conta da minha indiscrição quando ela, percebendo a observação, levou uma das mãos ao tecido do vestido, puxando-o para cima da cicatriz, em uma tentativa de escondê-la.

Sem graça, já ia me desculpar, mas ela foi mais rápida em dizer algo:

— Esse vestido não podia ter rasgado. Era da minha mãe.

— É muito bonito — respondi de imediato. Apesar da intenção ser prosseguir o assunto e disfarçar minha indiscrição, eu realmente achava o vestido bem bonito.

Não que entendesse de roupas, mas achava a cor bonita e, precisava admitir: ficava muito bem no corpo dela.

— Ela também era — Shimada comentou, em um tom triste. As palavras pareciam fluir sem que ela se esforçasse para isso, coisa que lhe era bastante incomum. — Ela e meu pai morreram tentando me proteger. Eram dois idiotas. Trocaram as vidas deles pela minha.

Fiquei surpreso pelo desabafo, ao mesmo tempo em que me senti estranhamente animado com aquilo – não pela história que ouvia, mas pelo fato de aquela garota estar se permitindo confiar em mim para tal confissão, mesmo que esta fosse ainda tão tímida, em apenas quatro frases curtas. Eu sabia que aquilo já era muito para ela.

Sentindo que precisava dizer algo, respondi:

— Para eles, a sua vida era mais importante. Exatamente por isso é que você deveria se valorizar mais. Poderia começar não tendo vergonha de si mesma.

Ela me olhou, com os olhos marejados. A fragilidade visível ali foi outra surpresa para mim, o que me fez reforçar mentalmente a observação que fizera a ela. Sabia que as próprias emoções a envergonhavam e a mantinham em uma luta constante para se camuflar atrás da costumeira expressão irritada. Não havia nada de errado em chorar ou sorrir de vez em quando. Sem a cara amarrada de sempre, ela ficava, inclusive, mais bonita. Pensei em como seria quando – ou *se* – sorrisse. Esperava algum dia ver tal cena.

Sem desviar o olhar do dela, levei a mão à que ela ainda mantinha segurando o vestido sobre a cicatriz e a afastei, obrigando-a a soltar o tecido.

— Não tem do que se envergonhar — garanti, ainda olhando-a nos olhos e segurando sua mão. — Uma cicatriz não te faz fraca. Ao contrário, te faz uma sobrevivente.

A resposta dela saiu em um sussurro angustiado:

— Eu não queria ter sobrevivido.

E, em um lento piscar de pálpebras, a primeira lágrima enfim desceu pelo rosto dela. Totalmente livre, demarcando caminho pela sua face até sumir no vazio ao cair de seu queixo.

Senti como se os lábios dela atraíssem os meus como um ímã e, agindo por impulso, ameacei aproximar meu rosto do dela. Mas detive-me ao ouvir o som de passos se aproximando. Ambos olhamos ao mesmo tempo para o professor que se aproximava, apressado, tentando fugir da chuva, mas que parara subitamente, do outro lado da rua, ao perceber que algo diferente acontecia ali.

— Preciso ir — anunciei para a garota, soltando sua mão. — Seu irmão chegou, agora você está segura.

Ela apenas moveu a cabeça em uma afirmação. Dei o primeiro passo na intenção de ir embora, mas parei e voltei-me para ela, reunindo coragem para o que queria dizer:

— Sei que não deve ser o seu modelo de programa preferido, mas... amanhã é a apresentação de balé da minha irmã. E, sabe, eu tenho que ir, né? Meu pai não liga a mínima para isso... e, bem... eu passo por aqui no caminho. Se você quiser, poderia ir comigo... digo, com a gente. — Não conseguia disfarçar a ansiedade e o arrependimento que veio logo após o convite. Era óbvio que ela não aceitaria e ainda me chamaria de 'idiota', como sempre — ...Aff, besteira, né? Você deve odiar balé. Confesso que não é meu esporte favorito também. Então, a gente se vê.

Antes que eu me virasse, ela respondeu:

— Talvez... talvez eu queira ir.

Sorri, sentindo-me mais feliz com aquela resposta do que seria o meu padrão.

Desde quando uma menina mexia tanto assim comigo?

— Eu passo aqui, então. Por volta das duas da tarde, tudo bem?

Ela novamente movimentou a cabeça, confirmando. Acenei brevemente para o professor, mas sequer o olhei por tempo suficiente para saber se ele tinha respondido ao aceno. Apenas dei as costas e segui o meu caminho.

HINOKI SHIMADA

Fiquei por algum tempo parado na chuva, sem qualquer reação, tentando processar corretamente a cena que flagrara ali. Quando consegui entender – ou deduzir – o que acontecia, voltei a caminhar, indo até Kaori e parando ao lado dela embaixo da marquise. Apenas para confirmar minhas suspeitas, ela estava tão distraída acompanhando Katsura – que já ia longe – com os olhos, que demorou alguns instantes para perceber minha presença ao seu lado.

Não resisti em perguntar:

— Impressão minha ou eu atrapalhei alguma coisa?

— Impressão sua — ela rebateu. — Cadê a chave de casa?

Levei a mão ao bolso da calça para apanhar a chave, mas detive-me ao observar melhor o estado da minha irmã: olhos marejados, braços arroxeados, vestido rasgado e pés descalços.

— Existe alguma explicação para você estar assim?

— Até existe.

Fiquei em silêncio, aguardando algum complemento. Como Kaori não disse nada, suspirei e concluí:

— Mas você não vai me contar qual é, estou certo?

Já esperava por um seco e simples 'não', mas a resposta foi um pouco maior que isso:

— Hoje, não. Estou cansada. Só quero tirar essa roupa estúpida, vestir algo seco e ir dormir.

Sabendo que insistir não ajudaria muito, optei por ter paciência e aguardar até o dia seguinte para tentar descobrir o que havia acontecido. Então, apanhei a chave e comecei a abrir o portão. Mas parei, quando Kaori me chamou:

— Hinoki?

— Sim? — Eu a olhei, aguardando por alguma resposta.

Kaori mordeu levemente o lábio inferior, parecendo reunir coragem para perguntar:

— Algum problema se... se amanhã eu sair com o Katsura?

Definitivamente, não era algo que eu esperasse ouvir. Pego completamente de surpresa, permaneci parado por alguns instantes. Até que, por fim, ri.

— Está me pedindo permissão para ir a um encontro?

O rosto de Kaori ficou completamente vermelho, e suas feições foram novamente tomadas pelo seu tom irritadiço habitual.

— É claro que não! Só vou sair com ele, se não tiver problema para você.

Passei a mão pela cabeça dela, antes de responder:

— Problema algum. — E enfim abri o portão, por onde nós dois começamos a entrar. — Está com fome? Não tive tempo de comer na festa e imagino que você também não. Vou só me secar e trocar de roupas, e preparo um lanche para a gente.

— Pode ser.

— Mas antes vai ter que me explicar como rasgou o vestido da mamãe e que roxos novos são esses nos seus braços.

— Tive uma briga.

Agora, eu abria a porta de entrada da casa. A resposta não me surpreendera, mas não pude evitar reclamar:

— Rasgou o vestido da mamãe se envolvendo em brigas no dia do baile?

— Eu avisei que não gostava desse tipo de roupa.

— Ka-chan, já conversamos tanto sobre isso de brigas e você nunca para.

Quando a porta foi aberta, Kaori entrou na frente, enquanto retrucava:

— Também conversamos sobre essa besteira de 'Ka-chan' e você nunca para.

Vencido, decidi que não iria mais brigar. Não por aquela noite, pelo menos. No dia seguinte voltaria ao assunto e tentaria entender qual fora a briga dessa vez. Na verdade, no momento estava bem mais curioso com o clima que parecia envolver minha irmã e Katsura Yuurei.

Enquanto fechava a porta, pensei em Aki. Não o havia encontrado quando decidira ir embora do baile. Onde ele teria se metido?

UMI

Duas coisas que eu não sabia: a primeira era que Hirano-sensei tinha um carro. E a segunda é que o Aki sabia dirigir. Quando ele disse que me levaria até a minha casa, imaginei que me acompanharia a pé, como sempre fazíamos na volta da escola. Mas isso seria uma atitude do antigo Aki, o garoto desmemoriado, confuso e meu amigo de escola. Este novo, o Yuen Huang, nem era mais estudante.

Em cinco minutos de conversa no carro, eu havia descoberto bastante a respeito dele. Mais um montão de coisas que eu nunca imaginaria. Por exemplo, ele estava com dezoito anos e tinha terminado o colégio há alguns meses. Ele bebia, socialmente, e fumava cigarro, mas, segundo ele, 'não era viciado'. E ele era de Áries. Acho que não é um signo que combine com o meu. Precisava ler mais revistas de horóscopo para descobrir isso. Outras coisas, ainda estava descobrindo aos poucos...

— Então, você é muito rico? — perguntei.

— Eu, não. Meu pai é que é. Bem, eu acabei sendo, por tabela. Recebi uma boa herança da minha mãe, mas ainda não sei como empregar esse dinheiro.

— E o que o seu pai faz?

Ele ficou sério. Acho que não gostou da pergunta.

— Tem algumas empresas de fachada, mas ganha dinheiro mesmo com alguns negócios um tanto escusos.

— Por isso você foi sequestrado? O Ken também não se envolve em coisas muito confiáveis.

— Bem, eu não me envolvo nos negócios do meu velho. Como ele mesmo costuma dizer: eu sou apenas uma máquina de gastar dinheiro, não de ganhar.

— Sei... Então, a Hirano-sensei não é professora de verdade?

— Nunca foi. Não sei como, mas ela descobriu onde eu estava e arrumou um meio de se infiltrar na escola. Na certa apresentou um currículo falso. Deu sorte de, na ocasião, a professora de História estar saindo de licença e o colégio estar precisando urgente de uma substituta.

— Ela poderia ser professora. Leva jeito.

— Você acha? — Ele riu. Acho que não concordava com o comentário.

Enfim o carro parou em frente à minha casa. A chuva já caía bem fraquinha. Pela escuridão das janelas, deduzi que meus pais já deviam estar dormindo. Se eu fosse silenciosa, conseguiria entrar sem ser vista, o que seria importante para evitar ter que dar explicações sobre os motivos de eu carregar meu vestido de festa encharcado nas mãos e de os meus cabelos estarem novamente ondulados e molhados.

Antes de sair do carro, fiz uma última pergunta:

— Aki... — Hesitei por um momento — Você pretende voltar para o seu país?

Para a minha tristeza, ele confirmou:

— É, acho que essa brincadeira de tentar vida independente no Japão já está mais do que fracassada. Ainda não conversei com a Mari sobre isso, mas... sim, eu pretendo voltar para casa.

Eu já imaginava que a resposta seria aquela, mas ainda tinha esperanças de que ele diria outra coisa. Porém, tentei não demonstrar tristeza e apenas me despedi:

— Bem, obrigada pela carona. A gente se fala.

Abri a porta para sair do carro, mas senti a mão do Aki segurando o meu braço, detendo-me. Quando voltei o rosto para ele, vi que estava sério e olhava profundamente em meus olhos.

— Você iria comigo? — ele perguntou, causando-me surpresa.

O pedido me pareceu tanto inusitado quanto absurdo. Eu amava o Aki, de verdade. Já não restava qualquer dúvida sobre isso. Mas ir para outro país assim, de repente, era algo extremo demais. Eu tinha os meus pais – e em breve teria também um irmão –, minhas amigas, meus estudos... Eu tinha toda a minha vida no Japão. Como eu seria capaz de abandonar tudo daquele jeito?

Parecendo perceber a minha hesitação, Aki continuou:

— Não lembro se cheguei a declarar isso oficialmente, mas... eu estou apaixonado por você. De verdade.

É, ele não declarara ainda. Foi emocionante ouvir aquilo, mas ainda não era o suficiente para que eu me sentisse segura em uma decisão daquelas. Na verdade, dadas as novas circunstâncias, ouvir aquilo nem era tão perfeito quanto eu havia imaginado que seria.

— Eu também estou apaixonada — declarei, tímida. — Mas... ir embora do Japão, assim, de repente...

— O que te prende aqui, Umi? Você não é japonesa. Além do mais, você mesma disse que seus pais adotivos terão um filho de verdade. Você não tem nada a perder largando um país que não é seu e uma família de mentira para ficar comigo.

Aquela era a primeira vez que ele se referia aos meus pais como 'família de mentira'. E isso me abalou ainda mais. Pensei se ele não teria um pouco de razão em seu argumento.

— Eu não sei. Me dá um tempo para pensar? — eu pedi. — Pelo menos uma noite.

Ele sorriu, mostrando-se compreensivo.

— Tudo bem. Amanhã a gente se fala. Vou ficar no apartamento da Mari, qualquer coisa é só ligar para lá. Tem o número, né?

— Tenho, sim. Então... até amanhã.

Novamente eu ameacei sair e fui detida. Dessa vez, o Aki me surpreendeu com um beijo em meus lábios. Foi bem mais breve e bem menos mágico do que o nosso primeiro beijo, talvez por eu estar terrivelmente tensa. Mas eu novamente consegui sentir o amor dele ali. Aki ou Huang, ele gostava de mim, não tinha dúvidas quanto a isso. E eu também o amava, não importava que nome ele tivesse.

Quando nossos lábios se afastaram, eu me apressei em, enfim, sair do carro e entrar em casa. Abri a porta bem devagar, tentando fazer o mínimo de barulho possível. Logo que passei pelo hall, me assustei ao ver a minha mãe sentada no sofá da sala, mas o susto passou quando, ao olhar bem, percebi que ela estava dormindo com a TV ligada. Como ela estava sozinha, logo deduzi que papai devia ter saído para uma emergência, já que mamãe sempre o esperava na sala. Por vezes, ela esperava a noite inteira.

Talvez ela me esperasse também, mas isso eu não poderia afirmar com certeza, já que aquela era a primeira vez que eu saía à noite para uma festa.

Tirei os sapatos e, devagar, subi as escadas nas pontas dos pés.

Não dormi bem naquela noite. Na verdade, dormi muito pouco, já que minha mente não parava de dar voltas, recapitulando todo o ocorrido e pensando no que ainda estaria para acontecer. Eram sete e pouco da manhã quando, já mais do que impaciente, resolvi levantar da cama. A primeira coisa que fiz foi pegar o celular e fazer uma ligação. Demorou vários toques até que eu fosse atendida por uma voz sonolenta e irritada:

— No momento eu não posso atender. Favor deixar o recado após o sinal. Piiii...

— Suu-chan, acorda! — eu disse. — Sou eu!

Natsu resmungou algumas coisas que eu não entendi e perguntou:

— Que horas são?

Olhei para o relógio na minha cabeceira antes de responder:

— Sete e dez.

A irritação da minha amiga aumentou:

— Como ousa me acordar a essa hora no primeiro dia de férias?

— Eu preciso te contar uma coisa importante.

— Ganhou na loteria? Foi pedida em casamento? Conheceu a Lady Gaga? Se não for nenhuma dessas coisas, não é importante o suficiente para te fazer me acordar!

É, não era nenhuma dessas coisas. Mas era importante do mesmo jeito.

— Esqueceu do que aconteceu ontem à noite, Suu-chan?

Ela realmente parecia ter esquecido – ou estar bêbada demais de sono para se recordar. Mas bastou uma menção a isso para que ela desse um grito que me fez afastar subitamente o fone do ouvido. Aparentemente, agora, sim, ela tinha acordado.

— Ai, meu Deus, me conta tudo, não esconda nada. Quem exatamente o Aki é, afinal?

— Ele é mesmo chinês, de Xangai. É de uma família rica, então resolveu se aventurar em uma vida independente no Japão e... mal chegou aqui e foi sequestrado.

— Ei, peraí, você disse que ele é rico?

Sério que, de tudo o que eu narrei, aquela era a informação que ela achara mais relevante?

— A história toda é muito longa para contar pelo telefone, mas... o que eu queria te falar é que... ele vai voltar para o país dele e quer que eu vá junto.

— E você? O que respondeu?

— Eu ainda não decidi. Preciso dar a resposta hoje, mas ainda não sei o que fazer.

— Umi-chan... Ele te ama, você o ama, e ele é rico. Tem ainda no que pensar?

Eu costumava ver as coisas com uma complexidade muito maior do que elas realmente tinham. Já a Suu-chan, via tudo com uma simplicidade extrema. O bom disso é que conversar com ela muitas vezes me fazia conseguir chegar a um meio-termo.

— Não é fácil largar tudo, né, Suu? — argumentei.

Ela pareceu pensar um pouco melhor.

— Bem, isso é verdade. Mas... ele bem que poderia te dar essa prova de amor e abandonar tudo na China para ficar aqui com você, né?

— Não posso exigir que ele faça isso por mim.

— Entendo. Ele deve ter família, emprego, amigos, talvez ainda não tenha terminado o colégio...

Na verdade, ele era órfão de mãe, odiava o pai, não trabalhava nem estudava e trouxera com ele a única amiga que parecia ter de verdade. Mas, ainda assim, seria egoísmo da minha parte exigir que ele ficasse por minha causa.

Natsu pareceu ler os meus pensamentos quando complementou:

— Mas ele está exigindo que você faça isso por ele.

— Não foi uma exigência. Ele jamais tentaria me forçar a nada, sei disso. — O som da campainha me distraiu da conversa. — Suu, acho que meu pai chegou, deve ter esquecido a chave. Vou descer para tomar café com ele e a mamãe. Mais tarde nos falamos.

— Tá... Mas, pensa bem no que você quer fazer, para não se arrepender depois, viu?

Não me arrepender parecia uma opção inexistente. Não importava qual decisão eu tomaria, estava certa de que o arrependimento viria.

Porém, mentiria se dissesse que estava completamente dividida. Sabia que o certo era permanecer no Japão. Não teria coragem de abandonar a família que me acolheu, meus pais tão amados. Mas a dúvida vinha da certeza do tanto que eu sofreria vendo Aki ir embora sozinho, do tanto que sentiria a falta dele... e, principalmente, de como eu contaria a ele que preferia ficar.

Deixando para pensar sobre aquilo mais tarde, deixei o celular sobre a cama, troquei de roupa e saí do quarto. Quando terminei de descer as escadas, me surpreendi ao ver que não era o meu pai quem tocara a campainha. Havia uma senhora alta, elegante, com sessenta e poucos anos de idade, na nossa sala, abraçada à minha mãe. Fazia alguns anos que eu não a via, mas ela mudara muito pouco naquele espaço de tempo.

Era a minha avó.

O que ela fazia ali? Ela raramente aparecia na nossa casa. Lembro que eu era criança na última vez que ela fora nos visitar e, depois disso, estivemos juntas três vezes: nos casamentos de duas primas da minha mãe e no aniversário de um ano do filhinho de uma delas.

Não sabia se sempre fora assim, mas, trazia em mim a certeza de que minha avó não gostava muito de mim. Nunca gostara. Mas, na frente dos meus pais, procurava me tratar bem. Não com carinho, isso ela nunca teve por mim. Ainda assim, achava estranho ela nos visitar tão pouco, porque era viúva e minha mãe era sua única filha.

Entendi o motivo daquela visita quando a ouvi falar, ainda abraçada à minha mãe:

— Fiquei tão feliz quando recebi a notícia. Achei que fosse morrer sem ser avó.

Nada muito chocante de se ouvir. Ela sempre falava isso. E a mamãe, também, sempre respondia a mesma coisa:

— Não fale desse jeito, mamãe. A senhora já tem a Umi.

— Ah... Claro... A Umi.

Quando mamãe me avistou, sorriu para mim e, afastando-se de minha avó, falou:

— Bom dia, Umi-chan. Veja, a vovó veio nos ver.

Curvei-me levemente, cumprimentando-a de maneira formal:

— Bom dia, vovó.

Ela moveu a cabeça e também foi educada e fria no cumprimento:

— Como vai, Umi?

— Bem, e a senhora?

— Melhor agora. — Ela alisou a barriga da minha mãe e sorriu, parecendo emocionada. — Muito melhor agora!

Também emocionada, mamãe comunicou:

— Acabei de preparar um chá. Vou buscá-lo para nós.

Dizendo isso, mamãe seguiu para a cozinha. Sabia que eu deveria convidar a vovó para se sentar no sofá, sentar-me ao lado dela e puxar algum assunto qualquer para fazer hora até minha mãe retornar com o chá, mas não tive ânimo para essa iniciativa. Permaneci parada no hall, olhando-a de longe. Ela não gostava de mim, e eu tinha um pouco de medo dela. Medo, receio... sei lá. Era muito pequena na última vez que ela viera à nossa casa, mal me lembrava daquele dia, mas, por qualquer razão, tinha uma sensação ruim quando tentava lembrar. Provavelmente não fora uma situação muito agradável.

Como eu não fui até ela, foi a vovó que se aproximou de mim, começando a falar:

— Enfim, minha Rei terá um filho. Ela está muito feliz. Meu genro também deve estar radiante.

Forcei um sorriso para concordar:

— É, eles estão muito felizes. A senhora também, não é?

— O que acha? É o meu primeiro neto. — Ela me observou de cima a baixo. — Escute, Umi, está com quantos anos?

— Quinze.

— Já é uma moça, não? — Ela fez uma pausa, aguardando por alguma resposta. Mas eu não disse nada. Não entendia aonde ela tentava chegar com aquele comentário — Sabe, Umi, vou ser sincera com você: não sei o que a minha filha e meu genro tinham na cabeça quando resolveram trazer uma... uma estrangeira para dentro de casa. Sempre fui radicalmente contra a ideia de eles adotarem. Não importa o que digam, não é a mesma coisa, um filho do nosso sangue e uma criança da qual nem se sabe as origens. Mas, se pelo menos eles tivessem escolhido um bebê japonês, tudo seria muito mais fácil de aceitar. No fundo, eles também devem se arrepender dessa escolha. Muitos amigos da família se afastaram de nós depois disso. Você sabia desse fato?

Na metade do discurso dela, eu já havia começado a chorar. Porém, a última parte me doeu ainda mais. Eu não sabia daquilo. Nem tinha como saber, era o tipo de coisa que meus pais jamais comentariam perto de mim.

Quis sair correndo dali, mas não consegui. Meu corpo parecia paralisado, com meus pés grudados ao chão. Então fiquei parada no mesmo lugar, ouvindo a única avó que eu conhecia continuar a dizer:

— As consequências dessa adoção não foram as melhores para eles. Mas agora tudo parece começar a entrar nos eixos. Eles terão um filho, sangue deles. A linhagem da nossa família estará preservada! E você já não é mais nenhuma criança. Espero que, tão logo possa, siga a sua vida e seja grata por tudo que eles fizeram por você, saindo do caminho deles, para que eles possam ser felizes com o filho e a família *deles*. Fui clara?

A elegância da minha avó ia muito além da boa postura e das roupas caras. Ela tinha um jeito de falar tranquilo, frio e, quando queria, extremamente cruel. Diante de tudo o que ouvi, não me senti mais apenas uma intrusa. Senti-me culpada. Como uma vilã, que surgira para trazer problemas e desavenças na família. Como alguém que, definitivamente, não deveria e não merecia estar ali.

Lutando para me livrar daquela paralisia, eu enfim tive uma reação: saí correndo, subindo as escadas e indo trancar-me em meu quarto. Peguei o celular e liguei para o número que tinha anotado na noite anterior, do apartamento da Hirano-sensei. Fui atendida por uma voz masculina.

— Aki, é você? — perguntei, soluçando.

Ele pareceu preocupado:

— Umi? Está chorando?

Apertei o telefone com as duas mãos e respirei fundo, tentando conter o choro para conseguir dizer o que eu tinha acabado de decidir:

— Aki, eu... quero ir com você.

Logo que cheguei ao local combinado, ela já estava lá, sentada diante de uma das mesas da lanchonete. Trocamos sorrisos e puxei uma cadeira, sentando-me diante da minha colega de trabalho. Ou melhor: daquela que até o dia anterior eu acreditava que fosse uma professora como eu.

— Desculpe se me atrasei — pedi.

— Não se atrasou, está pontual — Hirano respondeu. — Eu é que cheguei um pouco cedo.

Eu também gostaria de ter chegado mais cedo, assim teríamos mais tempo para conversar, por mais que já tivéssemos nos falado durante um longo tempo. Na noite anterior, pouco depois que cheguei em casa com Kaori, o telefone tocou. Era Hirano Mari, para me contar que Aki não voltaria para casa e explicar-me os motivos. Tal explicação rendeu um telefonema de três horas.

— Meio incrível a história que a senhorita me contou pelo telefone — comentei.

Hirano movimentou a cabeça em concordância.

— Desculpe, não queria que começássemos com uma mentira — ela pediu, nitidamente envergonhada.

— Seu nome é Hirano mesmo? — a pergunta poderia parecer estúpida, mas, dadas as minhas últimas descobertas, ela era bem cabível.

Ela confirmou:

— É. Hirano Mari. A única coisa verdadeira em todo o disfarce que inventei.

— Mas não é professora.

Ela riu. Parecia achar graça da absurda mentira que inventara.

— Tá brincando? Nem faculdade eu fiz. Trabalhei a vida inteira como segurança particular.

— Do Aki — Quis confirmar a informação que já tinha, mas que era tão absurda que não custava repetir, para tentar entender melhor.

— De Yuen Huang, filho de um milionário chinês, que veio para o Japão, foi sequestrado, fugiu, se acidentou, perdeu a memória... Foi encontrado e batizado de 'Aki' pela sua aluna Matsuo Umi, e acolhido por você e sua irmã em sua casa.

— E como a Matsuo ficou quando descobriu tudo isso?

— Um tanto confusa.

— Pobre garota.

Hirano concordou com um aceno de cabeça. Um garçom chegou, anotou os pedidos e se afastou. Foi quando eu fiz um comentário:

— Vou sentir falta do Aki. Ele era um bom garoto.

— Não fale como se ele tivesse morrido.

— Talvez o termo 'morrer' seja muito forte, mas, de certa maneira, não foi o que aconteceu? 'Aki' não existe mais, voltou a ser quem era antes de perder a memória.

— Pensando por esse lado, você tem razão. Confesso que sentirei a falta do Aki. Ele, de fato, era um bom garoto. Bem o oposto de Huang. Enfim, o que quero mesmo te contar é que nós vamos voltar para a China.

Fui pego de surpresa pelo comunicado.

— Quando?

— Comprei as passagens hoje de manhã, para semana que vem.

— É uma pena...

— Queria que soubesse que não vou me esquecer de você. É um cara admirável. Achei muito bonito o carinho e a dedicação que tem com sua irmãzinha, o jeito com que trata os seus alunos... Sem contar que, se me permite ser ousada, sua beleza encanta qualquer uma. Sabia que todas as menininhas do colégio babam por você?

Um pouco sem graça, eu ri. Ela realmente era bem ousada e direta. Também não me esqueceria dela tão facilmente.

— Queria também poder fazer uma lista das coisas que admiro em você, mas... fora a sua beleza e sua ousadia, conheço muito pouco de sua vida para citar outras coisas.

Mari olhou para o relógio em seu pulso, e então comunicou:

— Ainda temos alguns dias até eu ir embora. Posso contar o que você quiser.

Trocamos mais um sorriso.

UMI

De pé, diante da janela do quarto, eu observei enquanto meu pai saía de casa, apressado, para atender a mais uma emergência. Já era noite, e eu tinha decidido sair de casa naquele mesmo dia. Não queria esperar para não correr o risco de mudar de ideia. Não era justo que eu mudasse de ideia. Eu não queria ir, mas precisava. Seria melhor para todo mundo.

Dei uma boa olhada no meu quarto e deixei um bilhete sobre a escrivaninha, antes de sair, levando apenas uma mochila nas costas. Aki me dissera para levar apenas o essencial. Andei devagar até o quarto dos meus pais e, pela fresta da porta entreaberta, vi minha mãe sentada em uma poltrona, cantando baixinho alguma música enquanto tricotava um sapatinho azul. Meus olhos automaticamente transbordaram, e aquilo quase me fez desistir. Eu a amava tanto, não sabia como conseguiria viver longe dela. Mas ela ficaria melhor sem mim, e foi essa certeza que me deu forças para não voltar atrás.

Em silêncio, desci as escadas. No hall, calcei os sapatos e saí. Aki já me esperava do outro lado da rua, com as costas apoiadas em um poste. Fui até lá, e ele, pegando-me de surpresa, me beijou antes de dizer qualquer coisa.

Depois de acender a luz do quarto, Aki deu espaço para que eu entrasse, e eu o fiz de forma hesitante. Não sabia que estaríamos sozinhos no apartamento, tampouco que eu teria que dormir no mesmo quarto que ele.

— Fique à vontade — ele falou, enquanto fechava a porta.

Deixei minha mochila no chão, em um canto do quarto, e perguntei:

— Cadê a Hirano-sensei?

— Não precisa mais chamá-la assim, ela não é professora, esqueceu? Mari ainda não voltou, parece que saiu com o professor de Biologia.

— Com o Shimada-sensei?

— Sim. E, pela hora, devem estar se divertindo. — Percebi que ele deu ênfase nessa frase, como se quisesse testar a minha reação. — Isso não te incomoda, não é?

— Não.

Estranhamente, não me incomodava mesmo. Se fosse apenas algumas semanas antes, eu iria querer morrer se soubesse que Shimada-sensei estava saindo com alguém, mas, agora, isso não me afetava. O que realmente me incomodava era o fato de eu estar sozinha em um quarto com o Aki.

Arregalei os olhos quando o vi se jogar na cama de casal, bater a palma da mão sobre o colchão e dizer:

— Ei, Anjinha, deita aqui comigo!

Aflita, fiz um movimento de negação com a cabeça.

— Tô bem de pé.

Ele riu.

— Não vou te forçar a fazer nada que você não queira, prometo.

— Então não insiste, porque eu não quero deitar. — Acho que soou meio grosseiro da minha parte, mas eu realmente estava com medo.

Eu o amava, ele me amava e tudo mais, mas... eu não me sentia preparada para dar um passo tão grande na nossa relação. Algo meio contraditório, já que eu tinha decidido ir para outro país com ele. Poderia ter um passo maior do que do Japão à China?

Ele pegou o controle remoto e ligou a TV, começando a trocar os canais.

— Vamos assistir a um filme? Anda, não precisa ficar com medo de mim, é sério.

Hesitante, fui até a cama e me sentei, a uma distância relativamente segura de Aki. No entanto, ele me puxou para junto dele, deitando a minha cabeça sobre o seu peito.

— Já falei que não precisa ter medo — ele me garantiu. — Não vai rolar nada que você não queira. Teremos uma vida inteira juntos para isso, não tenho pressa. Além do mais, não tem por que ficar com vergonha de mim. Somos namorados, não somos?

— Somos.

Era estranho ouvir aquilo. Eu, namorada do Aki. Eu deveria estar muito feliz, mas... não sei porque... não era exatamente assim que eu me sentia. Sabia bem que aquilo não era certo. Tinha feito algo muito, muito errado.

— Aki, eu... queria ter tido tempo de me despedir ao menos das minhas amigas.

— Ainda falta uma semana para embarcarmos. Amanhã você liga para elas, tá bom? Deixou um bilhete para os seus pais do jeito que eu falei?

— Sim. Não informando para onde eu iria e pedindo para que respeitassem minha decisão e não me procurassem. E também disse que sou muito grata por tudo o que fizeram por mim, que os amo muito e que estou indo embora para que possam seguir suas vidas e serem felizes com o filho deles. — Lembrar do bilhete me deixava ainda mais preocupada com a reação deles. — Acha que vão ficar com raiva de mim?

— Por que ficariam?

— Podem achar que sou uma ingrata.

— Eles sabem que não é. — Ele beijou o topo da minha cabeça e me abraçou com mais força. — Vamos parar de falar sobre eles. Você vai começar uma nova vida e eu serei a sua nova família.

Fiquei em silêncio, mas não consegui ficar em paz. O remorso me destruía por dentro. Estava confusa, atordoada, e precisando demais de alguém que me garantisse que eu fazia a coisa certa. O Aki e a minha avó já tinham dito, deveria ser o suficiente, não é?

De repente, a música do Akira começou a tocar. Ainda achei que fosse na TV, mas logo me dei conta de que era o meu celular, tocando dentro da minha mochila.

Aki sentou-se na cama, obrigando-me a sentar também, e me encarou, perguntando:

— Você trouxe o seu celular?

— Não era para trazer?

Ele fez uma cara de quem acabava de ouvir a coisa mais idiota do mundo.

— É claro que não, Umi! Seus pais vão ficar ligando!

— Mas você me disse que eles não se importariam e que aceitariam a minha decisão.

— Ainda assim, não era para ter trazido o celular, Umi.

O som parou e, em menos de um minuto, voltou a tocar. Levantei-me para atender, mas o Aki me segurou.

— Deixe! Não atenda.

Não era um pedido, mas uma ordem. E isso me assustou.

— Pode ser algo importante — argumentei.

— Não atenda! — ele repetiu, enérgico.

Novamente, o celular parou de tocar, reiniciando poucos segundos depois. Olhando para a mão que Aki mantinha presa ao meu braço, eu pedi:

— Me deixa atender, por favor.

— Umi! — Ele estava impaciente, mas percebi que tinha ficado balançado pelo meu pedido.

Então insisti:

— Por favor... Serei rápida, prometo.

Contrariado, ele me soltou. Corri até a mochila e peguei o aparelho, atendendo-o.

O número não era o da minha casa, mas a voz masculina era bem conhecida:

— Umi? ...Umi, responda!

Era o meu pai.

— Sim — respondi, tentando soar indiferente.

— Você precisa voltar.

— Desculpe, pap... — corrigi-me a tempo. Precisava ser fria, para que tudo aquilo fosse mais fácil para todos nós. — Matsuo-san. Mas eu não poss...

— A sua mãe...

Ele se calou e o meu sangue gelou. Minha mãe? O que tinha acontecido à minha mãe?

Sem que eu dissesse nada, ele prosseguiu:

— Quando cheguei em casa, ela estava desmaiada no seu quarto, com o bilhete que você deixou. Teve uma hemorragia muito forte, e...

Foi como se tudo tivesse começado a girar. Sentindo que iria cair, eu apoiei a mão sobre uma cômoda.

O que eu tinha feito com a minha mãe?

— Como ela está? — consegui perguntar, embora minha voz mal saísse.

— Eu a trouxe para o hospital, estou fazendo de tudo para salvar ela e o bebê, mas...

Aquelas pausas me matavam!

— *Mas* o quê?

— Ela não para de chamar o seu nome. Ela precisa te ver — uma voz feminina, provavelmente de uma enfermeira, o chamou. Ele respondeu um "já estou indo", antes de voltar a falar comigo. — Umi, eu preciso desligar. Por favor, venha para cá, imediatamente.

— Papai, não desliga, espera! — Tarde demais, ele já havia desligado.

Nem pensei antes de agir. Peguei a mochila no chão e a coloquei nas costas. Enquanto fazia isso, expliquei, quase atropelando as palavras:

— Eu preciso ir. Mamãe está no hospital, pode perder o bebê.

Contudo, o Aki se levantou e correu até a porta, bloqueando o meu caminho. Quase não acreditei quando ele falou:

— Você não vai a lugar algum.

— Eu preciso ir, Aki. É a minha mãe — minha voz estava trêmula.

— Ela não é sua mãe, Umi. Você sabe disso.

Naquele momento, tal afirmação me soou como o maior dos absurdos.

— Talvez eu não seja uma boa filha, mas ela sempre foi a melhor mãe que eu poderia querer — garanti, com toda a certeza da minha alma. — Sinto muito, mas não posso ir com você.

Ele baixou a cabeça e mordeu os lábios, parecendo extremamente irritado. Ainda tentei convencê-lo:

— Eu te amo, de verdade, mas... não posso abandonar a minha família desse jeito. Entenda, Aki, eu...

Ele levantou o rosto e me encarou, gritando:

— 'Yuen'. Você não é nada minha. Dessa forma, exijo que me trate com respeito.

Aquilo me assustou. Havia ódio nos olhos dele. O ódio de quem não suportava ser desobedecido, ser contestado. De alguém que não admitia que eu tivesse outra opção que não fosse ficar com ele.

Um ódio que não era do Aki. Era de Yuen Huang. Era daquele garoto que eu não conhecia.

Quando ele deu espaço para que eu passasse, eu o olhei por mais um rápido momento, antes de levar a mão à maçaneta para abrir a porta. Antes que eu chegasse a abrir, ele anunciou:

— Umi, se você sair por essa porta, pode esquecer que eu existo. A escolha é sua.

Tornei a olhá-lo e, com lágrimas nos olhos, declarei:

— Não posso 'esquecer' que você existe, porque sequer te conheço. Você é muito diferente do Aki que eu conheci. Ele jamais me obrigaria a uma escolha assim.

E logo que saí, ouvi o estrondo que ele causou ao socar a porta, com ódio.

Não perdi tempo lamentando a conduta dele. Corri para a rua e peguei o primeiro táxi que passou, rumo ao hospital onde meu pai trabalhava.

No caminho, fiz algo que não fazia desde o tempo em que vivia no orfanato de freiras: rezei. Pedi a Deus que protegesse a minha mãe e o bebê. E que me perdoasse pelo que eu tinha feito.

Capítulo treze

十三

Descobertas

UMI

Logo que cheguei ao andar do hospital onde meu pai trabalhava, eu o avistei parado no corredor, andando aflito de um lado para o outro, na certa esperando por mim. Assim que parei diante dele, comecei a falar, enquanto respirava fundo para retomar o fôlego:

— Matsuo-san, como ela est... — fui impedida de concluir o que dizia ao ser atingida por um forte tapa.

Ao levantar o rosto, fiquei ainda mais assustada quando vi a raiva com a qual o meu pai me encarava, o que piorou quando ele começou a falar num tom de voz muito mais alto do que lhe era de costume:

— Qual é o seu problema? Essa falta de educação você não aprendeu comigo, muito menos com a sua mãe. Eu não te dou o direito de me chamar pelo nome. Eu cuidei de você quando esteve doente, te alimentei, te eduquei... Não te ensinei a andar nem a falar, mas te passei todos os melhores valores que aprendi na vida. Isso, quer você goste ou não, faz de mim o seu pai, e eu exijo que me trate como tal.

Ainda com a mão no rosto, eu desabei de vez. Ele tinha razão... toda a razão. Eu tinha sido ingrata e injusta com as duas pessoas que mais me amavam no mundo. Meu pai nunca havia me batido antes, mas eu sabia que aquele tapa era mais do que merecido.

— Papai... — comecei a falar, sem saber ao certo o que diria para me desculpar.

Mas ele me interrompeu, ainda falando alto:

— Por que fez isso? O que deu na sua cabeça para fugir de casa desse jeito? Sua mãe ficou desesperada, podia ter perdido o bebê, podia ter morrido.

Apesar das palavras duras, senti um grande alívio ao ouvir aquele 'podia'. Sinal de que tanto a mamãe quando o bebê estavam a salvo.

Novamente tentei dizer alguma coisa:

— Papai... eu...

E ele voltou a me interromper. Dessa vez, com uma atitude que me deixou ainda mais sem reação: ele me abraçou.

— Não faça mais isso, Umi — pediu, dessa vez com a voz sussurrada, trêmula... Com a voz de quem chorava. Eu tinha feito o meu pai chorar. — Eu fiquei desesperado.

Eu o abracei de volta e não consegui pronunciar uma única palavra. Apenas repeti mentalmente, incansavelmente, um pedido quase desesperado de perdão.

"Me perdoe, papai".

Quando entrei no quarto do hospital, imaginei que fosse encontrar a minha mãe dormindo. Mas, logo que comecei a abrir a porta, ela abriu os olhos e me olhou de forma aflita.

— Umi-chan?

Vendo que ela começava a chorar, apressei-me em ir até ela. Quando cheguei, mamãe começou a passar as mãos pelo meu rosto, como se para constatar que eu estava bem.

— Alguém te machucou? — ela perguntou, entre lágrimas. — Alguém fez alguma coisa com você?

E eu que achei que minha consciência não pudesse pesar mais do que já pesava. Como eu pude achar que minha mãe não sentiria a minha falta?

Forcei um sorriso, tentando acalmá-la:

— Estou bem, fique calma. Que susto a senhora nos deu, hein? Agora tem que ficar tranquila e repousar, para ficar tudo bem com a senhora e com o bebê.

— Me perdoe.

Aquele pedido fez o meu peito doer. Como ela me pedia desculpas se eu é que tinha trazido tanto sofrimento a ela?

— Pelo que eu deveria te perdoar, mamãe? — perguntei, confusa.

— Eu sei por que você foi embora. Foi tentar encontrar a sua... a sua mãe biológica, não é?

Não, não era nada disso! De onde ela tinha tirado aquilo?

— Não, mamãe!

Mas ela não se convenceu:

— Eu sempre soube que isso um dia iria acontecer. Tive pesadelos com isso durante todos esses anos. Sempre me esforcei para ser a melhor mãe possível, para que você jamais viesse a sentir falta da outra, mas... mas eu falhei. Eu fiquei tão preocupada com a minha gravidez, tão envolvida com a chegada do bebê, que acabei deixando você de lado. Não tinha o direito de fazer isso.

E foi só naquele momento que eu descobri qual era o maior temor da minha mãe. A gente nunca falava sobre aquilo. Digo, às vezes ela contava sobre como tinha sido a primeira vez que me viu, o processo de adoção, a primeira vez que fui para casa... Mas este era o máximo que chegávamos no assunto da adoção. E eu nunca tinha me dado conta de que ela sentia medo. Medo de que eu a renegasse ou de que alguém me tirasse dela.

Sentei-me em uma poltrona ao lado da cama e segurei uma das mãos que ela ainda mantinha sobre a minha face.

— Não, mamãe! A senhora estava certa, se preocupando com o seu filho. Não fez nada, nada de errado.

— Mas você é minha filha também. Ontem foi o seu primeiro baile, e eu nem... — O choro dela se intensificou. — Eu nem te vi em seu vestido. Nem ao menos tirei uma foto sua. Você saiu sem falar comigo, então eu fiquei na sala, esperando você voltar, mas acabei pegando no sono. Fui ao seu quarto depois, mas você já estava dormindo. Depois a mamãe chegou lá em casa, e eu não consegui conversar com você, perguntar como foi... Eu sou uma péssima mãe!

— Não fala assim, mamãe... — A cada palavra dela, eu me sentia ainda pior.

— Você escreveu na sua carta que nós não precisaríamos mais de você porque agora teremos um 'filho de verdade'. Você não se sente nossa filha de verdade, não é?

Apertei as pálpebras e respirei fundo, confessando:

— Tive medo de que vocês não me sentissem assim.

— Umi... como eu pude deixar que você pensasse isso? Foi por isso que fugiu para procurar a sua...

— Não, mamãe — eu a interrompi. Não podia deixar que ela continuasse imaginando algo assim. — Eu não fui procurar minha mãe biológica. Isso nunca me passou pela cabeça. Para mim, você é a única mãe. A melhor do mundo.

Em meio às lágrimas, ela sorriu. E isso foi um alívio para a minha alma.

— Você jura? — ela perguntou, como uma criança insegura.

— Prometo que juro — respondi, como outra criança. — Me perdoe por ter sido tão idiota. Mas vocês estavam tão felizes com o bebê que eu... achei que eu não fosse mais necessária para vocês.

— A sua avó te disse alguma coisa, não é? Eu sabia, não devia ter deixado você sozinha com ela! Achei que ela, enfim, tivesse aceitado, mudado sua forma de pensar, mas...

Notando que ela estava ficando ainda mais agitada, apertei sua mão com um pouco mais de força e pedi:

— Não pensa nisso, mamãe. Precisa descansar. Pode ficar tranquila, porque eu não vou mais a lugar algum.

Ela sorriu novamente. Não sei se era o cansaço ou o efeito dos medicamentos, mas as pálpebras dela, parecendo pesadas, se fecharam, e não demorou muito até que ela pegasse no sono, ainda segurando a minha mão com força, como se temesse que eu fosse embora novamente.

Mas eu não iria a lugar algum. Estava exatamente onde deveria estar.

— Descanse, mamãe, para ficar boa de novo — sussurrei. — E me perdoe por te fazer sofrer desse jeito... Por causa de um completo babaca.

Fechei os olhos, deixando que as lágrimas rolassem pelo meu rosto.

KAORI

Eu já tomava meu café da manhã quando Hinoki chegou à cozinha. Não era comum que eu acordasse antes dele, mas sabia me virar preparando algo decente para comer. Ele puxou uma cadeira e também se sentou, começando a se servir.

— Bom dia — ele cumprimentou. Olhou para mim, provavelmente ao perceber que eu o observava com curiosidade. — O que foi?

— Nada. — Tornei a olhar para a comida.

Ele não pareceu convencido.

— Qual o problema, Ka-chan?

— Hunf, para de me chamar assim. Estou esperando você me comunicar.

— Comunicar o quê?

— Que você está tendo um caso, oras.

A faca que ele segurava caiu de sua mão, causando um barulho incômodo ao chocar-se contra a superfície de madeira da mesa.

— De onde tirou essa ideia? — ele questionou, sério.

Para mim, tudo ainda era óbvio demais:

— Saiu ontem com a professora de História, passou o dia inteiro na rua com ela, só voltou para casa de noite com a maior cara de bobão deste mundo.

Ele riu, aproveitando a situação para colocar o seu lado implicante em ação:

— Sei, e você ficou curiosa? Ou com ciúmes do *oniichan*[31]?

Entediada, eu suspirei, voltando a prestar atenção na comida, enquanto retrucava:

— Nem uma coisa, nem outra. Só não quero ser a última a saber.

— No dia em que eu estiver namorando, você será a primeira a saber, tudo bem? E você, não tem nada para me contar?

— Sobre o quê?

— Sobre o seu encontro de ontem.

De novo com aquele papo?

— Que diabo de encontro? Não tive encontro nenhum.

— Você saiu com o Katsura.

— A irmã dele estava junto. Não foi um encontro.

— Ah, que pena.

— Que espécie de irmão você é?

— Da espécie que quer te ver feliz. — Ele calmamente tomou um gole de chá. — Sei que o Katsura não é nenhum exemplo de bom comportamento, sem contar que... meu Deus, as notas dele são péssimas! Mas... eu gosto dele. Parece ser um bom garoto e se importar com você.

Agradeci aos céus quando o telefone tocou, interrompendo aquele assunto nada agradável. Hinoki foi até a sala para atender e retornou instantes depois, trazendo o aparelho sem fio para mim.

---

31 Forma carinhosa de se referir a um irmão mais velho.

Atendi sem uma gota de simpatia ou de boa vontade, como era meu padrão:

— *Quiê?*

— Bom dia para você também! — respondeu a alegre e irônica voz da Gallagher. — Tá à toa?

— Para quê?

— Umi-chan me ligou. Ela quer falar com a gente e disse que é importante. Você pode ir?

Por alguma razão, senti que o assunto de tal reunião não seria dos mais divertidos. Horas depois, descobriria que estava certa.

UMI

Nós marcamos em uma praça. Eu estava sentada em um 'gira-gira', de frente para os balanços onde estavam as minhas amigas: Kaori, de pé sobre um banco, e Natsu, sentada no banco ao lado, balançando lentamente. Eu terminava de contar toda a aventura dos últimos dois dias, começando com o Aki recuperando a memória e terminando com minha mãe no hospital.

— Eu não acredito nisso, Umi — disse Natsu, ao final do relato. — Você ia sair do país sem se despedir da gente?

— Eu ia ligar para vocês, juro. Queria mesmo fugir. Achei que isso fosse o melhor para todo mundo: para mim, para os meus pais... E vocês nem iam sentir tanto a minha falta.

— Eu ia — confessou Suu-chan. — E a Kaori-chan também.

Eu teria me emocionado com a declaração, se a Kaori não tivesse fuzilado a Natsu com olhos de quem diz: 'quem te deixou falar em meu nome?'.

Deixei isso de lado e continuei:

— No fim, o melhor mesmo foi eu ter ficado. Descobri que aqui é o meu lugar. É o país onde sempre vivi, com os pais que me escolheram e minhas amigas queridas.

— E o Aki? — Natsu perguntou.

Ela precisava tocar nesse ponto? Fingi que estava tudo bem:

— O Aki não existe mais. Foi tudo um faz de conta que chegou ao fim.

Natsu não insistiu e mudou de assunto:

— E a sua mãe, está melhor?

— Sim. Foi só um susto. Ela terá alta amanhã, mas precisará ficar em repouso, porque a gestação dela é de risco. Mas está tudo bem com ela e com meu irmãozinho.

Suu-chan sorriu e comentou:

— É a primeira vez que te escuto se referir ao bebê como seu irmão.

Era verdade. A ficha tinha caído para mim há muito pouco tempo, quando enfim parei de nutrir dúvidas sobre aquela ser a minha família de verdade. E, confesso, já começava a curtir a ideia de ser irmã mais velha de alguém.

— Deve ser legal ter um irmão — Natsu opinou. E olhou para nossa outra amiga. — Não é, Kaori-chan?

— Só se não for um irmão mala que nem o meu.

Que injustiça!

— Não fale assim dele, Kaori-chan — pedi. — Shimada-sensei é perfeito!

— Unf... — Kaori resmungou. Olhou-me diretamente nos olhos e estranhei aquilo. — E você?

— Eu o quê? — indaguei, confusa.

— Como você está?

O fato de Kaori-chan olhar alguém nos olhos só não era mais estranho do que ela perguntar como alguém estava. Achei tão bonita – e inusitada – a preocupação, que sorri para responder:

— Bem. Muito bem! Não precisa se preocupar comigo, Kaori-chan.

— Unf... Perguntei por educação.

— Mas você nunca faz questão de ser educada. Está preocupada, né? Mas não fique, porque eu estou falando a verdade.

— Está mentindo — após dizer isso, Kaori deu um pulo, descendo do balanço, e saiu andando, se afastando de nós.

Eu a segui com os olhos, ainda mais confusa do que antes.

— Por que ela disse isso?

Natsu-chan, em contrapartida, não pareceu muito surpresa nem com os gestos, nem com as palavras da Kaori. Tanto que me explicou:

— Porque ela se importa com você. Só não sabe expressar isso.

Talvez fosse realmente isso. De alguma forma que eu não compreendia, a Natsu parecia entender bem a Kaori. Deveria trabalhar como intérprete dela.

— Mas para onde ela foi? — perguntei, curiosa com aquela saída repentina.

Natsu se empolgou para responder:

— Ah, é, eu não te contei? Ela falou que poderia ficar com a gente pouco tempo, porque marcou com o Katsura.

Para tudo! Teria eu morrido e ido parar em uma realidade paralela?

— Eles estão namorando? — perguntei, já me preparando para aceitar a hipótese da realidade paralela caso a resposta fosse afirmativa.

Mas não foi.

— Até onde eu saiba, não rolou nada demais. Eles saíram juntos ontem e vão sair hoje de novo. Parece que ficaram amigos.

Se a Suu-chan garantia que não tinha rolado nada, é porque não devia ter rolado MESMO. Mas eu esperava que rolasse, porque eles faziam um casal muito fofo. E, mais do que ninguém, a Kaori-chan merecia ser feliz.

KAORI

Não fora apenas o horário marcado em outro compromisso que me fizera me afastar. Por mais que a Matsuo tentasse fingir que estava bem, qualquer um que a conhecesse perceberia ser aquilo uma grande mentira. E eu não sabia muito bem como lidar com essas coisas. Poderiam me considerar uma grande covarde, mas a sensação de impotência era algo que me incomodava absurdamente.

Quando ela precisasse que eu socasse a cara de alguém, eu saberia o que fazer. Mas conversas e conselhos jamais seriam o meu forte. Gallagher era melhor nisso do que eu.

Não que os conselhos dela fossem muito bons...

Ou, talvez, até fossem. Era por seguir um conselho dela que eu estava pela segunda vez marcando algo com o Katsura.

Embora não fosse um encontro, que isso fique bem claro.

Não fui muito longe. Estava agora sentada no banco de uma praça próxima à outra onde estivera com Gallagher e Matsuo. Passei alguns minutos distraída, até ter minha atenção voltada para uma criança que se aproximava correndo. Era uma menina de nove anos, com longos cabelos negros batendo à altura da cintura e um sorriso que parecia ir de uma orelha a outra.

— Shimada-san! — a menina vibrou ao me ver.

Já eu, mantive a minha seriedade de sempre:

— Oi.

— Vim correndo, deixei o bobo do meu irmão pra trás! — Ela apontou para trás e eu segui os olhos na mesma direção, avistando Katsura vindo ao longe, caminhando devagar. — Obrigada por ter ido ontem à minha apresentação.

— Você foi bem. — Apesar das palavras elogiosas, não demonstrava qualquer empolgação no tom de voz.

Mas a menina não pareceu se incomodar com isso.

— Todo mundo diz isso, mas a professora vive me criticando.

— Ela é uma idiota. Você foi bem, já disse.

— É uma idiota que entende de balé, né?

Eu não gostava de relembrar a informação que estava prestes a dar, mas fiz isso apenas para dar credibilidade à minha opinião:

— Eu também fazia balé na sua idade.

A criança – Katsura Asami – a princípio não pareceu acreditar.

— Tá falando sério?

— Dos seis aos doze anos — confirmei.

— E por que parou?

— Cansei — Apontei para os pés da menina. — Você já faz ponta. Na sua idade, eu ainda não fazia.

— É difícil mesmo. Dói muito!

— Use ponteira de silicone na sapatilha. Não vai deixar mais dar calos.

— Verdade? Vou pedir para o meu oniichan comprar pra mim.

Neste momento, Katsura finalmente a alcançou, a tempo de ouvir a última frase.

— O que quer que eu compre dessa vez?

A menina, que estava de costas para ele, virou-se e viu o irmão. Não deixou de sorrir.

— Ah, oniichan! Quero ponteiras de silicone, pra minha sapatilha.

— Pra quê?

— Pra não deixar dar calos.

—Ah, coloca esparadrapo.

— Shimada-san disse que as ponteiras dão certo.

Ele ergueu uma sobrancelha e me encarou, desconfiado.

— Entende algo de balé?

Abri a boca para responder, mas a criança tagarela foi mais rápida:

— Ela fez balé até os doze anos. Legal, né?

Katsura franziu a testa.

— Balé, é? Asami, não quer um sorvete? — Tirou a carteira do bolso e entregou uma nota para a irmã. — Compra lá uns pra gente.

— O troco é meu? — a menina indagou, sorrindo.

Sorriso que se desfez quando ele respondeu:

— Que mané troco o quê! Vou ter que economizar para essa sua tal ponteira de esparadrapo.

— Silicone! — a menina o corrigiu, antes de virar-se e sair correndo em direção a uma sorveteria.

Katsura voltou a me encarar e, incrédulo, questionou:

— A *bad girl* fez balé, é?

Certo, era por isso que eu não gostava de contar isso a ninguém. Por que parecia tão espantoso assim?

— Isso tem muito tempo.

Após uma breve pausa, ele sentou-se ao meu lado e perguntou, em um tom de voz agora mais sério:

— E você ter parado tem alguma coisa a ver com o que houve com os seus pais?

Eu não gostava de me lembrar daquilo, mas também não dei qualquer sinal de hesitação na resposta:

— Tente praticar, com perfeição, qualquer atividade física depois de levar um tiro na sua perna.

Quando ele ficou em silêncio, pensei que provavelmente estaria arrependido de ter tocado no assunto e que agora pensava em outra coisa para dizer e mudar o assunto. No entanto, logo descobri que, ao invés disso, ele apenas pensava em uma opção para mim:

— Que tal futebol de botão?

— Hã? — Eu o olhei, incrédula.

— É sério! Não precisa das pernas, só dos dedos. E você pode tocar piano ou guitarra. Pode desenhar ou escrever um livro. Pode jogar cartas ou jo-ken-po[32]. Tem tanta coisa legal que você pode fazer com as mãos, desencana disso de atividade física... Cansa muito!

Diante de tanta besteira, foi difícil resistir e acabei deixando escapar um leve riso, ao mesmo tempo em que o xingava:

— Idiota!

Apesar do xingamento, Katsura se animou ainda mais.

— Nossa, eu ganhei o meu ano. Fiz você sorrir.

Automaticamente, voltei a ficar séria e retruquei:

— Não fez.

— Fiz, sim! Seu sorriso é bonito, você poderia exercitá-lo mais. É, e tá aí outra coisa que você não precisa das pernas para fazer.

A irmã dele voltou, trazendo três sorvetes em mãos. Entregou um deles a Katsura e outro a mim, enquanto dizia:

— Um pro oniichan e outro pra oneechan[33].

Senti meus olhos se arregalarem diante do choque pela forma com que fui chamada. Quando Katsura disse algo, percebi que compartilhava do mesmo susto que eu:

— Do que a chamou?

A menina respondeu com extrema naturalidade:

— *Oneechan*, ué! Ela não é sua namorada?

Katsura e eu nos entreolhamos. O rosto dele estava completamente vermelho e logo deduzi que o meu não deveria estar diferente.

— Não! — Katsura tornou a olhar para a irmã. — Asami-chan, a Shimada e eu somos apenas... colegas de escola. *Talvez* amigos. Apenas isso.

Aquele toco de gente suspirou e deu dois leves tapas na cabeça do irmão.

— Maninho, eu sou criança, mas não sou tapada.

Dito isso, ela foi até um banco próximo, onde se sentou, tomando o seu sorvete tranquilamente, como se não tivesse acabado de criar um clima altamente constrangedor ali.

Katsura e eu tornamos a nos entreolhar. Meu rosto queimou ainda mais e creio que ele sentiu o mesmo, já que desviamos os olhos para baixo praticamente ao mesmo tempo. Ele ainda tentou consertar a situação:

— Não liga para a Asami. Sabe como é criança, né? Não tem muita noção do que fala.

Assenti em silêncio e ficamos calados por algum tempo, até que ouvi um riso ao meu lado. Levantando o rosto, vi que Katsura me olhava com o canto dos olhos, enquanto ria aparentemente de mim.

---

32 Jogo de mãos que pode ser jogado por dois ou mais participantes. Também conhecido no Brasil como 'Pedra, papel e tesoura'.

33 Modo carinhoso de se referir a uma irmã mais velha.

— Tá rindo de quê? — indaguei.

— Tentei te imaginar de roupa cor-de-rosa e sapatilhas. É muito estranho!

De novo aquele assunto?

— Eu era criança — argumentei.

— Eu te imaginava uma criança de short, camiseta e correndo descalça.

— Talvez eu já tenha feito algumas 'coisas de menina', qual o espanto disso?

— Tá legal, mas... balé?

Eu já começava a perder a paciência:

— Para com isso!

Ignorando a ordem, Katsura se levantou e pôs as mãos para o alto, imitando um giro de balé clássico.

— Te imagino dando aqueles rodopios fofos...

— Tô mandando parar! — continuei a alertá-lo.

Mas ele continuava a ignorar meus avisos:

— Com aquela saínha cheia de frufru...

— É o meu último aviso. Para!

— E dando aqueles pulinhos també... — Um punho afundou-se em seu rosto, jogando-o no chão. E o sorvete caiu bem no meio de sua testa.

— Eu avisei para parar... idiota! — resmunguei, massageando a mão que usara para nocauteá-lo.

No outro banco, a criança olhou para o irmão caído no chão e moveu a cabeça negativamente, suspirando.

— Que jeito estranho de namorar...

Quantas vezes eu ainda sentiria meu rosto pegando fogo no decorrer daquele dia?

UMI

Se o mês que passei ao lado de Aki pareceu voar, os dias sem ele se arrastavam. Uma semana parecia um ano. Pela primeira vez na vida, tinha conseguido finalizar todo o meu exercício de férias[34] em tempo recorde e, agora, já não havia mais o que fazer para me ocupar, o que me deixava com muitas horas livres para pensar em tudo o que eu queria esquecer.

O dia do voo dele fora o mais difícil. Perdi as contas de quantas vezes eu me peguei olhando pela janela do quarto, na esperança de ele aparecer na minha casa, me pedindo desculpas, dizendo que pensara melhor e decidira ficar no Japão comigo.

34 No Japão, os professores costumam deixar exercícios para os estudantes realizarem durante as férias escolares.

Doce ilusão. Mandei uma mensagem para a Kaori, e ela me confirmou que Aki tinha voltado para a China. Ela sabia disso porque a Hirano-que-não-era-sensei ligara do aeroporto para o Shimada-sensei, para se despedir e informar que ela e Aki já estavam embarcando.

Aki, ou Yuen, fora mesmo embora. Para a vida que ele não suportava e da qual tentara fugir uma vez... Mas que era segura e confortável. E que valia muito mais a pena do que ficar comigo. Sua verdadeira identidade enfim se mostrava: ele não se importava com ninguém, só com ele mesmo.

A companhia da minha mãe me ajudava a distrair um pouco a mente. Como ela precisava ficar de repouso, papai e eu nos revezávamos nas tarefas domésticas. E como ele era muito melhor nisso, acabava que eu passava o dia quase inteiro fazendo companhia para a minha mãe. Ela até tentou me ensinar a tricotar, mas não deu muito certo; minha coordenação motora para trabalhos manuais não ajudava nem um pouquinho. Então, brincávamos com jogos de tabuleiro e conversávamos muito, principalmente sobre o bebê, que era o assunto preferido dela e do qual eu não tinha mais ciúmes. Quando o papai se unia a nós, assistíamos a filmes e programas de comédia na TV. E como a mamãe dormia muito, eu aproveitava esses momentos para estudar ou, depois que já havia terminado minhas atividades de férias, para ler um pouco.

Era o que eu fazia naquela tarde quando o papai bateu na porta do meu quarto e entrou, perguntando se podíamos conversar. Deixei o livro de lado e aguardei que ele entrasse e se sentasse na ponta da minha cama, iniciando o assunto que tinha ido tratar.

Assunto este que foi uma surpresa para mim.

— Foi a sua avó, não foi?

Franzi a testa, sem entender ao que ele se referia.

Percebendo minha incompreensão, ele explicou:

— Sua avó te disse algum absurdo para te fazer tomar a atitude estúpida de fugir de casa, não foi?

'Estúpida' era a classificação perfeita para minha atitude, sem dúvidas.

Desde o ocorrido, meus pais não tinham mais tocado no assunto, mas eu sabia que, cedo ou tarde, ele voltaria a ser mencionado. Apenas não consegui entender de onde vinha tanta certeza de que minha avó dissera algo. Mamãe também havia me perguntado isso, no hospital.

Eu não queria causar ainda mais intrigas na família, mas como não era muito boa em mentir, acabei contando a verdade:

— É, ela disse, sim. Mas como o senhor sabia?

Papai soltou um suspiro ao mesmo tempo cansado e revoltado. Em seguida explicou:

— Deduzi. Afinal, essa não é a primeira vez que ela faz algo assim. Não se lembra do seu aniversário de cinco anos?

Movi a cabeça em uma negativa. Ainda forcei a mente para tentar me lembrar, mas tudo o que me veio à cabeça foram alguns flashes. Minha adoção tinha saído há poucos dias e era o meu primeiro aniversário fora do orfanato. Eu usava um vestido cor-de-rosa bem rodado e cheio de babados e rendas, e... É verdade, minha avó estava na festa. Mas eu não me lembrava de mais nada e sentia uma leve dor de cabeça quando me forçava a isso.

Papai notou que eu, de fato, não me recordava. Então relembrou a história:

— No meio da festa, você desapareceu. Rodamos a casa inteira à sua procura e nada. Saí para te procurar pelas ruas e logo te encontrei. Você estava bem na esquina da nossa rua, sentada, encolhida na calçada atrás de uma árvore e chorando. Sua mãe e eu tivemos que insistir muito para que você nos contasse por que tinha tentado fugir daquele jeito.

Como se fosse uma espécie estranha de magia, tal relato fez com que eu me recordasse de tudo. Claro, como pude esquecer?

— A vovó me mandou ir embora — contei. Agora as lembranças eram tão claras quanto água. Conseguia me lembrar até das feições dela enquanto me dizia aquilo. — Falou que eu não era bem-vinda e que ninguém aqui em casa gostava de mim. Me mandou voltar para o orfanato, e eu tentei fazer isso. Mas, quando cheguei à rua, percebi que não sabia o caminho. — E como eu saberia, né? Era apenas uma criança pequena.

Não era vergonhoso eu fazer algo assim com cinco anos de idade. Vergonha eu sentia por repetir a mesma atitude dez anos depois.

Achei que, tirada a dúvida sobre a culpa da minha avó nisso tudo, o papai fosse dar o assunto como encerrado. Mas, para o meu desespero, ele prosseguiu:

— E, dessa vez, para onde pretendia ir?

— Não ia procurar minha família biológica — argumentei. Em parte, para livrá-lo daquela suspeita, se é que ele também a tinha. Em outra, para tentar fugir da resposta verdadeira.

O que não adiantou.

— Isso foi ideia da sua mãe, Umi. Essa hipótese nem passou pela minha cabeça. Diga, para onde pretendia ir?

Com seu jeito sério costumeiro, papai aguardava pela resposta. Sem saída, vi-me obrigada a ser sincera com ele:

— Para Xangai.

Ele levou um susto. Fechou os olhos, tampou o rosto com uma das mãos e moveu a cabeça em um movimento negativo.

— Meu Deus... — Foi tudo o que ele conseguiu pronunciar.

Envergonhada, tentei me desculpar mais uma vez:

— Me perdoe, papai.

Quando ele tirou a mão da frente do rosto, percebi que parecia furioso. Porém, incrivelmente a raiva dele não era exatamente de mim.

— Foi aquele chinês, não foi? Foi ele que colocou ideias na sua cabeça. Me dê o endereço dele. Eu vou até lá, e...

Papai se levantou, indignado. Fez menção de sair do quarto e mostrou apenas esperar que eu desse uma resposta para que ele pudesse fazer isso. Mas conteve-se quando eu contei:

— Ele já voltou para o país dele.

Meu pai me olhou, incrédulo.

— Depois do que aconteceu com a sua mãe, ele te deixou?

Pensei em dizer que ele tinha me deixado exatamente pelo que acontecera à minha mãe e por eu ter decidido ficar. Mas, vendo como o papai parecia incomodado com aquilo, resolvi deixar de lado.

— Não se preocupe, papai. Isso já não importa mais.

Ouvi os passos no corredor ao mesmo tempo em que papai perguntava:

— E você gosta dele?

Achei incomum aquela pergunta vir justamente do meu pai. Não que nosso relacionamento de pai e filha fosse distante ou coisa do tipo, mas não costumávamos ter esse tipo de conversa. Ele sempre deixara claro que me via ainda como uma criança e parecia sequer cogitar a hipótese de eu gostar de algum garoto.

Porém, fui bem sincera na resposta:

— Não — sim, essa resposta foi sincera. — Gosto de quem eu achava que ele fosse.

De repente, a voz da minha mãe invadiu o quarto:

— Ah, minha querida!

Olhei para a porta e a vi entrar, vindo se sentar ao meu lado na cama e segurando a minha mão direita entre as suas.

Com a voz e o olhar doce, ela começou a contar:

— Quando eu tinha a sua idade, também sofri demais por um garoto. Ele não me respeitava. Saía com outras meninas, me tratava com ignorância, não gostava de trabalhar nem de estudar e vivia discutindo com a minha mãe. É claro que foi um alívio para toda a família quando eu me separei dele. Só que eu o amava demais e sofri muito.

— Nossa, mamãe! — exclamei, comovida. — Eu nunca soube disso. Como conseguiu superar?

Ela sorriu, declarando:

— Depois de dois anos, reatamos, e eu me casei com ele.

Meu queixo caiu. Olhei para o papai, que fez bico, parecendo não gostar de ouvir – e de relembrar – aquela história.

— Papai! — exclamei, assombrada. — Eu não acredito nisso!

Papai colocou a mão sobre o ombro da minha mãe, e ela, rindo, explicou:

— Ele mudou, Umi-chan. Porque também gostava de mim, e o tempo de separação fez com que pensasse nas atitudes e no jeito dele. Foi por mim que ele mudou. Compreendeu que, de outra forma, não me teria de volta.

Vencida, também sorri. Quem diria que meu pai, aquele homem tão sério e responsável, pudesse ter sido tão diferente quando era jovem? Mais do que isso: quem diria que aquele homem tão firme e teimoso pudesse ter mudado seus hábitos e sua personalidade por amor?

Pensar naquilo, confesso, me deu esperanças que, eu sabia, não deveria ter.

— Acha que o Aki pode mudar, mamãe? — Ouvi minha voz a perguntar, sem que eu ao menos me desse conta.

Ela ia responder, mas o meu pai adiantou-se:

— Não conte com isso.

— Querido! — mamãe o repreendeu.

— Não quero que a Umi alimente esse tipo de esperança. Eu sei que eu mudei, mas... algumas pessoas não mudam nunca. Umi não deve sofrer esperando por ele.

Mamãe ainda insistiu, e os dois começaram uma espécie de discussão sobre a possibilidade ou não de alguém mudar por amor. Mas eu não dei mais atenção, pois minha mente logo se distraiu, voltando a pensar no Aki. Senti meu peito apertado com a saudade absurda que sentia dele. Era uma boba por me sentir assim.

Papai tinha razão: eu não deveria sofrer esperando por ele.

Apesar de, no fundo do meu coração, eu saber que iria esperá-lo.

Ainda que eu voltasse a me apaixonar e o tempo passasse... e eu me casasse, tivesse uma vida com outra pessoa... ainda assim, não iria esquecer o Aki.

No fundo, eu ainda o esperaria. Para sempre.

AKI

Xangai — China.

Alguns dias depois.

Após bater duas vezes na porta, ouvi a voz de Mari dizendo para que eu entrasse, e assim o fiz. Encontrei-a deitada de costas na cama, com o celular à frente do rosto, digitando algo.

— De novo neste celular? — impliquei.

Mari ergueu o tronco, sentando-se na cama, e perguntou, com seu bom humor característico:

— Ainda vai precisar dos meus serviços hoje?

— Não, vou a uma festa.

Sabia que não precisava de maiores explicações. Mari já conhecia bem o esquema: salvo algumas exceções, eu nunca fazia questão de que ela me acompanhasse nas festas. Os lugares que eu frequentava eram, em geral, barulhentos e um tanto desagradáveis para ela. Sem contar que Mari era como uma irmã para mim, então, caso ela fosse, eu não teria total liberdade para me aproximar de outras garotas, tendo em vista a minha preocupação de que, ao deixá-la sozinha, caras bêbados e inconvenientes a incomodassem. Não que ela não soubesse (muito bem) como se defender, mas eu sabia que eram situações em que ela geralmente não se sentia à vontade. Portanto, optava sempre por levar outro de meus guarda-costas.

— Achei que tivesse dado um tempo nas noitadas — ela comentou, também implicante. O comentário tinha sentido, já que, tirando dois ou três jantares, aquela era a primeira noite em que eu sairia desde que voltara para casa.

— Andei cansado, apenas isso.

— Sei. — Ela olhou para o celular quando um som anunciou a chegada de uma nova mensagem. Leu em poucos segundos e tornou a olhar para mim, perguntando:

— Não quer saber notícias do Japão?

Mostrei-me indiferente, respondendo com outra pergunta:

— De novo falando com o professor?

— Na verdade, no momento, não. Estou falando com a Natsu. Quem melhor para me manter atualizada de tudo o que acontece por lá?

Franzi a testa, intrigado.

— Natsu? Achei que ela não gostasse de você.

— E não gostava. Ela me achava uma professora suspeita e, vamos combinar, foi mais esperta do que todos vocês por perceber isso. Mas, segundo ela, minha verdadeira identidade é muito legal, e isso de ser guarda-costas é muito 'tipo filme americano'.

Sem nem perceber, acabei rindo. Natsu era uma garota engraçada, não poderia negar.

— E aí, quer ou não saber o que anda acontecendo no Japão? — Mari insistiu.

Tentei mudar de assunto:

— Vim só avisar que estou saindo e contar que vamos para Pequim. Faça sua mala. Terá um show lá que não perderei por nada.

Mari, no entanto, manteve-se me olhando com uma expressão de quem não havia escutado uma única palavra do que eu dissera e ainda aguardava por uma resposta ao seu questionamento.

— Você me ouviu? — perguntei.

O que ela disse a seguir me pegou de surpresa:

— Ela está sofrendo muito com a sua falta.

As palavras me atingiram como uma punhalada certeira no peito. Minha mente ecoava aquela informação, ao mesmo tempo em que eu lutava para manter uma barreira que me impedia de, efetivamente, refletir sobre aquilo. Aliás, era o que eu vinha fazendo desde que voltara para Xangai: policiando-me para não pensar nela. Nem mesmo para tentar odiá-la, como geralmente fazia com todos que iam contra as minhas vontades, pois, quando tentei, vi-me completamente frustrado. Odiar uma menina tão doce quanto Umi seria impossível. Tão impossível quanto não a amar.

Que inferno. Por que ela mexia tanto comigo?

— Já disse o que vim avisar — comentei, por fim. — Não se esqueça de arrumar a sua mala. As passagens já estão compradas, vamos depois de amanhã à noite.

Dito isso, saí do quarto, batendo a porta como me era de costume.

UMI

Tóquio – Japão

Acho que eu nunca tivera férias tão longas e produtivas em toda a vida. Conseguira fazer toda a lição de férias, arrumei o meu quarto (coisa que sempre demorava muito para ter coragem de fazer), li vários mangás e alguns livros, coloquei a maioria das minhas séries em dia... além disso, ajudei o papai com a casa e ainda tentei aprender – sem muito sucesso, mas ao menos tentei – a fazer tricô. Tudo isso me deixava com pouco tempo livre para pensar. Agora faltavam apenas dois dias para a volta às aulas, e o tempo ainda se arrastava. Pela primeira vez na vida, eu torcia para as férias chegarem ao fim, e até mesmo prometia a mim mesma que enfim seria uma boa aluna. Ia chegar sempre no horário e tentaria não dormir nas aulas. Quem sabe conseguiria até tirar boas notas, especialmente em Matemática. Disposição para manter minha mente ocupada era o que não me faltava.

Eu até tinha conseguido passar cinco dias inteiros sem chorar pelo Aki. Ok, eu tinha chorado um pouco no dia anterior, mas foi porque bati o dedinho do pé na quina da mesa da cozinha (doeu muito!). Não foi pelo Aki. Tá, talvez eu tenha chorado um pouco demais. Talvez a dor nem fosse tão forte para isso. E talvez – só talvez – eu tivesse aproveitado a oportunidade para direcionar só um pouquinho da saudade do Aki no choro. Mas bem pouquinho mesmo! Porque só quem já bateu o dedinho do pé numa quina sabe quantas lágrimas isso merece.

E eu sabia disso muito bem. Os dedinhos dos meus pés deviam ser equipados com uma espécie de ímã para quinas. Sei lá!

Bem, mas o que importava era que eu estava há cinco dias sem chorar pelo Aki e, antes da última crise de choro, eu tinha conseguido me manter outros quatro dias seguidos sem desabar. Antes disso, foram seis (o meu recorde). E eu contava esses dias e os anotava na minha agenda como se estivesse em algum programa de recuperação de alguma dependência química. Era como eu me sentia, na verdade: vivendo um dia de cada vez. Contando cada dia que conseguia passar sem chorar por ele. Algum dia, conseguiria também contar o tempo que passava sem pensar nele. Mas isso, certamente, ainda iria demorar um pouco para acontecer.

Os piores momentos, no entanto, ocorriam à noite, quando as luzes da casa eram apagadas, meus pais iam dormir e tudo ficava em silêncio. Aí eu pensava muito nele; a dor da saudade parecia muito mais forte do que durante o dia. Pensava em que horas deveriam ser em Xangai e no que ele estaria fazendo naquele momento. Aí eu o imaginava em festas, cercado de garotas bonitas, contando sobre o que viveu no Japão ao lado de uma *gaijin* idiota e dando boas risadas. Enquanto eu sofria pela falta dele, ele deveria estar curtindo sua boa vida. E, quando eu pensava nisso, decidia que não me importaria mais. Iria, no dia seguinte, comprar roupas novas, ficar bem bonita e procurar um namorado que fosse muito mais gato do que ele. Mas eu sabia que não faria nada disso. Então me consolava pensando que, por mais que tentasse, o Aki – ou Yuen – jamais encontraria uma garota mais legal do que eu.

Talvez até encontrasse, mas eu preferia acreditar que não.

As noites, definitivamente, eram péssimas. Mas os dias não eram tão melhores assim, porque eu me lembrava dele o tempo todo, em cada atividade da minha rotina.

Pensando nisso, achava que voltar para a escola talvez não fosse uma boa opção. Sabia que me lembraria dele no trajeto até o colégio, ao passar pelo parque, pelo lago, pela igreja... ao entrar na sala de aula e ver o lugar dele vazio ao lado do meu.

Ai, que droga! Só de pensar nisso, já começava a me dar vontade de chorar de novo. Respirei fundo e mudei o foco. Não iria arruinar uma contagem de cinco dias. Estava a dois de bater meu novo recorde!

Continuei dobrando a roupa recém-lavada que tinha tirado do varal e estava arrumando sobre a cama dos meus pais. Já dobrava a última peça quando mamãe entrou no quarto.

— Prontinho! — anunciei, mostrando que terminara o trabalho — Precisa de mais alguma coisa, mamãe?

Ela sorriu e fez uma sugestão:

— O dia está tão bonito. Por que não chama suas amigas para dar um passeio?

Sabia que deveria aceitar a sugestão. Quem sabe no passeio não arrumasse um namorado muito mais gato que o Aki? Porém ainda não me sentia bem para isso.

— Não posso te deixar sozinha, mamãe.

A resposta era verdadeira. Papai estava trabalhando, e, desde que a mamãe quase perdera o bebê, nós dois nos revezávamos para nunca deixá-la sozinha. Mas, para mim, isso não era difícil, já que eu raramente andava saindo de casa. Natsu às vezes me chamava para um cinema, lanchonete ou outro passeio qualquer, mas eu negava na maioria delas. Não me sentia animada em sair.

Sabendo que minha mãe na certa iria insistir dizendo que eu precisava me divertir, eu fui mais rápida em anunciar que iria arrumar a cozinha, mesmo sabendo que já estava arrumada. Mas pensei que seria interessante mudar as coisas de lugar. Talvez colocar os pratos no armário dos copos e vice-versa. Variar é legal, às vezes.

Eu já ia saindo quando a mamãe me chamou:

— Umi-chan?

Ao me virar e tornar a olhá-la, percebi que estava diferente. Seu semblante, antes descontraído, agora mostrava-se sério, parecendo preocupado e um tanto triste.

— Umi-chan, podemos conversar um pouco?

— Aconteceu alguma coisa, mamãe? — Na verdade, o que eu me perguntava era 'eu fiz alguma coisa, mamãe?'.

Depois da última que eu tinha aprontado com ela, ficou em mim um poderoso complexo de culpa.

— Sente-se um pouco.

Obedeci, sentando-me sobre a cama de casal. Minha aflição só aumentava. Não me recordava de ver a minha mãe assim tão séria.

Ela foi até o armário e abriu as portas de correr. Ficando nas pontas dos pés, apanhou uma caixa de madeira, do tamanho dessas de sapato, na parte de cima do móvel. Depois levou-a até mim e a pôs sobre a cama, onde também se sentou, começando a falar:

— Umi-chan, você seria capaz de me perdoar?

Eu me assustei com a pergunta, principalmente porque nunca imaginei minha mãe fazendo algo que pudesse me fazer qualquer mal.

— Mãe, a senhora está me assustando — Ri, tentando aliviar o clima.

Mas ela permaneceu séria.

— Nunca quis te mostrar o que tem nesta caixa. Queria me livrar de tudo isso, para nunca ter que te mostrar. Mas o seu pai me fez guardar, alegou que você tinha o direito de saber de tudo algum dia, e hoje sei que ele sempre teve razão. Eu ainda tenho medo de que você sofra com isso, ou que decida ir procurá-la. Mas tem todo o direito de fazer isso, se quiser, e poderá contar com o meu apoio.

— Do que você está falando, mamãe? Procurar quem?

— A sua mãe.

A resposta me pegou de surpresa e me fez sentir como se uma faca estivesse sendo cravada em minha garganta. Mas não levei nem dois segundos para retrucar:

— Minha mãe é a senhora. — Levantei-me, aflita. — A senhora tinha razão, não quero saber o que tem aí dentro.

— Sente-se, Umi. Por favor.

Inquieta, ainda me mantive um tempo de costas para ela antes de obedecer, mesmo contra a minha vontade. Eu me sentia prestes a encarar a pior tortura da minha vida e não queria continuar ali.

Percebendo que eu estava prestes a chorar, mamãe segurou a minha mão.

— Me perdoe, querida. Como eu queria que este momento nunca chegasse. Mas é a sua vida, sua história, sua identidade... e você precisa saber.

Identidade? Mamãe estava dizendo que sabia quem eu era? E que isso cabia dentro daquela caixa de madeira?

Levando em consideração todo o conflito interno que vivi durante toda a vida, eu deveria estar com raiva por ela ter me escondido aquilo até aquele momento. No entanto, o pavor que eu sentia ao pensar sobre o que haveria naquela caixa era tanto que, por mim, eu morreria sem saber de nada.

Mas aquilo já não era mais uma opção. Mamãe começou a contar:

— Logo que saiu a sua adoção, uma das freiras do orfanato nos contou a sua história. Você tinha trinta e dois dias de vida quando foi deixada dentro de uma caixa de papelão, em frente ao portão principal do orfanato. Te encontraram pela manhã, bem cedo. Estava com a pele arroxeada pelo frio e um pouco desidratada, mas não chorava.

— Eu desconhecia a parte da caixa — declarei. A parte de não chorar mamãe já mencionara outras vezes, para reforçar o quanto eu sempre fui uma 'criança boazinha'. Mas eu imaginava uma cena mais bonitinha, tipo um bebê em um cesto, enrolado em uma mantinha, não em uma caixa de papelão ao relento.

Mamãe prosseguiu, abrindo a caixa e tirando de lá um macacãozinho azul.

— Você usava esta roupinha aqui. — E tirou também um par de sapatinhos, luvas e um gorrinho, todos brancos. — E mais isso aqui. As irmãs guardaram tudo e me deram de recordação.

Franzi a testa, olhando para o traje que ela colocava sobre a cama.

— Isso é roupa de menino! — Mamãe riu levemente. Mantinha a tampa da caixa semifechada, de modo que eu não visse o que ainda estava lá.

— Guardei essa roupa com muito carinho. Sempre gosto de olhá-la e tentar imaginar você nesse tamanhozinho. Que bebê lindo deve ter sido! — Momento mãe coruja de volta!

— É só isso, mamãe?

— Ah, não. Você foi encontrada com essa roupa e... — apontou para o meu pescoço — com este colar envolvendo seu corpo quase inteiro.

Assustada, levei as mãos ao pingente com desenho de anjo.

— Mas... não foi um presente das irmãs, dado a todas as meninas quando são adotadas?

— Foi a história que eu te contei quando você já estava um pouco maiorzinha. Você sempre teve esse colar. Sempre foi seu, desde que foi encontrada.

Aquilo, sim, era uma surpresa. Se eu soubesse desde o início, nunca teria usado tal lembrança.

Decidida, mamãe abriu a caixa totalmente, revelando o que ainda existia lá dentro. Era um papel dobrado. Uma carta. Voltei a me levantar, em pânico.

Não me interessava o que era, eu não queria ler. Naquele papel poderia estar todo o meu passado, mas eu, por qualquer razão, não queria mais saber. Senti um calafrio estranho percorrendo o meu corpo e logo identifiquei tal sentimento: medo. Eu estava, na verdade, apavorada. Se me perguntassem o motivo exato daquele pavor, eu não saberia responder.

Como era possível que a verdade – a minha própria verdade – fosse tão apavorante?

Parecendo entender aquilo melhor do que eu mesma, mamãe se levantou e segurou minhas mãos junto às suas. Olhando-me nos olhos, garantiu:

— Nada vai mudar, meu amor. Nada. Isso é só passado. Mas, por mais que seja doloroso, você precisa conhecê-lo.

— Por que a senhora está fazendo isso comigo? — perguntei. Enquanto ela se culpava por ter me escondido aquilo por tantos anos, eu a culpava por estar me mostrando naquele momento.

Era injusto da minha parte, mas ela pareceu relevar e, ainda apertando minhas mãos, pediu:

— Precisa ser forte, filha.

Acho que aquele 'filha' no final foi o que me deu coragem para aquilo. Tive a certeza de que, de fato, nada mudaria. Como mamãe dissera, era só passado, não era? E era o meu passado. Uma coisa era eu desconhecê-lo por falta de oportunidade. Outra, era essa oportunidade estar ali, bem à minha frente, e eu negá-la.

Então, respirei fundo e peguei novamente a carta. Tive o cuidado de me sentar antes de abri-la. Era uma folha de caderno, levemente amarelada, com os ideogramas japoneses escritos numa caligrafia torta e em caneta azul. Fechei os olhos por uns três segundos antes de voltar a abri-los para começar a leitura.

Chiba, 18 de abril.

Esta viagem de intercâmbio aconteceu no momento certo e teve a duração certa. Meus pais não podem nem sonhar com toda essa história de gravidez e nem imaginam que vim para cá com alguns dias de gestação. Dez meses, era o tempo de que eu precisava para voltar para casa sem barriga. Porém, também não posso aparecer lá com um bebê. Só tenho dezesseis anos, eles me matariam.

Não tive coragem de abortar. Levei tudo até o final, mas não posso ficar com ela.

Sei que cuidarão bem dela e que encontrarão bons pais. É um bebê muito bonito, parece com as bonecas que eu tinha quando mais nova. Parece um pequeno anjo. Sei que estou fazendo o melhor para ela e que Deus irá me perdoar por isso. Mas não espero que ela me perdoe.

Eu não posso ser uma boa mãe. Não a odeio, mas também não sou capaz de amá-la.

Sei que lhe darão um nome japonês. Mas, se algum dia ela perguntar, digam que eu lhe chamava de Alice, que era o nome da minha falecida avó. Digam que nasceu no dia 17 de março, pela manhã, que pesava exatos três quilos, mas não me lembro de quanto media. Me falaram, mas não lembro mais.

Volto para o Brasil na esperança de que ela seja feliz.

M.S.F

Ao terminar de ler, meu corpo se encontrava em um estado letárgico. Meus músculos tremiam involuntariamente, como se a temperatura tivesse caído abruptamente. Minha mente estava em estado de completo caos, com as palavras lidas berrando, ecoando incessantemente em meus ouvidos.

Tudo era, ao mesmo tempo, íntimo e distante. Oras, era apenas uma carta escrita por uma menina da minha idade, desnorteada, confusa e egoísta. Como a

adolescente que rabiscara aquelas palavras, numa caligrafia torta e tremida, poderia ser minha mãe?

Pensei no meu irmão, um bebê que ainda nem havia nascido, mas que já era tão esperado e tão amado. Porque ele era muito desejado, já há muito tempo.

Aquela menina que assinava ali com uma sigla no lugar do nome jamais me planejara ou desejara. Eu fui apenas um problema em sua jovem vida.

Pensar nisso fez os meus olhos começarem a transbordar. A dor que rasgava a minha garganta era tanta que tentou se aliviar num forte soluço. E em mais outro, e outros... e muitos. Então, a doce Matsuo Rei me abraçou. A mãe que me escolheu e me amou, depois que uma menina assustada me deixara na porta de um abrigo, alegando não ser capaz de me amar.

Senti o tanto que eu, agora, era amada. E isso deveria bastar.

Capítulo catorze

十四

A Decisão de Aki

AKI

XANGAI – CHINA

— Entra — pediu a voz de Mari, quando bati na porta de seu quarto.

Entrei, dando-lhe bom dia. Apesar de já passar de três da tarde, eu tinha acabado de acordar. A noite fora longa.

Ela estava sentada sobre a cama, mas meus olhos focaram-se diretamente nas três grandes malas ao seu lado. Estranhei aquilo.

— Para que tudo isso? — perguntei, confuso. — Ficaremos em Pequim apenas um final de semana.

Mari soltou um suspiro, e começou a falar:

— Huang, a gente precisa conversar.

Ao ouvir tal frase, eu de imediato tive um péssimo pressentimento. Era óbvio que boa coisa não viria da tal conversa. E minha suspeita foi confirmada quando ela confessou, em um só fôlego:

— Decidi voltar para o Japão.

Franzi a testa, tentando encontrar sentido naquelas palavras. Antes que conseguisse esboçar qualquer reação, Mari prosseguiu em suas explicações:

— Eu amo aquele país. Amo um homem que está naquele país. Não consigo parar de pensar nisso desde que voltei para cá, e...

Eu a interrompi, enfim tendo alguma reação. E esta foi explosiva.

— Você enlouqueceu? — gritei, revoltado. — Você passou o quê? Uma semana com aquele professor? Desde que voltou que vocês se falam o dia inteiro, mas... Amor? Que exagero é esse?

— Sentimentos não têm um prazo pré-estabelecido para surgirem.

— Isso pode nem dar certo! E você acha que vai viver de que por lá?

— Sabe que tenho minhas economias e que minha mãe me deixou algum dinheiro. E pretendo trabalhar também, além de estudar. Quem sabe enfim fazer uma faculdade.

— Você nunca *quis* fazer faculdade.

— Eu sei. Sei que não teria qualquer problema para cursar um nível superior, apenas nunca tive vontade, por não ter, até então, descoberto a minha vocação. Mas agora eu sei. Ser professora foi uma das experiências mais maravilhosas e gratificantes que já tive. E é isso o que eu quero para a minha vida.

— Mari, pensa bem no que você está fazendo — insisti, agora controlando um pouco o tom de voz. — Não é apenas um bom emprego que você está jogando no lixo, mas uma amizade de uma vida inteira.

Imaginei que ela enfim tivesse pensado a respeito, já que, nesse momento, os olhos dela rapidamente se inundaram. Porém, ela moveu a cabeça em negação, antes de responder:

— Não sou eu que deveria ficar, Huang. Você é que deveria ir comigo, não entende? É você que está jogando fora não só a nossa amizade, mas a sua liberdade, sua felicidade e o seu amor pela Umi.

Impaciente, passei as mãos pelos cabelos e, bufando, pus-me a andar de um lado para o outro pelo quarto, enquanto esbravejava:

— Você tinha que falar sobre ela, não é? Não perde uma oportunidade para isso!

— É para ver se você acorda — ela retrucou, enérgica. — Olhe à sua volta. Você é terrivelmente infeliz dentro dessa casa. Você não gosta do seu pai, nem da forma como ele ganha dinheiro. Você gosta de Tóquio. Você gosta da Umi.

— Pare de falar bobagens! Ela é só uma garotinha.

— É a 'garotinha' que você ama.

Balancei a cabeça, vendo-me sem respostas. E odiava quando isso acontecia. Ao contrário do 'Aki', eu sempre soube muito bem do que gostava e o que queria, e jamais ficava sem argumentos. Mas o que iria dizer? Infelizmente, não podia negar que gostava – e muito – daquela menina que deixara no Japão. Mas precisava esquecê-la para o meu próprio bem e, acreditava, para o dela também.

Ela merecia muito mais do que aquele playboy babaca que eu era.

Conseguir enxergar e admitir isso talvez fosse parte de um resquício do maldito Aki, que talvez ainda restasse em mim.

Respirando fundo, optei por aceitar a decisão que Mari fizera. E perguntei:

— Você precisa de algum dinheiro?

Ela sorriu de forma carinhosa e um tanto triste.

— Não, Huang. Eu preciso de que você vá comigo.

— Se não precisa de nada, faça uma boa viagem. Manda alguma notícia quando chegar lá.

E, sem que desse tempo de ela responder qualquer coisa, eu simplesmente virei-me e saí do quarto. No corredor, decidi que minha viagem para Pequim ficaria para a manhã seguinte. Agora queria sair um pouco, beber, tentar me divertir... tentar esquecer um pouco todo aquele estresse.

Assim, peguei as chaves do carro e saí de casa, dispensando o segurança quando este se prontificou a me acompanhar.

UMI

Tóquio – Japão

O primeiro dia de aula estava sendo melhor do que eu esperava. A parte mais legal foi rever as minhas amigas. Suu-chan me cumprimentou, animada, com um forte abraço, e a Kaori-chan até respondeu ao meu bom-dia!

Algumas coisas mudaram. Bem, eu continuava a ser tratada com desprezo pela maioria dos meus colegas de turma, mas o Yoshinari já não me encarava mais de cara feia como costumava fazer. Acho que parte disso veio do fato de ele ser amigo do Katsura, que era agora amigo colorido da minha amiga Kaori. O Ken saiu da escola; estava preso pelos crimes que cometeu. Sei que não era uma situação para se animar – já que, por pior que ele fosse, confesso, sentia pena dele. Tão jovem e já preso. Mas preciso ser sincera: o clima no colégio, para mim, estava bem mais leve só de saber que ele tinha ido embora. Outra coisa que mudara fora a nossa professora de História. A nova não era tão simpática quanto a Hirano-sensei. Na verdade, eu sequer usaria a palavra 'simpatia' em relação a ela. Era uma senhora de uns cinquenta e poucos anos, bem rígida e mal-humorada. Logo percebi que seria difícil manter a promessa de não dormir mais durante as aulas, até porque a dela era logo no primeiro horário.

Ah, e é claro: outra grande mudança era que o Aki não estava mais na escola. Mas eu tentava não pensar mais nisso. Tentava me distrair prestando atenção às aulas. Até consegui entender uma explicação de Matemática, me senti muito inteligente!

Kaori tinha sentado ao meu lado e, pelo que entendi, ela e a Natsu combinaram de revezar: cada dia uma delas me faria companhia. Kaori-chan ainda resmungou, dizendo que não se incomodaria de ficar sozinha todos os dias, mas a Suu insistiu que seria melhor seguirem o esquema que ela criou (e argumentou que seus esquemas eram sempre perfeitos e incontestáveis).

Acabávamos de voltar do intervalo. Suu-chan foi ao banheiro enquanto Kaori e eu já estávamos na sala, esperando pelo professor que daria a última aula do dia (minha aula preferida: Biologia! Shimada-sensei ainda era o professor mais perfeito do mundo, em todos os sentidos... ai, ai...). Foi então que o Katsura passou pela porta da sala e acenou para a Kaori, sorrindo. Ela, embora emburrada, respondeu discretamente ao aceno. Não resisti e perguntei:

— Kaori-chan... você e o Katsura não estão mesmo namorando?

— Já falei que não — ela respondeu entre dentes.

— E por que não?

Ela me encarou por um instante pelo canto dos olhos, antes de resmungar qualquer coisa não muito educada. Resolvi não insistir e mudei o assunto:

— Naquele dia lá na praça, você perguntou se eu estava bem, e, quando respondi que não, você não acreditou em mim. Por quê?

A resposta dela foi seca e direta:

— Você não sabe mentir.

E não é que ela tinha razão? Era surpreendente que até a Kaori-chan, tão na dela, percebesse isso.

Já que estávamos sendo sinceras, eu confessei:

— Não quero que as pessoas saibam que eu não estou bem. Não quero que meus pais se preocupem nem que as pessoas fiquem perguntando o que eu tenho. O que acha que eu devo fazer?

Ela novamente me encarou com o canto dos olhos e franziu a testa.

— Por que está pedindo conselho para mim?

Não era óbvio?

— Porque somos amigas.

Ela piscou algumas vezes, demonstrando que, para ela, o argumento não era nada óbvio. Então, meio relutante, confessou:

— Eu não sou boa com... isso... de amizade.

Não pude deixar de sorrir. Como a Kaori-chan podia pensar aquilo?

— Eu acho que você é ótima, e Suu-chan também acha. Você está sempre de cara amarrada, mas também está sempre do nosso lado. E nos defende. Bateu no Yoshinari para defender a Suu-chan. E eu fiquei sabendo que também bateu naquelas garotas que implicaram comigo no dia de Tanabata.

Kaori pareceu não gostar muito de saber que eu sabia daquilo. Tanto que disfarçou:

— Bati porque elas me irritaram.

— De qualquer maneira, gosto muito de você, por isso te considero como uma amiga.

— Você é estranha, Matsuo. — Ela desviou os olhos, começando a folhear o livro de Biologia — Se quer mesmo o meu conselho, acho que tem que parar de se preocupar com o que os outros pensam. Se não está feliz, não finja. Eu nunca finjo estar feliz.

— Mas você *nunca* está feliz.

— É... tem razão.

Eu ia perguntar mais alguma coisa, mas, nesse momento, ouvi a voz da Suu-chan. Olhei para a porta da sala e a vi entrar, aparentemente irritada, discutindo com alguém.

— Eu já disse que não precisa. Dá o fora!

— Tem certeza, Gallagher-san?

Era um garoto da nossa turma. Um que se sentava sempre bem lá na frente, na primeira fileira de cadeiras, usava óculos enormes, uniforme sempre bem alinhado, cabelos curtos penteados para trás e era famoso por... Bem, na verdade, ele não era famoso por nada. Não é essa a palavra que eu deveria usar. Ele era conhecido por...

Digo, 'conhecido' também não era o termo ideal. Digamos que eu reparei, e talvez tenha sido a única, que ele sempre tirava as melhores notas da turma. Só sabia disso porque eu sempre olhava o quadro de notas, só para conferir se não estava na última colocação. E de vez em quando eu estava, em algumas... tá, em muitas matérias. Mas nunca fiquei em todas, o que já era alguma coisa!

— Absoluta — Suu-chan rebateu, irritada. — Não preciso que você carregue meu material depois da aula, já disse. Agora me deixa em paz!

Dito isso, ela se afastou, vindo se apoiar na nossa mesa e resmungar:

— Que cara mais chato!

Olhei para o garoto, que foi se sentar em seu lugar e abaixou a cabeça, entristecido. Nossa, aquilo me encheu de pena!

— Tadinho, Suu-chan! — sussurrei, para que ele não me ouvisse.

Mas a minha amiga, ao contrário de mim, não sentia nada de pena.

— Tadinha é de mim! Agora que esse nerd entrou na nossa turma, eu não terei mais paz!

Como assim 'agora que ele entrou na nossa turma'? Ele sempre fora da nossa turma, desde o primeiro dia. O nome dele era... Como era mesmo? Aff, não importava! Fato era que ele não era um aluno novato. Mas a Suu-chan só agora tinha reparado na existência dele, na certa porque apenas agora ele tinha, sei lá por qual razão, puxado algum assunto com ela.

Na verdade... acho que sabia a razão, sim! Não era óbvio?

— Você e ele são... UM CASAL APAIXONADO!

Natsu me fuzilou com os olhos.

— Do que é que você está falando?

Expliquei o que para mim era tão claro quanto água:

— Porque nos mangás é sempre assim: o garoto rejeitado um dia acaba com a garota mais popular.

Estranhamente, Kaori se manifestou. E foi para fazer um comentário que fez a Natsu ficar ainda mais furiosa:

— A Gallagher não é lá muito popular.

Suu-chan abriu a boca para contestar, mas eu fui mais rápida em explicar o meu comentário:

— Isso é relativo. De nós três, ela é a mais popular. E perto dele, então...

— Cala a boca, Umi! — Natsu ordenou, com o rosto quase tão vermelho quanto o seu cabelo. Sei lá se era raiva, vergonha, ou as duas coisas juntas. — A vida real não é um mangá, sua louca!

É, ponto para ela. Infelizmente, a vida não era mesmo como os mangás que eu gostava de ler e que sempre, sempre, tinham um final feliz. Se fosse assim, aposto que aquele garoto sem memória que encontrei desacordado no dia de Tanabata seria mesmo um anjo, de verdade, e não o filho idiota e mimado de um milionário chinês.

Meus pensamentos foram (para o meu alívio) cortados pelo professor que entrou na sala nesse momento, cumprimentando os alunos.

Meu querido Shimada-sensei, ai, ai...

A Natsu voltou para o lugar dela, e eu abri o livro, tentando prestar atenção à aula. Mas não consegui. Nem mesmo a perfeição do Shimada-sensei me fazia parar de pensar naquele chinês idiota. No meu suposto anjo sem asas.

E o que é um anjo sem asas, senão uma pessoa comum e imperfeita? Um anjo de mentira.

AKI

Ainda não eram duas da manhã quando decidi que a festa estava chata demais e que seria melhor ir para casa. Mas não iria sozinho. Resolvi levar Liang, uma bela e fogosa garota que conhecera naquela mesma noite e que de pronto aceitara o convite para conhecer a minha mansão.

No caminho, ela me contara praticamente toda a sua vida, mas confesso que não prestei muita atenção. Desviei minha mente, passando a me amaldiçoar por ter saído sem segurança nem motorista. Havia bebido pouco, mas o suficiente para meus reflexos ficarem levemente alterados, o que me deixava um pouco apreensivo em ter que dirigir. Logo após essa conclusão, passei a pensar nos motivos que me levavam a ficar tão preocupado com algo que, até então, parecia costumeiro e banal. Afinal, desde quando tinha medo de dirigir depois de beber? Para início de conversa, tudo naquela noite estava incomum demais: bebera pouco, decidira ir embora mais cedo e ainda pensara duas vezes antes de convidar Liang para ir junto. Aos dezoito anos, estaria dando uma de velho, preferindo ir para casa dormir a curtir uma festa ou a companhia de uma garota?

Entrei em casa e, para provar a mim mesmo que ainda era o mesmo Huang de sempre, fui logo agarrando Liang pela cintura e beijando-a intensamente. Ela era ousada e demonstrava também estar muito a fim, o que deveria fazer com que eu fosse adiante. No entanto, por qualquer razão, eu de repente parei. Diante do olhar interrogativo que a garota – já inclinada sobre o encosto do sofá – me lançava, forcei minha mente a buscar uma explicação para minha própria atitude. Não sabia se aquela era a verdade – embora me forçasse a acreditar que sim –, mas expliquei com a primeira coisa que me ocorreu:

— Vou pegar uma bebida para a gente aquecer.

Sorrindo, ela concordou e deixou que eu me afastasse e fosse para outra sala anexa, onde havia um bar. Ao chegar lá, apoiei uma das mãos na parede que dividia os dois ambientes e soltei um suspiro de cansaço, tentando entender o que estaria acontecendo comigo. Estava com uma garota como Liang em minha casa, ansiosa por uma noite de diversão, e não conseguia parar de pensar em uma menina que estava a quase três mil quilômetros de distância. Talvez fosse o efeito do álcool que estivesse fazendo com que eu pudesse, enfim, admitir para mim mesmo que estava pensando em Umi. E que me sentia um canalha pelo que estava prestes a fazer com Liang.

— Que inferno! — esbravejei em um murmúrio.

Ainda em um esforço para ir adiante em meus planos, peguei dois copos de vidro e enchi cada um com uma dose de uma bebida destilada qualquer, enfim voltando para a outra sala. Foi então que travei, ainda próximo à porta que dividia os dois ambientes, diante da cena que encontrei. Meu pai estava ali, e, de uma forma nada discreta, sussurrava qualquer coisa para Liang, parado a poucos centímetros de distância dela. Tal cena fez meu estômago revirar.

Meu velho era um homem de seus quase sessenta anos, magro, calvo, que usava óculos grandes e quadrados sobre um nariz extremamente fino. Um homem que não se preocupava com aparência ou idade, pois acreditava já possuir o necessário para ter a mulher que desejasse: dinheiro. Muito dinheiro. Agora, chegava ao cúmulo de tentar seduzir – na certa com promessas de presentes caros – uma garota que devia ter, no máximo, vinte anos, e que estava naquela casa acompanhando o filho dele. Seu próprio filho. Que tipo de sujeito faria algo assim?

Não precisei pensar muito para chegar à resposta: meu pai era esse tipo. Sem qualquer preocupação ou respeito aos sentimentos do filho. Aos sentimentos de nenhuma outra pessoa, na verdade.

Ao notar que estava sendo observado, ele enfim me olhou e, sem qualquer vergonha de sua atitude, sorriu, soltando um comentário nada apropriado:

— Estou vendo que se deu bem essa noite.

Aproximei-me alguns passos, deixando os dois copos sobre a mesa de centro. Então, encarei o meu pai por alguns segundos, enquanto um turbilhão de coisas passava pela minha mente. Senti-me como no momento em que havia recuperado a memória, no Japão. Imagens diversas e desconexas passaram como um filme diante de meus olhos. Meu estômago voltou a revirar quando me dei conta do que acontecia. Mari tinha toda a razão: eu não deveria estar ali. Por que, afinal de contas, ainda me submetia a depender daquele homem? Por um dinheiro que, agora via com clareza, sequer me trazia qualquer felicidade?

— Eu não quero me tornar você — confessei, por fim, entre os dentes.

Meu pai franziu a testa, sem compreender. Após mais alguns instantes, continuei:

— Não quero me tornar alguém como você. Não quero achar que dinheiro é capaz de comprar pessoas, não quero me casar por conveniência, trair minha esposa descaradamente, dar a ela uma vida infeliz e matá-la de desgosto, como você fez com a minha mãe.

Ele riu. Um riso nervoso, de quem provavelmente não conseguia compreender tal reação. E respondeu:

— Ora, vamos! Por que isso agora? Sua mãe só se casou comigo por interesse, por causa do meu dinheiro. Se era infeliz e se matou por isso, não é culpa minha. Eu dei o que ela quis.

Cerrei os punhos, tentando controlar o ódio que senti. Minha mãe havia nascido em berço de ouro, tido uma infância e uma adolescência de luxo, até ver as empresas de sua família irem à falência. Toda a esperança de seus pais foi jogada em suas costas, junto à pressão para que aceitasse o pedido de casamento do rico empresário chinês que estava morando há um ano na Itália. E ela aceitou. O *status* deste casamento beneficiaria o noivo, que era rico, mas não tinha nome. O dinheiro salvaria algumas empresas da família e permitiria aos pais da noiva terem uma velhice confortável. O primeiro um ano e meio de casamento foi suportável para ela. Morava na Itália, perto de seus pais e de seus amigos. Até que veio a mudança para a China e, com isso, a depressão total. O suicídio já era anunciado e previsível, há anos. Até que um dia ele ocorreu.

Mas eu sabia, também, que meu pai não era o único responsável. Se eu tivesse sido um filho melhor; se não a julgasse; se fosse mais amigo dela; se compreendesse o seu sofrimento e fizesse algo para tentar ajudá-la... eram muitos 'se'. Mas a verdade era que de nada adiantaria levantar tais hipóteses. Minha mãe estava morta, nada iria mudar isso. E meu pai era um canalha da pior espécie, o que, fatalmente, também não mudaria. Mas talvez *eu* ainda fosse capaz de mudar. Aki era a prova disso, de que existia algo de bom dentro de mim.

— Moleque idiota — resmungou meu pai, antes de sair, subindo as escadas.

Ao segui-lo com os olhos, avistei Mari, parada em um dos degraus, olhando para a cena com um misto de confusão e orgulho.

Mudei meu foco quando senti uma mão pousar levemente em meu ombro. Não havia visto Liang se aproximar. Olhei-a e, envergonhado, pedi:

— Me desculpe por tudo isso.

Sorrindo docemente, ela moveu a cabeça em uma negativa e, em seguida, beijou o meu rosto.

— Se mudar de ideia, me procura.

E seguiu em direção à porta. Antes que chegasse lá, no entanto, voltou-se para mim quando falei:

— Eu te levo para casa.

— Não se preocupe — ela disse, mostrando-me o celular que segurava. — Já chamei um táxi.

— Desculpe novamente — insisti.

Liang sorriu mais uma vez e garantiu:

— Não tem problema. E, quer saber? Acho que você é muito melhor do que ele. Não deveria ficar cismado com isso. — Piscou um dos olhos. — Vou ficar feliz se você me ligar. Mas eu não vou esperar por isso, não. — E virou-se, voltando a seguir rumo à saída.

Logo que ela passou pela porta, Mari desceu as escadas e se aproximou de mim. Parecia pensar no que deveria dizer, mas não foi preciso falar nada, pois eu me adiantei:

— Eu tive uma chance de mudar e a deixei escapar.

— Sabe que a sua 'chance' continua esperando por você lá no Japão, não é? Anda, vem comigo.

Senti que lágrimas começaram a se formar em meus olhos, embaçando a minha visão. E não me importei em contê-las.

— Não posso ir, Mari. Não agora. Não enquanto eu não me tornar alguém melhor.

— E o que vai fazer?

— Vou embora. Minhas passagens para Pequim e meu hotel já estão pagos. Vou para lá, e... e acho que ficarei lá durante algum tempo, até decidir.

— Decida direito. Lembre-se de que tem uma menina que te ama esperando por você no Japão.

— Eu não me esqueci em momento algum.

Sabia que Mari não compreendia muito bem no que eu ainda precisava pensar, mas respeitava a minha decisão. Eu simplesmente não podia voltar para Umi do jeito que eu era. Talvez, a pessoa que me tornei enquanto estive sem memória fosse meu verdadeiro eu, minha essência, o ser humano que eu teria me tornado sem a influência do meu pai em minha criação. Mas eu precisava de um tempo para descobrir isso. Para descobrir a mim mesmo e, só então, saber se eu era digno de uma garota como a Umi.

De um anjo como a doce *Matsuo-sama.*

Abraçando-me com força, Mari falou próximo ao meu ouvido:

— Vou ficar te esperando, lá no Japão.

Não respondi. Abraçado à minha amiga, apenas fechei os olhos, deixando que mais uma lágrima corresse livre pelo meu rosto.

UMI

Os meses passam rápido. Mas, quando se está triste, parece que cada dia se arrasta. De qualquer maneira, o verão foi embora e o outono também se passou. Chegamos ao inverno. Já tinham se passado cinco meses desde que Aki voltara ao seu país, e quatro desde que a Hirano-sensei (continuava chamando-a assim, mesmo sabendo que ela não era uma professora de verdade) retornou para o Japão, sozinha. Ainda tive a esperança de que ela me trouxesse qualquer notícia ou recado dele, mas ela não me disse nada nas vezes em que nos encontramos (e eu também me controlei para não perguntar).

Meu irmãozinho nasceu um pouco antes do previsto, no dia 12 de dezembro. Precisou ficar uma semana no hospital e nos deu um grande susto. Mas, agora, já estava em casa. Era muito pequenininho. Como nascera prematuro, era ainda menor do que um bebê recém-nascido em tempo normal. Mas era muito bonitinho.

Todos falam que neném são todos iguais, mas eu sinceramente achava que meu irmão era o mais bonito de todo o berçário do hospital!

Minha família estava feliz, e eu também tentava me sentir assim. Mas, por mais que tentasse, nada preenchia o buraco que ficara no meu peito com a partida do Aki.

Eu ainda passava meu tempo tentando imaginar o que ele estaria fazendo, não deixando de sofrer ao pensar que poderia estar rindo com os amigos enquanto falava sobre mim, ou saindo com um monte de garotas bonitas. Será que teria arranjado uma namorada chinesa? E aí a tristeza dava lugar à raiva; ficava pensando que queria mais era que ele morresse. Mas minha consciência pesava, e eu tinha medo de meus pensamentos terem sido fortes o suficiente para fazer algum mal a ele.

Será que ele estava bem? Será que tinha parado com aquele vício horrível de fumar? Será que dirigia com cautela? Outro dia, vi na TV a notícia de um acidente com um ônibus na China e fui para a internet procurar a lista de vítimas... ainda que eu soubesse que o acidente acontecera em uma cidade que não era Xangai e que, ainda que fosse, o Aki milionário definitivamente não deveria andar de ônibus.

Talvez ele também pensasse em mim, ao menos uma vez ou outra. Vai ver, até se preocupava também. E se eu ficasse doente, muito doente, será que ele pensaria em voltar para me ver? Nos mangás isso costumava dar certo. E se eu morresse? A consciência dele pesaria, e ele ficaria pensando em mim pelo resto da vida? Mas, aí, já não ia adiantar de nada, já que eu estaria morta. E seria bem provável que ele nem se importasse e seguisse a vida dele, com sua namorada chinesa linda, que devia ter belos e brilhantes cabelos negros como a noite, os benditos olhinhos puxados, um metro e meio de altura e quarenta quilos. Enfim, tudo o que eu não tinha.

Fato, eu não conseguia mesmo parar de pensar nele. Talvez levasse muitos anos para conseguir.

Era um sábado, dia 23 de dezembro, quando enfim atendi às insistências da Natsu e aceitei o convite dela para irmos ao cinema, juntamente com a Kaori. Eu estava sempre inventando desculpas para não sair, mas agora, com minha mãe e o bebê fora de perigo, eu não tive mais argumentos. Se a Kaori-chan tinha dito 'sim', por que eu diria 'não'? No fim das contas, percebi que seria bom tentar me distrair um pouco.

Fomos assistir a um filme americano com um ator do qual a Suu-chan gostava muito, cujo nome eu não me lembrava porque era difícil de pronunciar (inglês nunca foi o meu forte). Uma comédia romântica, que só não me fez chorar porque precisei consolar a Suu-chan no momento em que parecia que o mocinho e a mocinha não ficariam juntos no final. Mas ficaram, e isso a fez chorar ainda mais.

Já a Kaori parecia muito ocupada se distraindo com um joguinho no celular e não prestou a menor atenção ao filme.

Logo que saímos do cinema, vibrei ao avistar uma máquina de fotos. Sem pensar duas vezes, puxei minhas amigas até lá. Enfim, eu teria fotos adesivas de nós três juntas, já que a que tiramos no baile eu perdi quando caí no lago.

Natsu não se empolgou muito com a ideia:

— Eu não posso tirar foto assim de repente. Preciso de um espelho para ver se estou bonita.

— Mas... — argumentei — Não é você que sempre diz que é linda o tempo todo?

E o argumento, claro, funcionou perfeitamente:

— É, tem razão. Vamos tirar uma foto!

Coloquei uma moeda na máquina e, com a Natsu, escolhi a moldura e os efeitos, acionando em seguida o botão do timer de disparo. Automaticamente, Suu-chan e eu fizemos pose. No entanto, quando a máquina disparou, nós duas saímos de boca aberta e cara de espanto ao perceber que a Kaori-chan, estranhamente, esboçou um leve sorriso para ser fotografada.

Teriam colocado alguma droga na pipoca do cinema? Porque aquilo só podia ser uma alucinação do tipo mais louco possível!

Quando a cartela de fotografias foi impressa, Kaori-chan retirou-a tranquilamente, deu uma breve olhada e comentou:

— Eu, hein! Vocês saíram estranhas.

Eu nem liguei para o fato da minha cara na foto ter saído horrível e, pelo visto, a Suu-chan também não. Nós duas começamos a rir e puxamos Kaori novamente para junto de nós, acionando mais uma vez o botão da máquina. A nova foto saiu com nós três sorrindo.

Saímos de lá andando a passos lentos, conversando sobre várias coisas e sobre nada ao mesmo tempo. Na verdade, a Kaori, como de costume, apenas ouvia, fingindo não nos dar atenção (na maioria das vezes acho que não era fingimento, não. Alguns assuntos nossos – a maior parte deles – realmente não a interessavam nadinha). Estava uma tarde extremamente gelada, típica do inverno de Tóquio. Nevara no dia anterior, mas um leve – e imperceptível – aumento na temperatura tinha feito com que, neste dia, a nevasca desse um tempo, o que nos possibilitou ir ao cinema.

Caminhávamos pela calçada úmida quando uma caixa de papelão embaixo de uma árvore chamou a minha atenção. Parei de andar e me abaixei para ver o que havia ali dentro, ao mesmo tempo em que fazia a nota mental da idiotice daquela atitude, pois não poderia ter nada que não fosse lixo. Na certa qualquer objeto sem valor jogado fora. No entanto, minha surpresa foi grande ao perceber que eu estava enganada. Ali, todo encolhido num canto e tremendo de frio, avistei uma bolinha de pelo que, em um primeiro momento, eu não consegui identificar se seria um cão ou um gato.

— Ai, meu Deus... — sussurrei, incrédula.

Natsu e Kaori abaixaram-se ao meu lado, também olhando surpresas para o conteúdo daquela caixa. Quando ele me viu e se levantou, constatei que era um filhotinho de cachorro. Um vira-latinha de pelo curto, preto e marrom, de orelhas levantadas e um rabo que não parou mais de balançar de um lado para outro tão logo ele nos viu. Reparei então que as pontas das patinhas dele eram brancas, o que era engraçado, pois fazia parecer que ele usava meias.

— Olha só para isso — assombrou-se Natsu. E se desesperou quando me viu pegar o bichinho — Não mexe, Umi! Ele pode te morder!

Ignorei o aviso e o abracei cuidadosamente junto ao peito.

— Ele é só um bebê — argumentei. — Pobrezinho, deve estar com frio.

E ele estava, de fato, tanto que se aninhou no meu colo enquanto tremia.

— Coitadinho! — Ouvi Suu-chan dizer ao meu lado. — O que vamos fazer com ele?

Repetindo uma cena antiga, nós duas olhamos para Kaori. Parecendo mais 'vacinada' contra nossos olhares suplicantes, ela retrucou:

— Nem adianta! Ainda tem um quarto vago lá em casa, mas não temos como cuidar de um cachorro. Eu tenho a escola e Hinoki trabalha o dia inteiro.

Eu não discuti. Tinha outra opção irresistível em mente:

— Eu vou ficar com ele! — Empolgada com minha própria ideia, eu dei um beijo no topo da cabeça do pequeno cãozinho.

Natsu contestou:

— E sua mãe vai te deixar ter um cachorrinho?

— Vai, sim!

Eu não tinha dúvidas de que iria. Já quis ter bichinhos antes, e minha mãe acabou me convencendo de que não era o momento ideal para isso. Morávamos em uma casa pequena, e um animalzinho exigiria responsabilidades, além das despesas. Mas eu sabia que, se eu contasse a ela como eu tinha encontrado aquela coisinha linda, ela o deixaria ficar.

Abandonado dentro de uma caixa de papelão, como se fosse nada. Como se fosse lixo. Tive vontade de perguntar quem é que teria a coragem – ou a covardia – de fazer algo assim a um ser indefeso. Mas a minha mente, automaticamente, me deu a resposta tanto cruel quanto realista: as pessoas faziam isso com bebês humanos também. Com seus próprios filhos. A humanidade sofria de uma falta de amor que me assustava. Talvez aquele pequeno ser nos meus braços fosse mais feliz por ser um cão e não compreender a complexidade da maldade humana. Ele estava apenas aliviado por, agora, estar seguro, aquecido e protegido, e não tinha a consciência de ter sido abandonado à própria sorte. A consciência que eu tinha e que ainda me doía demais.

Acho que iria doer para sempre.

Pensar em tudo aquilo acendeu em mim um desejo muito grande de cuidar daquele cãozinho e de protegê-lo para sempre, para que ele nunca voltasse a sofrer. E eu faria isso, pois já o amava. E, que coisa mais fofa: ele também já gostava de mim. Pude perceber isso quando ele se aconchegou junto ao meu peito e soltou um gemido baixinho, se sentindo aliviado por estar em segurança.

— Ele gosta de você! — Natsu também percebeu. E, sorrindo, passou a mão pela cabeça do cachorrinho. — Até que ele é engraçado! Que nome dará a ele, ou ela, Umi-chan?

Afastei novamente o cãozinho, dando uma indiscreta olhada na parte de baixo do corpinho dele, para constatar que era realmente 'ele'. Um 'menino'!

— Hum... não sei. Tem que ser um nome que combine com ele.

Natsu deu uma sugestão:

— Que tal Kuro?

Franzi a testa.

— Kuro?

— É! Como o youkai[35] malvado e feioso de um livro que eu li!

Achei interessante o fato de a Suu-chan ter lido um livro que tivesse mitologia japonesa como temática, já que ela geralmente só lia literatura norte-americana. Mas logo voltei a atenção para a sugestão dela em si. E não gostei!

— Youkai malvado e feioso? — Fiz bico — Mas ele não é feio!

— É, sim. — Quem afirmou foi a Kaori, com seu tom indiferente de sempre.

— Não é nada! — retruquei, irritada — Ele é o cãozinho mais lindo do mundo. E vou escolher um nome muito fofo para ele.

Determinada, levantei-me e voltei a caminhar, levando meu novo mascotinho junto. As meninas me seguiram até chegar aos pontos em que nos separávamos – primeiro a Natsu e depois a Kaori – seguindo cada uma rumo à sua casa. Eu andava tão distraída, pensando em que nome daria ao cachorrinho (e 'Kuro', definitivamente, não era uma opção!), que fui fazendo o caminho mecanicamente, esquecendo-me de que, nos últimos meses, eu tinha adotado uma nova rota que fugia dos lugares que mais me traziam lembranças de antes das férias de verão. Quando eu me dei conta, estava passando pelo lago. Quando percebi isso, soube que deveria apressar o passo e seguir em frente, mas, por qualquer razão, acabei fazendo exatamente o oposto: eu parei, e andei um pouco em direção às margens, pisando sobre o que costumava ser um gramado, mas, nessa época do ano, era apenas um chão branco, forrado pela neve que caíra na noite anterior. Fiquei ali por alguns minutos, olhando para as águas semicongeladas, perdendo-me em lembranças que eu tanto lutava para esquecer. E pensando no tanto que eu queria que o Aki estivesse ali, para eu pedir opinião sobre o nome do cachorro, ele responder com seu clássico 'eu não sei' e eu acabar tendo que decidir sozinha. Então, eu escreveria o nome escolhido em um papel para que ele copiasse e, assim, aprendesse a escrita de uma nova palavra em japonês. Queria contar tudo o que descobri sobre minha mãe biológica e chorar em seu ombro. Queria estar nos braços dele e beijá-lo... só mais uma vez. Uma vezinha! E eu faria esse momento durar para sempre.

Um choro baixinho chamou a minha atenção e, voltando a mente ao momento atual, logo percebi o que havia assustado o filhote: alguns pequenos flocos de neve começavam a cair do céu. Coloquei uma das mãos por cima do cachorrinho, numa forma de protegê-lo um pouco da neve, e já ia seguir meu caminho para casa, quando uma voz feminina fez o meu sangue gelar muito mais do que a temperatura do ambiente:

— Tá com vontade de dar um mergulho, *gaijin*?

35 Criatura sobrenatural da mitologia japonesa. Também traduzido como "demônio" ou 'monstro'.

Assustada, voltei-me para ela, torcendo para estar enganada e ser qualquer outra pessoa. Mas era exatamente ela, Utada, encarando-me com um sorriso perverso nos lábios e, o que me assustou mais: uma barra de ferro nas mãos. O que ela pretendia fazer com aquilo?

— Achei que aquela sua amiga brutamontes não ia sair de perto de você nunca. — Tal frase me assustou ainda mais. Ela estava me seguindo? Desde quando? — Mas, depois que ela foi embora, você ficou tão pensativa olhando para o lago que eu nem quis atrapalhar.

Recuei um passo, defensiva. E, tomando coragem, perguntei:

— O que quer comigo?

Minha voz falhou e ela riu, na certa percebendo o meu medo.

— Há meses que estou louca para dar uma liçãozinha em você. Estive apenas esperando uma oportunidade.

Ela deu um passo em minha direção, e eu recuei mais um pouco, parando ao sentir que já estava na beira do lago.

Tentando fazer uma voz um pouco mais firme, perguntei:

— Por que você me odeia tanto? Eu nunca fiz nada com você, nem com as suas amigas.

— Acontece que eu não gosto nem um pouco de você. Deveria se dar conta de que aqui não é o seu lugar e voltar para o seu país.

— Aqui *é* o meu país. Foi aqui que eu nasci. — E, enfim, eu poderia falar com toda a certeza. Agora eu já sabia que essa era a verdade.

Uma verdade que Utada não gostou de ouvir. O rosto dela transbordava puro ódio.

— Eu não sei quem é mais maldita. A *gaijin* infeliz que te pariu no meu país, ou a japonesa infeliz que te adotou e com isso permitiu que você continuasse por aqui.

— Não fala assim da minha mãe! — Pela primeira vez, minha voz não falhou. Saiu firme e até mais alta do que deveria. Sei que não deveria ter falado desse jeito com uma pessoa mais forte e habilidosa do que eu, que ainda por cima tinha uma barra de ferro na mão, mas simplesmente não suportei ouvi-la falar daquele jeito da minha mãe (e que fique bem claro: da Matsuo Rei. Com relação à biológica, eu sequer senti qualquer incômodo com o insulto).

Utada se aproximou mais e, em um movimento rápido, tirou o cachorrinho que eu segurava junto ao peito. Ainda tentei detê-la, mas, quando ela o puxou, ele gritou e eu, instintivamente, abri as mãos, temendo machucá-lo fazendo força contra aquele puxão violento. Tentar prendê-lo poderia ser um ato estúpido que custaria a vida dele.

— Que coisa feia! — Ela o segurava com apenas uma das mãos, e riu, zombando dele.

E eu me desesperei.

— Solta ele! — gritei, autoritária.

Uma autoridade que só fez com que ela risse ainda mais. Ela usou a barra de ferro para quebrar a fina camada de gelo que cobria as águas e esticou o braço com a mão que segurava o cãozinho sobre o lago, preparando-se para jogá-lo lá.

— Já que você está pedindo, vou soltá-lo — ela ameaçou.

E eu, tomada pelo desespero, joguei-me em cima dela, agarrando o cachorrinho e tentando fugir correndo. Mas mal dei alguns passos e tropecei nas minhas próprias pernas, caindo toda estabanada de bruços no chão. O cãozinho escapou da minha mão, mas logo o agarrei novamente.

Quando vi Utada se aproximar com a barra de ferro, trouxe o filhote para junto do meu peito e curvei meu corpo sobre ele, tentando protegê-lo. O primeiro golpe veio um pouco descoordenado, mas atingiu as minhas costas e me fez soltar um grito de dor. Quando a barra se afastou, eu soube que o próximo ataque viria com muito mais preparação e, consequentemente, com mais força. Fiquei esperando pela dor ainda mais insuportável... mas nada aconteceu. Após menos de um segundo, ouvi a voz de Utada, parecendo assustada:

— O que está fazendo aqui? Me solta, seu lixo! Você não tem nada a ver com esse assunto! Ela me deve isso! — sua fala foi se descontrolando, até que ficou aos berros. — Você vai ver. Vocês dois vão ver! Isso não vai ficar assim!

Na sequência, ouvi que ela saía correndo. Ergui um pouco o corpo, mas não me levantei, nem me virei para ver quem era a pessoa que tinha chegado aparentemente para me salvar. Eu simplesmente não conseguia. Meu corpo todo tremia intensamente, e não era só em decorrência do frio, nem da neve que agora já começava a cair mais forte. As mãos que ainda seguravam o cachorrinho também estavam trêmulas, mas não fraquejavam em tentar mantê-lo seguro junto ao meu corpo. E eu já nem mais sentia a dor nas costas. O medo era infinitamente maior que aquilo.

Sem me virar, consegui reunir coragem para me levantar, embora cambaleante, e, carregando o pequeno filhotinho, corri, tentando ir para o mais longe possível. Mas mal havia me afastado alguns metros quando ouvi os passos de alguém vindo atrás de mim. Estaquei, tentando tomar coragem para encarar seja lá quem estivesse ali.

Escutei os passos se aproximando ainda mais, mas mesmo assim não consegui me mover. E essa paralisia apenas aumentou quando minha visão foi coberta por duas mãos que se colocaram sobre os meus olhos, em uma brincadeira cruel. O que era aquilo? Todos tinham se juntado para me maltratar no mesmo dia?

— Adivinha quem é?

E meu sangue, que eu sentia estar gelado, pareceu se aquecer instantaneamente quando ouvi aquela voz baixa próximo ao meu ouvido. Em um movimento rápido e aflito, eu me virei bruscamente, confirmando o que eu pensava que só poderia ser um sonho.

Era ele que estava ali.

Ali! Bem na minha frente, como uma miragem, um delírio, uma ilusão. Seria, realmente, mais um sonho, como tantos outros que eu vinha sonhando naqueles últimos meses? Mas a dor nas minhas costas me mostrava que eu estava acordada. Então, só poderia ser mesmo um delírio.

Um delírio que sorria um sorriso tenso e sem jeito. E que estava um pouquinho diferente da última vez que eu o vi. Agora, exibia os cabelos mais compridos, em um corte meio desfiado, meio bagunçado.

Dando de ombros, ele soltou:

— "Sem graça! Sabe que não é assim que se brinca. Era para adivinhar, e não para olhar".

Certo, eu não apenas *via*, mas também *ouvia* coisas que não existiam. Ele havia repetido uma frase que eu própria usara tempos atrás, quando fiz a mesma brincadeira com ele. Será que a barra de ferro tinha batido na minha cabeça sem que eu sequer reparasse?

Estava tão desnorteada que acabei afrouxando os braços e, com isso, meu cãozinho deu um pulo, indo parar no chão. E foi direto até o meu 'delírio', abanando o rabinho e fazendo festinha.

Achava pouco provável que o cão também estivesse tendo a mesma visão que eu. E foi aí que eu me dei conta de que aquilo era verdade. Ele estava mesmo ali. Ai, nem sei que adjetivo deveria usar para descrever como eu me sentia. Surpresa? Apavorada? Feliz, confusa, intrigada, preocupada... ou qualquer coisa que não era nada disso, ou que era tudo isso ao mesmo tempo.

Ele abaixou-se, começando a, de forma tímida, fazer carinho no filhote.

— É seu? — ele perguntou, sem olhar para mim.

Foi a última coisa que ouvi antes de tudo girar e meus olhos fecharem.

Aos poucos comecei a despertar e, ainda com os olhos fechados, minha mente processava os últimos acontecimentos e tentava se situar sobre onde eu estaria. Pela superfície dura e gelada sob as minhas costas, percebi que estava deitada na neve. Ouvi ganidos, que me fizeram constatar que meu cachorrinho estava por perto. Talvez a Utada tivesse me batido tanto que eu tinha desmaiado e sonhado que ele chegava para me salvar. É, só poderia ter sido isso.

Criando coragem, abri os olhos e percebi o erro em minha suposição. A 'alucinação' estava mesmo ali, sentada ao meu lado com o cãozinho sobre suas pernas.

Não era uma alucinação, no fim das contas. Era mesmo ele, me olhando com uma cara superpreocupada, enquanto afagava o filhotinho. Vê-lo sendo carinhoso com o animalzinho me trouxe à lembrança aquela inocência de quando ele era apenas um garoto desmemoriado. Quando ele era apenas o Aki.

Finalmente, consegui pronunciar algo, em uma última tentativa de confirmar se aquilo era real:

— Yuen?

Ele não respondeu. Ao invés disso, perguntou, parecendo tenso:

— Você está bem? — Não consegui pronunciar uma única palavra. O que pareceu preocupá-lo ainda mais — Acho melhor te levar a um hospital.

Balancei a cabeça de forma negativa e, enfim, disse algo:

— Não precisa. Estou bem.

'Bem' não era exatamente a palavra que descreveria a minha mente naquele momento. Mas, fisicamente, eu estava inteira.

O cachorro chamou a nossa atenção ao começar a brincar com uma folha seca. Yuen o olhou e indagou:

— E, então, qual o nome desse carinha aqui?

— Kuro. — Já deu para ver que na hora respondi sem pensar muito, né?

Ele franziu a testa e coçou a cabeça.

— Esse não é o nome do rei do Mundo Youkai de um livro?

Ah, coitadinho do meu filhinho! Eu não queria que meu bebê tivesse o nome de um malvado vilão, mas isso não vinha ao caso no momento.

— Você está aqui mesmo?

Ele pareceu não entender a pergunta e franziu ainda mais a testa. Na certa pensava que a pancada que eu sofri fora forte demais. Em tempo, achei melhor reformular:

— Por que voltou?

Porém, na verdade, o que eu desejava mesmo questionar era 'por que você foi embora?'. Só que isso ficaria para outro momento.

Ele ficou calado por alguns instantes e parou de mexer no cachorro – que já havia se distraído brincando com um galho seco. Apoiou-se nos joelhos e se levantou. Ofereceu a mão para me ajudar a levantar também, mas eu, tímida, o fiz sozinha, sem aceitar a ajuda. Enfim nos olhamos nos olhos. Evitei o contato físico, mas o meu coração acelerou ainda mais com aquele contato visual, somado à expectativa do que ele iria responder:

— Digamos que... eu saí de casa de novo. Mas dessa vez foi definitivo. Já tem uns meses, até. Nesse meio tempo eu contratei um advogado para conseguir receber a herança da minha mãe, renovei meu visto e decidi vir tentar a vida por aqui.

— Por que aqui?

Eu não fiz rodeios, já esperara demais por aquelas respostas.

— Por você.

A sinceridade com que ele disse aquilo, sem sequer pensar, me pegou de surpresa. Minhas mãos voltaram a tremer, e minha visão ficou turva, mas dessa vez em decorrência das lágrimas.

Minha contagem de tempo sem chorar por ele estava, novamente, arruinada.

Ele coçou a cabeça; parecia um hábito novo – ou seria uma mania do Yuen que Aki não tinha? – E pareceu respirar fundo, antes de também me fazer uma pergunta:

— Ainda somos amigos, não somos?

Taí algo que eu não esperava ouvir. Abaixei a cabeça e mordi o lábio inferior, tentando controlar os soluços que ameaçavam vir com tudo. Lembrei-me de como o Aki, em tão pouco tempo, se tornou o meu melhor amigo. Um amigo que eu amava de um jeito especial e que acabou se tornando mais do que isso. Mas ele era, primordialmente, meu amigo. Yuen, em contrapartida, foi, por poucos dias, meu namorado. Apenas isso.

— Eu não sei — respondi, por fim. — Você me falou que, se eu fosse para o hospital ver a minha mãe, você...

Não consegui terminar a frase. As palavras engasgaram, sufocadas, na minha garganta. Quando levantei o rosto e tornei a olhá-lo, vi que os olhos dele também pareciam úmidos. As íris verdes brilhavam com uma intensidade maior, ainda reforçada pelo cenário branco da neve.

— Eu sei — ele confessou. Parecia envergonhado. — Eu falei muita coisa que não devia e agi como um completo idiota. E é por isso que eu não vou exigir que você me perdoe nem que me aceite de volta. Só quero que você saiba que eu voltei determinado a me tornar alguém melhor, para poder te merecer. — Ele segurou a minha mão. — E eu vou dedicar a minha vida a isso, Anjinha... a ser uma pessoa digna de você e a tentar conquistar novamente a sua confiança, a sua amizade... e, quem sabe, o seu amor.

Amor? Isso queria dizer que ele ainda me amava? Que realmente me amava? Ou será que não estaria, novamente, apenas bancando o garoto rebelde e fugindo de casa por conta de algum novo desentendimento com o pai? Essa dúvida me torturava, e eu quis perguntar isso a ele. Mas, quando abri a boca, o som que saiu, involuntariamente, foi um gemido de dor. E, dessa vez, não era uma dor nadinha emocional. Levei uma das mãos às costas, no ponto onde aquela bendita barra de ferro me ferira.

E foi nesse momento que, mesmo sem que eu conseguisse perguntar, a resposta aos meus questionamentos veio. A dor me entonteceu por poucos segundos, e me vi amparada pelos braços de Aki. Aflito, ele me olhava com preocupação. Levou uma das mãos em direção às minhas costas, mas parou na metade do caminho, mostrando-se receoso de ser audacioso demais com esse contato.

Eu não estava mais diante daquele Yuen que me assustara, mas do mesmo garoto tímido e confuso pelo qual eu havia me apaixonado.

— Por quê? — eu enfim consegui pronunciar.

Ele me olhou nos olhos de uma forma tão profunda que parecia ser capaz de enxergar a minha alma.

E acho que eu também conseguia ver a dele.

— Porque isso é tudo o que eu mais quero nessa vida — respondeu, passando rapidamente a mão pelo rosto e secando uma lágrima. Meu coração ficou apertado diante daquilo. — Quando você me achou sem memória no dia do festival, achou que eu fosse um anjo que tinha perdido as asas e caído, não é? O que eu nunca te contei é que, quando eu acordei e dei de cara com seu olhar puro, também achei que você fosse um anjo. E, quer saber? Eu estava com toda a razão. Você foi e ainda é o meu anjo, Umi. Chega a doer o tanto que eu te amo.

Meu choro se intensificou. Um soluço forte, e outro, e mais outro... Quando me dei conta, chorava como uma criança assustada. Só que eu não estava assustada, mas aliviada, em paz... feliz.

Preocupado com o meu choro, Aki – ou Yuen Huang – se aproximou um pouco mais. Acolheu o meu rosto com as duas mãos, enquanto passava os polegares pelo entorno dos meus olhos, secando as lágrimas. Ele próprio também chorava, aflito, angustiado, achando que eu estava sofrendo quando, na verdade, aquele momento era o primeiro em muito tempo em que eu não sofria.

— Umi... Umi, me perdoe...

Sem mais me controlar, eu enfim me joguei nos braços dele. E o apertei com força, muita força, sentindo medo de que, se afrouxasse, acabasse perdendo-o novamente.

— Não vai mais embora?

— Não. Nunca mais — ele respondeu próximo ao meu ouvido, também me abraçando com força.

— Jura?

— Prometo que juro.

Naquele momento, eu enfim voltei a sorrir, porque senti que o Aki estava realmente de volta. Talvez agora um pouco menos confuso, e um tantinho misturado com o tal Huang, mas ainda era o Aki por quem eu me apaixonara.

Continuaria presa para sempre naquela sensação de paz se não tivesse avistado algo que me preocupou. Ainda abraçada ao Aki, eu comecei a dizer:

— Aki... digo, Yuen...

— Diga, Anjinha.

— O meu cachorro tá se afastando, e... Ai, Deus, ele vai cair no lago!

Assustados, nós dois corremos até o danadinho e nos jogamos naquele chão gelado para segurá-lo com nossas quatro mãos, conseguindo impedir que ele caísse na água. O que tinha dado na cabeça daquela bolinha de pelo para sair andando em direção a um lago gelado?

Quando percebemos que o peludinho estava a salvo, nós dois rimos, como dois bobos, com nossas caras ainda molhadas de lágrimas. Foi aí que ele girou o corpo na neve, se aproximando um pouco mais e, enfim, fez o que eu desejava fazer durante todos aqueles meses de separação.

Ele me beijou.

Um beijo quente, delicado, embora meio aflito, com um gosto bom de lágrimas e reencontro. Se até então eu sentia medo de acordar e perceber que tudo era um sonho, os lábios dele junto aos meus me alertavam de que aquilo era, sim, real. Era a minha nova realidade. O meu momento de ser feliz.

Hesitantes, nossas bocas se afastaram. A iniciativa foi dele, e eu fiquei preocupada com que motivos ele teria para interromper um beijo tão perfeito. Mas eu logo entendi, quando ele perguntou, em um tom de angústia:

— Aquela garota te machucou, não foi? É melhor eu te levar para um hospital.

Acho que não havia motivos para isso, mas eu ri. Achei aquela preocupação a coisa mais fofa desse mundo! Mas tratei de tranquilizá-lo:

— Foi só um susto, meu casaco amorteceu boa parte da força. Está doendo, mas certamente não quebrei nada. Vou ficar bem.

— Sério?

— Sim. Prometo que juro que é sério.

Dessa vez nós rimos juntos. Meu cachorrinho latiu, enquanto voltava a brincar com um pedaço de galho seco, e isso chamou a nossa atenção.

— O nome dele é Kuro mesmo? — ele perguntou.

Dei outra sugestão:

— Tudo bem se eu chamá-lo de Aki?

— É claro que não! — ele protestou — Esse nome já é meu!

— Não quer que eu te chame de Yuen? Ou de Huang?

Ele moveu a cabeça em uma negativa.

— 'Aki' está bom. Foi o nome que você escolheu para mim, e eu gosto. Apesar de ter sido em homenagem àquele cantorzinho feio que você gosta.

Eu ri e nem liguei para o fato de ele estar chamando meu cantor preferido e lindo de feio. Ao invés disso, contei uma novidade:

— A nova música dele é muito bonita. Tô louca para te mostrar.

— Ah, é? E fala sobre o quê?

— Sobre um garoto perdido, que é salvo por uma menina que na verdade é um anjo disfarçado.

Ele deixou de sorrir, assustado com aquilo. Mas quando eu comecei a rir, ele riu junto, percebendo que eu estava brincando.

E me beijou novamente. Dessa vez, um beijo bem breve, mas, ainda assim, muito bom.

— Anda, vou te levar para casa. Está muito frio, e a neve está ficando mais forte. Ah, e aproveito para conversar com seus pais. Acho que não causei uma boa impressão com minhas últimas atitudes.

— Ah, é verdade. O meu pai tá com *muuuuuita* raiva de você.

— Não é para menos. Será que se eu fingir que esqueci tudo de novo a raiva dele passa?

— Hum... pode ser que sim. — Era óbvio que não! Mas seria engraçado vê-lo tentar.

Só para ninguém dizer que não me vinguei nem um pouquinho.

— Anda, vamos logo antes que seu cachorrinho congele. — Ele novamente me ofereceu ajuda para me levantar e, dessa vez, eu aceitei.

Seguimos andando juntos. Eu abracei o cachorrinho, o Aki me abraçou, e assim nos aquecemos no caminho.

Engraçado como, às vezes, a vida da gente pode mudar tanto em tão pouco tempo. Pensando em como eu era alguns meses antes, eu agora já não era mais a mesma pessoa. Tudo bem, talvez ainda fosse muito parecida. Mas com muitas características e visões diferentes.

Dizem que, quando a gente joga uma pedra em um rio, ele nunca mais volta a ser o mesmo. Terá aquela pedrinha a mais que, embora aparentemente não faça a menor diferença, agora está ali. E o velho rio passa a ser, sim, um rio novo. Talvez todo mundo seja uma nova pessoa a cada dia e a cada coisa nova que acontece.

Então, se é assim, preciso me apresentar mais uma vez!

Sou Matsuo Umi e tenho quase dezesseis anos.

Um nome japonês, não é? Pois é, apesar da cara, eu sou, sim, uma japonesa. Embora não 'de verdade'. Minha mãe biológica era brasileira e, meu pai... bem, não faço a menor ideia. Mas nasci aqui no Japão. Aqui é o meu país. Agora, sim, eu sinto isso.

Tenho duas amigas: Natsu é a mais animada, e a Kaori é a mais desanimada. Mas nem tanto assim. Ela até sorri para fotos, às vezes. Não lembro muito bem como foi que nós três terminamos ficando amigas... vai ver os complementares se atraem. Porque acho que nós três completamos umas às outras.

Não leve em consideração o fato de elas serem as únicas amigas que tenho. Não preciso de mais, elas são perfeitas.

Ah, é! Já apresentei o meu novo namorado?

Esse é o Huang. Ele é diferente de todos os outros garotos daqui. Para começar, é um chinês de olhos verdes, do tipo que tenho certeza de que não se vê todos os dias por aí. Tem dezoito anos e, apesar de ter uma herança esperando por ele, decidiu que quer viver por conta própria e, agora, está à procura de um emprego no Japão. Ah, e o mais importante: ele é de Áries. Mas nem preciso ler uma revista de astrologia para saber que o signo dele combina perfeitamente com o meu.

Fim

"Nee kimi wa tashika ni totsuzen araware
Watashi no kurayami ni hikari sashita
Soshite sukoshi waratte daijoubu datte unazuite
Watashi no te o totte arukidashita
Kimi no se ni tenshi no hane o mita"

"Mas, certamente, você apareceria de repente
Iluminando a minha escuridão
Então, você iria dizer que estava tudo bem
Segurando minha mão e andando junto comigo
Eu vi asas de anjo em suas costas"

(Angel's Song – Ayumi Hamasaki)

Agradecimentos

A Bia Carvalho, que foi a primeira pessoa a acreditar neste livro. Que, desde 2011, nunca deixou de acreditar em mim e nunca permitiu que eu desistisse. Obrigada por ser a irmã que eu escolhi para a minha vida, por nunca soltar a minha mão, por aturar meus surtos e anseios e por ser a melhor amiga do mundo.

A Ray Fiais, pelas madrugadas viradas me auxiliando na etapa final do livro. Você é um presentinho lindo que a vida literária me trouxe (aliás, obrigada de novo, Bia Carvalho!). Obrigada por ser tão maravilhosa!

A Mahy França, minha Umi-chan oficial. Seu carinho por mim e por Tenshi foram essenciais para que chegássemos até aqui. Obrigada por ser minha amorinha tão fofa. Espero que ame essa nova versão do livro que também é muito seu!

A Thamy Silvia (em memória), amiga preciosa que chegou à minha vida através da primeira edição deste livro. Você sonhou esta nova edição e publicação junto comigo, e é doloroso demais que não esteja por aqui para ver o resultado final. Mas, de algum lugar, sei que está vibrando e torcendo por mim. Te amo para sempre, minha Hikari-chan!

A cada um dxs leitores que todos os dias me dão forças para ir adiante.

A Simone Fraga, minha editora maravilhosa, por mais uma vez confiar no meu trabalho. E toda a equipe/família da Qualis Editora. Vocês são incríveis!

E à minha família. Marilza, Mailton, Fabinho... e nossas bolas de pelo Sussuca e Petisco. Sem o amor e o suporte de vocês, nada disso seria possível. Amo vocês!

Matsuo Umi

Aniversário: *17 de março*

Signo: *Peixes*

Altura: *1,68 (a mais alta da turma!)*

Gosta de: *Do Shimada-sensei, de ler mangás, de conversar com sua mãe, de ouvir músicas do Akira*

Odeia: *Lagartixas e jacarés*

Cor preferida: *Azul*

Animal preferido: *Qualquer bichinho peludo e fofinho*

Características: *Estabanada, distraída e dona de lógicas absurdamente improváveis (Aki que o diga!). É muito inocente, do tipo que confia em todo mundo e acredita em tudo com facilidade. É apaixonada pelo Shimada-sensei (ai, ai...) e seu maior medo na vida é o de seus pais adotivos terem um bebê e, com isso, ela perder sua 'utilidade' na vida deles.*

Gallagher Natsu

Aniversário: *9 de outubro*

Signo: *Libra*

Altura: *1,52*

Gosta de: *Tudo o que venha dos Estados Unidos*

Odeia: *O jeito sisudo da Kaori-chan*

Cor preferida: *Rosa*

Animal preferido: *Coelho*

Características: *É a empolgação em pessoa. Desconhece o significado da palavra modéstia. Apesar de sempre parecer tão alto-astral, guarda um segredo muito triste do seu passado.*

Shimada Kaori

Aniversário: *7 de julho*
(Sim, dia de Tanabata!)

Signo: *Câncer*

Altura: *1,59*

Gosta de: *Ela deve gostar de alguma coisa... mas isso ainda é um mistério!*

Odeia: *Que se metam em sua vida*

Cor preferida: *Verde. Mas, para roupas, está sempre com tons neutros*

Animal preferido: *Não se sabe*

Características: *Repararam que o aniversário dela é no dia de Tanabata, e ninguém comentou nada durante a história? Pois é... Kaori-chan é tão fechada, que não faz qualquer questão de que saibam sequer o dia do seu aniversário. Carrega também um trauma muito forte em seu passado. Apesar do seu jeito aparentemente indiferente a tudo, é uma ótima amiga.*

Aki

Aniversário:	*Desconhecido*
Signo:	*Desconhecido*
Altura:	*1,80*
Gosta de:	*Não sabe*
Odeia:	*Não sabe*
Cor preferida:	*Não sabe*
Animal preferido:	*Não sabe*
Características:	*Basicamente, é um ser humano que não sabe de nada. Nem mesmo sobre si próprio. Mas é um fofinho! =)*

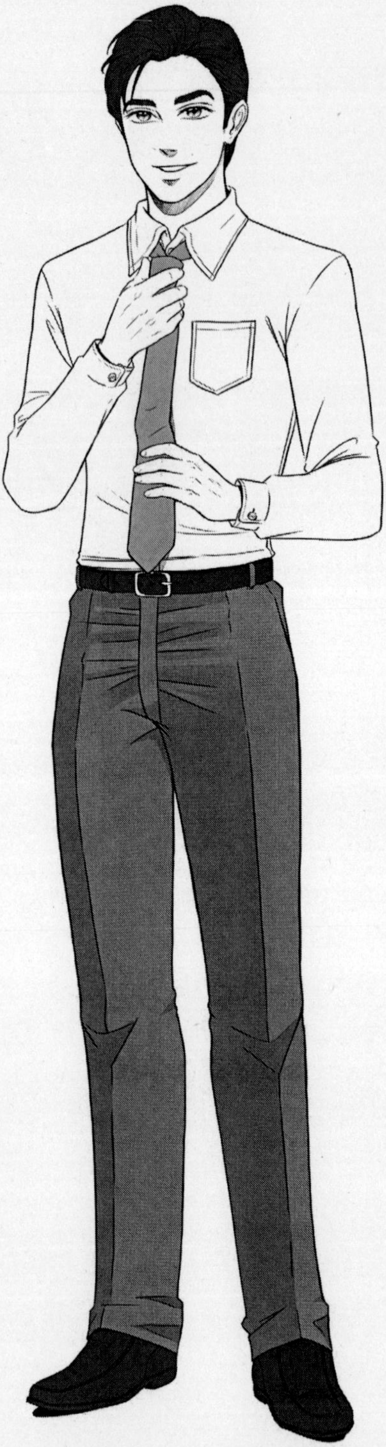

Shimada Hinoki

Aniversário:	*12 de novembro*
Signo:	*Escorpião*
Altura:	*1,90*
Gosta de:	*Dar aulas*
Odeia:	*Ter que mentir para livrar a barra da irmã (o que acontece com relativa frequência)*
Cor preferida:	*Verde*
Animal preferido:	*Insetos*
Características:	*Apesar de jovem (apenas 24 anos), é muito responsável e muito protetor, especialmente com a irmã Kaori. Tem um grande senso de justiça e tenta sempre ajudar a todos.*